Luciana Borsari

Racconti di famiglia
Una generazione fortunata

SECONDA EDIZIONE

Youcanprint *Self-Publishing*

Titolo | Racconti di Famiglia - Una generazione fortunata
Autore | Luciana Borsari

ISBN | 978-88-91198-05-1

Youcanprint Self-Publishing
Via Roma, 73 – 73039 Tricase (LE) – Italy
www.youcanprint.it
info@youcanprint.it
Facebook: facebook.com/youcanprint.it
Twitter: twitter.com/youcanprintit

A mia figlia Eleonora
ispiratrice di questo libro

A tutti i nonni, stupendi
ponti tra il passato ed il futuro

.

«La speranza di un futuro migliore c'è. Voi giovani dovete crederci veramente e ricordare sempre che l'Umanità sembra una entità astratta ma, invece, è costituita dai vari popoli, i popoli dalle famiglie, le famiglie dai singoli individui... Ognuno di noi è l'Umanità. Se ognuno migliora, l'Umanità stessa migliora»

«La cosa preoccupante è che più la situazione è difficile e più le persone si estraniano dalla politica invece, almeno voi giovani, dovreste far sentire la vostra voce, senza violenza perché quella non è mai giustificabile, ma con determinazione. Innanzi tutto esercitate il diritto di voto perché con l'assenteismo lasciate campo libero a chi vuole decidere al posto vostro!».

1

Anno 1957

Nel lettone matrimoniale che odora di lavanda, avvolta nel suo pigiama di morbida flanella a fiorellini rosa, Luciana tiene la manina in quella della nonna Fulvia, detta Cesira. A volte resta a dormire a casa sua ed è emozionante. Poche sensazioni sono così piacevoli come quando, con totale abbandono, ascolta per l'ennesima volta qualche scorcio di vita vissuta che il tempo, il rimpianto e la fantasia hanno trasformato in fiaba.

«Nonna raccontami del tuo paese e di quando eri piccola come me» chiede la bimba e lei, come sempre, non si fa pregare.

«Sono nata a Sparvo, un paesino sperduto tra le colline dell'Appennino tosco-emiliano come ce n'erano tanti in Italia all'inizio del Novecento. Ero la seconda di sette figli, quattro femmine e tre maschi, e abitavamo in una casa di sasso, con il tetto ricoperto di lastre grigie e piccole finestre con le inferriate. Davanti c'era un pergolato da cui a fine estate pendevano grappoli di uva chiara, un marciapiede stretto e malridotto e un prato con grandi chiazze nelle zone ove eravamo soliti passare o sistemare le sedie per riposare. A destra della casa sorgeva un'altra costruzione, anch'essa di sasso ma più vecchia, adibita sotto a stalla e sopra a fienile e una decina di metri più in là, uno di seguito all'altro, una bicocca sgangherata che serviva da legnaia e un muretto basso, costruito a secco, lungo circa tre metri, da cui usciva un tubo che noi chiamavamo pomposamente *fontana*, nome che meritava ben poco poiché buttava acqua per pochi mesi l'anno. A sinistra della casa c'era un forno, orgoglio delle donne, mentre dietro alle costruzioni si trovavano l'orto, con i solchi perfettamente allineati, recintato con bacchetti intrecciati, una grande aia rettangolare ove i contadini trascorrevano gran parte del tempo intenti a lavorare e, distaccato, un gabinetto chiuso alla meglio da assi di legno, costituito da alcuni massi squadrati sui quali era sistemato un sedile di paglia. Oltre la fila di alberi da frutta, che con i loro fiori e con i loro frutti coloravano il panorama in modo diverso secondo la stagione, c'erano i campi, vasti e in leggera salita, che arrivavano fino al bosco. Il prato davanti a casa era delimitato da alcuni cespugli di alloro oltre i quali passava una via larga quanto due buoi appaiati, sterrata e piena di buche che diventavano pozzanghere per almeno sei mesi l'anno. Distesi lungo il pendio della collina che digradava fino al fiume Setta, erano disseminati altri poderi, in tutto simili, anch'essi abitati da famiglie numerose, tutte imparentate tra loro. I cognomi ne erano la testimonianza e si ripetevano da decenni, ad eccezione di alcuni sporadici innesti dovuti ai matrimoni. I confini delle varie proprietà erano segnati da siepi basse e spinose o da fossi poco profondi. Vari viottoli, fiancheggiati in alcuni tratti da alti pioppi selvatici, passavano in prossimità delle case e tra i campi e si addentravano fin dentro i fitti boschi di querce, castagni e cerri».

«Nonnina avevi paura di entrarci?».

«Non molto perché s'incontrava sempre chi raccoglieva castagne, ghiande, more, lamponi, chi cercava funghi, chi segava alberi per farne legna da bruciare nella stagione fredda o chi racimolava bacchetti. Si usava tutto, persino le foglie secche per i giacigli degli animali o per accendere il fuoco».

«Non avevate gli impianti di riscaldamento con i caloriferi?» chiede la bimba interessata.

«No. Avevamo solo stufe e camini che servivano sia per riscaldarci sia per cucinare. Nelle case non c'erano né l'energia elettrica, né l'acqua corrente» spiega la nonna.

«Come facevate quando veniva buio? Usavate delle pile?».

«No. Accendevamo un lume a petrolio oppure una candela, ma proprio quando non ci si vedeva neppure un po' giacché petrolio e candele erano preziosi. Non li dava la terra!».

«Allora li compravate».

«Beh, comprare, come si fa adesso, si usava solo nelle città. Nel mio paese, ma anche in quelli del resto d'Italia non si stava meglio, di soldi non ce n'erano proprio, né tanti né pochi, quindi barattavamo, cioè scambiavamo quello che avevamo, ad esempio uova o latte, per avere in cambio ciò che ci serviva».

«Come facevate se ad esempio le galline non facevano le uova?» domanda la bambina incuriosita.

La nonna sorride nella penombra della stanza e pensa:

«È proprio intelligente! Senti come ragiona questa testolina. Non le sfugge niente. Io, alla sua età, non ero così sveglia».

«Nonnina, non ti distrarre. Vai avanti».

«Per fortuna le galline erano molto giudiziose; pareva avessero capito che quelle che non compivano il proprio dovere erano le prime a finire nella pentola. Ricordo che la mia mamma ogni mattina andava nel pollaio a raccogliere le uova e, se ne trovava poche, le rimproverava».

«Ah, ah, che ridere! Parlava con le galline? Non lo sapeva che sono stupide?» ridacchia Luciana facendo vibrare la coperta del letto.

«Tu non parli col tuo cagnolino? Lei parlava con le galline e le chiamava per nome: Bianchina, Zoppetta, Furba... Se non trovava le uova, le tastava nella pancia come fosse un dottore poi a volte diceva soddisfatta *tra poco lo farà* e per un po' quella gallina era salva. Non sottovalutare gli animali» prosegue la nonna «perché l'istinto e l'osservazione sono ottimi maestri. Loro sapevano che mia mamma era quella che portava il cibo quando le chiamava urlando *cococo cococo* e che riempiva la ciotola dell'acqua quando andava nel pollaio, quindi le giravano attorno con tranquilla indifferenza. Altro discorso era per il mio babbo, che tirava il collo alla sfortunata di turno. Avevano capito che il pericolo proveniva da lui perciò gli giravano alla larga e, quando era nell'aia, loro erano agitate e girando il collo a scatti lo sorvegliavano da lontano con la coda dell'occhio, pronte a sfuggirgli».

«Che buffe dovevano essere!» sorride la bambina. «Adesso mi racconti la storia di quando hai imparato a leggere, scrivere e fare di conto?».

La voce bassa e cantilenante della nonna ricomincia a cullarla.

«A sei anni ero un mucchietto di ossa con due occhi grandi come i tuoi ed ero impaziente di imparare ma, nel mio paese, gli anziani non potevano insegnarci perché erano analfabeti e non esistevano una vera scuola e neppure libri. Di astucci, cartelle e grembiulini neanche a parlarne».

La bimba emette un sospiro dispiaciuto a quelle parole ma continua ad ascoltare senza interrompere.

«Le lezioni si tenevano nella sacrestia della chiesa riscaldata solamente da un piccolo camino e c'era un'unica classe composta di bambini e bambine di età diversa. Il parroco, che fungeva da maestro, ci consegnava una matita e un foglio di carta che dovevamo usare con parsimonia, scrivendo in piccolo e sfruttando tutto lo spazio. Ogni settimana ci insegnava una lettera dell'alfabeto e una preghiera, in quanto a lui non interessava tanto farci diventare persone istruite quanto buoni cristiani. A volte la perpetua...».

«Chi?» la interrompe Luciana.

«La perpetua» spiega pazientemente la nonna «era la signora che prestava servizio presso il parroco. Tutti ne avevano una e nella comunità godeva di grande considerazione perché non era una semplice aiutante che cucinava, stirava, puliva ma, dopo anni che viveva con lui, diventava la sua confidente, la sua consigliera, quasi la padrona di casa e sapeva tutto di tutti. La perpetua» prosegue Cesira dopo una breve pausa «sapendo quanto scarsi fossero i nostri pasti, ci portava una fettina di polenta o qualche castagna bollita per fare merenda e noi le volevamo molto bene».

«Povera nonna» sospira la bimba intenerita prima di chiedere «ma si può andare in una scuola fredda e soprattutto senza una bella cartella, una scorta di matite colorate, di quaderni? Dico io... si può?».

«Si può, si può, anzi era bellissimo, una vera festa e noi bambini ci andavamo solo quando pioveva forte o nevicava».

«Come mai?» chiede con espressione incredula.

«Perché, quando era bel tempo, aiutavamo i genitori. I maschi più grandicelli lavoravano nei campi, andavano nel bosco a spaccare la legna, riparavano gli attrezzi, raccoglievano sassi per costruire case e stalle. Le femmine invece aiutavano la mamma ad accudire i fratellini più piccoli e a sbrigare le faccende domestiche che consistevano più che altro in cucinare piatti modesti e scarsi per appetiti perennemente esagerati. Inoltre i bambini andavano a prendere l'acqua alla fontana o alla sorgente, sorvegliavano le pecore e le mucche al pascolo stando ben attenti che non andassero a brucare l'erba medica o il trifoglio altrimenti scoppiava loro la pancia. Tutti in quella vita dura si guadagnavano ben più del misero pasto che li aspettava ma, a detta di don Giuseppe, ciò spalancava loro le porte del Paradiso. Anch'io accompagnavo le pecore a brucare nei prati e in quelle lunghe ore, nel silenzio, facevo i compiti».

«Raccontalo bene nonnina» prega la bimba.

La sua voce è già impastata di sonno ma fa di tutto per non addormentarsi.

«Avevo dei sassolini bianchi e, mettendoli in fila, tracciavo le lettere dell'alfabeto e parole facili facili fino a quando non sbagliavo più. Per imparare a fare di conto invece ripetevo a mente le tabelline. Ero diventata molto brava. In avanti: tre per uno tre, tre per due sei, tre per tre nove... Poi indietro: tre per nove ventisette, tre per otto ventiquattro, tre per sette ventuno... Devo dire che era un sistema molto comodo di studiare perché, fatti i compiti, dovevo solo rimettere in tasca i miei sassolini.» sussurra la nonna in tono ironico prima di aggiungere «Del resto se avessi posseduto libri, quaderni, astucci, dove avrei potuto metterli? In casa non c'erano mobili tranne un grande tavolo, alcune sedie impagliate, una piccola madia per i cibi, i letti e una cassapanca per le coperte. In una rientranza della cucina, dove c'erano dei ripiani di legno, stavano alcuni tegami di rame e una pila di piatti e, in un angolino, fiammiferi e candele. Le case erano spoglie eppure avevamo tutto l'essenziale».

Luciana tace per qualche istante cercando di immaginare quelle stanze semivuote, scarsamente illuminate e fredde, così diverse da quelle in cui vive lei, poi esclama soddisfatta:

«La mamma, nei prossimi mesi, m'insegnerà tutto l'alfabeto così a ottobre, quando inizierò ad andare a scuola, lo saprò già!».

«Bene. Cerca di imparare anche i *numeri*. Adesso però dormi perché è molto tardi ed io devo ancora recitare le preghiere».

«Prima vorrei chiederti una cosa. Posso? Posso?».

«Sentiamo» concede Cesira sorridendo nel buio.

«Come si fa a partecipare al concorso di Miss Italia?».

La nonna è interdetta e attende finché la bimba rompe nuovamente il silenzio.

«La mamma mi ha detto che tutte le ragazze che partecipano, prima o poi diventano ricche e famose».

«Hanno dei *grilli per la testa*! Per una che fa fortuna, tante tornano a casa deluse!» risponde con voce carezzevole Cesira.

Luciana, che è molto affascinata dalle giovani donne pettinate e truccate all'ultima moda, con abiti bellissimi e scarpe col tacco alto che sorridono dalle pagine del settimanale *Grand Hotel*, non pare del tutto convinta.

«Veramente?».

«Puoi giurarci. *Non è tutto oro quel che luccica!*».

La bimba non ribatte, si gira su un fianco e in pochi minuti scivola in un sonno profondo cullata dal lieve tintinnio delle perline di madreperla del rosario della nonna.

2

Luciana si sveglia al suono ovattato dei passi della nonna, degli oggetti spostati mentre riordina la cucina e delle voci provenienti dalla grande radio, di legno marrone, con quattro manopole chiare, rotonde e un *occhio magico* verde, luminoso, che l'affascina moltissimo. Occupa quasi interamente la nicchia della credenza di fianco alla quale si trova la pesante macchina per cucire, nera, Singer, di cui Cesira è gelosissima. Sopra, appeso alla parete, c'è un calendario posizionato nella pagina del mese di aprile 1957.

Nell'aria c'è l'aroma dei biscotti cotti nel forno della stufa; la nonna ne ha già disposti una dozzina in un vassoio ovale, di ceramica bianca, con una riga dorata sul bordo. Sbadigliando la bimba, con indosso ancora il suo pigiama, si siede a tavola, ne prende alcuni e li inzuppa nel latte.

Cesira la guarda amorevolmente sorseggiando adagio una tazza di caffè d'orzo.

«Come sono buoni! Ti meriti un bacio!» esclama Luciana e la nonna ride compiaciuta togliendosi il grembiule a fiorellini che indossa sempre quando è ai fornelli.

«Sono ancora tiepidi. Li hai cucinati questa mattina presto?» chiede poi.

«Sì. *Il mattino ha l'oro in bocca!*» risponde lei sistemandosi una forcina tra i capelli grigi.

«Anche oggi hai detto uno dei tuoi proverbi!» ride la bimba pulendosi le labbra con un tovagliolino bianco, ricamato con l'orlo a giorno, poi chiede interessata:

«Nonna, tu cosa mangiavi a colazione da bambina?».

«Non c'era molta varietà: polenta di mais o di castagna. La mettevamo nel latte al posto del pane. Ne ho mangiata tanta che non posso neppure più sentirla nominare».

«Cooosa? Polenta a colazione?» la bimba è sbalordita.

«Eh sì. Era il cibo più diffuso. Ogni mattina la mia mamma la preparava, dopo aver munto le mucche ed aver raccolto le uova nel pollaio».

«Come faceva?».

«Metteva a bollire l'acqua in un grande paiolo appeso alla catena del camino poi, mentre uno dei bambini più grandi faceva cadere la farina a pioggia, lei mescolava a lungo con un grosso bastone. Quando era cotta, la rovesciava sul tagliere e la lasciava raffreddare un po', poi, usando un filo di spago sottile, la tagliava a fette. Ce la dava più volte al giorno: a pranzo con la frittata o con una fettina sottile di formaggio e a cena con un umido di patate o di fagioli insaporito da un minuscolo pezzetto di lardo o di pancetta. Spesso mangiavamo anche l'aringa, altro cibo della povera gente. Ci nutrivamo quel poco indispensabile per non morire di fame ma in giro c'era di peggio.».

«Che schifo! Si può mangiare così? A me la polenta non piace, la verdura neanche. Io non avrei mangiato nulla» sbuffa Luciana incrociando le braccia esili.

«Oh sì, lo avresti fatto, credimi. Né adulti né bambini lasciavano mai qualcosa nel piatto e persino la polenta era buonissima per chi aveva sempre la pancia che brontolava perché era vuota. Nessuno, ma proprio nessuno, aveva bisogno di mettersi a dieta per dimagrire».

«E a merenda cosa mangiavate?».

«Un frutto dei nostri alberi. L'uva no, quella la tenevano per fare il vino» risponde la nonna intenta a riassettare la cucina.

«Il pane non c'era? Meglio quello che la polenta!».

«In effetti, circa due volte al mese, mia mamma Elvira assieme alle sue sorelle preparava l'impasto e, dopo che era lievitato, lo suddivideva in pagnotte di circa un chilo e in crescentine tonde e piatte su cui metteva rosmarino e sale; mentre cuocevano nel forno a legna emanavano un aroma irresistibile. Nella *giornata del pane*, come la chiamavamo noi, eravamo molto allegri e persino mio babbo Aurelio tornava prima dai campi impaziente di gustarlo ancora tiepido con una bella insalata di cipolla e pomodori e un bicchiere di vino. Bastava quello per farlo sentire un signore. Ogni tanto mia mamma cucinava un pollo o un coniglio, che erano un grande lusso. Considera che a quei tempi, in tutta Italia, c'era molta gente che moriva di stenti e la sopravvivenza era spesso legata alla situazione meteorologica. Se c'era siccità o se pioveva troppo violentemente era un guaio, perché il raccolto era a rischio. Peggio ancora se grandinava o se gelava. Ho ben impresso nella mente mio babbo che, appena alzato, andava sulla soglia della porta di casa, scrutava il cielo, le nuvole e il vento e borbottava: *sotto la neve pane, sotto l'acqua fame* oppure *chi semina con l'acqua, raccoglie col paniere!*».

«Ecco da chi hai imparato tutti quei modi di dire!» esclama la bimba battendo le manine.

La nonna prosegue assorta:

«Negli anni di magra alcuni si sfamavano solo grazie a parenti meno poveri che prestavano loro un sacco di grano, di castagne o di patate. Per fortuna c'era molta solidarietà!».

«Nell'orto cosa si coltivava?».

«Tutto quello che si riusciva a far crescere: insalata, bietola, pomodori, cetrioli, carote, cipolle, cavoli, patate, fagioli... Una parte veniva consumata subito e l'altra si conservava per l'inverno. Con i pomodori si preparavano vasi e vasi di passato, con cipolle e agli si facevano lunghe trecce che venivano appese alle pareti della cucina, patate e cavoli si stendevano sul pavimento delle cantine, peperoni e cipolline erano messi sotto aceto... Con la frutta si facevano marmellate gustosissime. Insomma, c'era sempre da lavorare e specialmente in estate ci si alzava all'alba. Naturalmente venivano conservate anche le sementi, all'asciutto perché non marcissero. Non si buttava nulla. Più abbondante era il raccolto e meno probabilità c'erano di morire di fame l'inverno successivo. Era la prima cosa che imparavamo noi bambini e, al tramonto, senza bisogno che nessuno ci sollecitasse a farlo, annaffiavamo bene l'orto con l'acqua attinta dalla sorgente».

«Dov'era?».

«In mezzo ad un boschetto, alla fine di un sentiero quasi interamente pianeggiante. Ognuno di noi portava un secchio di latta o una bottiglia e un bastone da usare nel caso incontrassimo una biscia».

«Perbacco, che avventura! Era come una spedizione! Avevate paura?» chiede Luciana affascinata.

«Non molto. Eravamo abituati a vederle strisciare nell'erba.

C'erano anche grossi topi, scarafaggi, scorpioni...».

«Basta nonna, vai avanti, queste cose non voglio sentirle» sollecita chiudendosi le orecchie con le manine. «Dimmi solo se era divertente».

«Il viaggio di andata lo era perché chiacchieravamo, ridevamo e cantavamo tutti insieme a voce alta mentre camminavamo in fila indiana» racconta Cesira con grande espressività «ma al ritorno, con i recipienti pieni e pesanti, stavamo in silenzio. A ogni viaggio che facevamo, avevamo meno fiato. Considera che non serviva acqua solo per annaffiare l'orto ma anche per bere, per cucinare, per lavarsi, per abbeverare gli animali...».

«E per lavare la biancheria?».

«Si andava al *lavatoio*. Ce n'erano parecchi e in estate era piacevole per le donne darsi appuntamento e chiacchierare del più e del meno ma in inverno era tutto un altro discorso perché l'acqua era gelida e spesso si doveva persino rompere il ghiaccio che si formava in superficie».

«Ci andavi anche tu nonnina?».

«Eh sì! Fin da quando avevo circa dieci anni, nonostante che le lenzuola bagnate, di canapa grossa, fossero pesanti quanto me. A causa del freddo, in inverno, avevo sempre i geloni nelle mani! Che male! Che vita!» sussurra Cesira rabbrividendo.

Luciana la guarda perplessa.

«Ma era tutto così brutto?».

«La vita era molto dura eppure, anche se pare impossibile, c'era molta allegria e si facevano feste bellissime a Natale, nel giorno del Santo Patrono, quando c'era una cerimonia e persino quando si trebbiava il grano o si vendemmiava l'uva... Se era bel tempo si apparecchiava nel prato davanti a casa, si stava a tavola fino a sera e si ballava nell'aia. Già il fatto di mangiare in abbondanza era motivo di felicità».

«La *contessa dei polli* partecipò ad una di quelle feste, vero? Dai racconta» prega la bimba.

«Un'altra volta? Questa storia la sai a memoria!».

«Su. Non farti pregare nonnina» insiste Luciana e, naturalmente, Cesira non sa resistere.

«Era il giorno del matrimonio di una mia cugina e c'erano tanti invitati, perché a quei tempi nessuno si lasciava sfuggire un bel pranzo. Arrivavano i parenti, i parenti dei parenti, gli amici, gli amici degli amici, i compaesani e persino qualcuno che i parenti dello sposo credevano fosse parente della sposa. Ovviamente tutti facevano del loro meglio per fare onore alla cuoca. Beh, in quella confusione, forse a causa di un bicchiere di vino cui non era abituata, una signora dimenticò la borsetta e, nell'aprirla per scoprire a chi appartenesse, mia zia ci trovò alcune cosce di pollo arrosto avvolte in un tovagliolo».

«Cosce di pollo! Che vergogna!» ride la bimba portandosi una manina sulle labbra.

«Bisogna avere fame per arrivare a tanto» sospira con comprensione la nonna «ma da quel momento, per tutti, quella signora divenne la contessa dei polli».

«Forse aveva poco da mangiare a casa sua!».

«Infatti. Aveva poche sostanze e molte bocche da sfamare. Chi non aveva terreni né bestiame se la passava davvero male!».

«Tu hai sempre detto che la tua famiglia aveva tanti animali, quasi uno zoo!» esclama la bimba eccitata. «Parlami di loro».

«Stasera, adesso dobbiamo andare a fare la spesa» promette la nonna e la bimba, veloce come un furetto, va a prendere il suo cappottino rosso saltellando allegramente.

I negozi del quartiere sono piuttosto piccoli, poco illuminati, arredati in modo essenziale con scaffali alti fino al soffitto e banconi di legno massiccio, a volte ricoperti con un piano di marmo. Luciana conosce tutti i bottegai dei dintorni.

I coniugi Cantelli hanno nello stesso grande locale da una parte drogheria e dall'altra pane e pasta. Quasi tutti gli alimenti sono sfusi; farina e zucchero sono contenuti in grandi sacchi di carta rispettivamente bianca e azzurra, la pasta è in cassetti con il vetro davanti che lascia intravedere i vari formati, la marmellata in recipienti di legno, il tonno in scatole rotonde di metallo giallo, il caffè in vasi di vetro, il baccalà in bacinelle piene d'acqua... Il marito è un grande lavoratore anche se a volte sta in piedi sull'uscio, con le mani sui fianchi, ad aspettare i clienti. È simpatico ma Luciana preferisce sua moglie, dalla quale è letteralmente affascinata per la maestria con cui sa incartare gli alimenti; quando vende la farina, ad esempio, la prende con una paletta di legno, la pesa sul piatto della sua bilancia Berkel su cui ha disposto un foglio di carta gialla, poi, in men che non si dica, arrotola i bordi partendo dai lati e arrivando fino al centro del cartoccio, piega la carta in sotto e l'opera è compiuta. Il tutto, incredibilmente, senza mai rovesciarne neppure un poco.

Di fianco c'è il macellaio, un omone grande e grosso, pelato e con le mani sempre rosse. Le fa un po' paura quindi gli gira alla larga ma deve ammettere che è molto bravo ad affilare i suoi coltellacci senza mai tagliarsi.

Di seguito c'è il fruttivendolo con la sua voce robusta che controlla continuamente la frutta e la verdura disposta nelle cassette di legno ben allineate. Lui tiene una matita infilata dietro all'orecchio destro ma non la usa quasi mai perché è velocissimo a fare i conti a memoria.

Cesira, tenendo con una mano la borsa della spesa e con l'altra la nipotina, cammina sullo stretto marciapiede davanti ai negozi. Intanto spiega:

«Tu non puoi capirlo ma è una grande fortuna poter comprare ciò che serve. Quando io avevo la tua età, si faceva con quello che si aveva e si stava mesi e mesi senza acquistare quasi nulla. Ricordando quei tempi difficili, ho rispetto per i soldi. Essere avari è sbagliato perché si fanno assurde rinunce e si vive da poveri senza esserlo, ma anche sprecare lo è altrettanto. Tienilo sempre in mente e ti troverai bene nella vita. Ti ricordi la favola della cicala e della formica?».

«Sì. È quella che racconta la storia di una cicala che trascorreva tutta l'estate cantando mentre una formichina lavorava per fare provvista di cibo. L'inverno successivo la prima è morta di fame mentre la seconda stava nella sua tana al calduccio e aveva scorte in abbondanza».

«Esatto. Qual è la morale secondo te?».

«Che non si deve perdere tempo oziando».

«Proprio così. E anche che si deve essere previdenti e pensare al futuro» spiega la nonna con convinzione.

La bimba alza il viso verso di lei e chiede preoccupata: «Io perdo tempo quando gioco?».

«Niente affatto» ribatte la nonna accarezzandola. «Alla tua età è utilissimo farlo perché s'impara a prendere confidenza con le cose, a socializzare, a mettersi alla prova e ci si diverte, cosa che ci rende sicuramente più amabili. Anche concedersi qualche lusso è consentito. In tutte le cose, è solo questione di misura: *l'assai basta e il troppo guasta* quindi va bene mangiare qualche caramella ma esagerare significa essere ingordi e per punizione viene male alla pancia».

Luciana riflette un istante poi chiede:

«È un lusso mangiare il cioccolato come fai tu? Lo hai sempre nel cassetto del comodino! In quello dove tieni anche i soldi nascosti sotto ai fazzoletti!»

«Ne mangio solo un pezzettino ogni tanto».

«Sì. Poi lo tieni anche per me, vero?».

«Certamente» conferma la nonna facendole l'occhiolino prima di aggiungere. «Ora pensiamo a cosa ci serve per stasera. Cosa vorresti mangiare? Cipolla? Baccalà?».

«Nonna, non scherzare!» ridacchia la bimba, poi suggerisce speranzosa: «Che ne dici delle polpette con le patatine fritte?».

«Va bene, ma devi aiutarmi a prepararle».

«Evviva, evviva, giochiamo alla cuoca! Speriamo di non bruciare nulla!» esulta saltellando.

«*Chi non fa, non falla!*» commenta Cesira che conosce una massima per ogni occasione poi, tra sé e sé, mormora scuotendo leggermente la testa: «Ha visto anche i soldi che ho nascosto. Non le scappa proprio niente!».

«Senti come sono buone queste polpette. Le ho appena cucinate assieme alla nonna» spiega poco dopo la bimba porgendo il piccolo tegame di coccio alla mamma Lorena.

La cagnolina che lei e la sorella Paola hanno battezzato Kim, anche se è un nome da maschio, non smette di saltarle addosso per farle festa.

«Ciao Kimina, ti sei accorta che sono rimasta via a dormire? Mi hai cercato?» le chiede sedendosi sul pavimento per abbracciarla.

La cagnetta sprizza felicità, dimena la coda e si stringe addosso alla sua padroncina alla quale è affezionatissima. È una cucciolina meticcia, poco più grande di un gatto, con il pelo lungo e fulvo e un musetto affilato da volpino dove spiccano due dolcissimi occhi color marrone, molto espressivi. Quando Luciana e la sua sorellina Paola sono in casa, è la loro ombra nonostante, per gioco, la vestano con i loro abitini smessi, la pettinino tirandole il pelo, la facciano camminare sulle zampe posteriori.

«Smetti di baciarla, non è igienico!» la rimprovera la mamma prima di chiederle: «Sei sicura di voler restare a dormire dalla nonna anche la prossima notte?».

«Sì, le faccio compagnia perché lo zio Giacci tornerà domani. Però adesso sto un po' qui a giocare».

«Domattina vieni a casa appena ti svegli perché devo provarti il vestito da *spianare* il giorno di Pasqua, altrimenti non faccio in tempo a finirlo. Quello di tua sorella è già pronto».

«È bellissimo!» esclama la bimba estasiata osservando l'abitino giallo, con le maniche corte a palloncino, arricciato in vita da un elastico. Poi chiede:

«Perché ci fai andare sempre vestite allo stesso modo?».

«Perché mi piace. Ho già visto anche due *ballerine* di vernice nera con un cinturino sottile, fermato di lato da un bottoncino. Ci sono entrambe le vostre misure» risponde la mamma compiaciuta.

«Paola però non è contenta. Dice che la fai vestire troppo da piccola» le confida la bimba con aria da cospiratrice.

Lorena la osserva interdetta e pensa:

«Succede a tutti: quando si è bambini si è impazienti di crescere e quando si è adulti si vorrebbe tornare indietro o, almeno, fermare il tempo!».

3

«Hai sonno?» chiede la nonna intenta a lavare i piatti, notando il silenzio di Luciana.

«No, ti sto guardando» risponde lei prima di chiederle: «Poiché tu e la mamma siete basse di statura, anch'io rimarrò piccola? Paola dice sempre che vorrebbe diventare almeno un metro e sessantacinque».

«Vedrai che crescerete più di noi; tutti i giovani stanno diventando più alti della generazione precedente; sarà merito dei cibi più sostanziosi» la rassicura.

«Meno male! Andiamo a letto?».

«Tra poco arrivo. Intanto tu lava i denti e infila il pigiama».

Cesira, di lì a poco, entra nella camera in punta di piedi e scruta la bimba che pare addormentata. Si spoglia in silenzio, si adagia cautamente sul letto e... si ritrova avvinghiata alla nipotina che le fa il solletico sul collo.

«Credevi dormissi. Anche questa volta ci sei cascata!» la canzona ridendo a crepapelle prima di spiegare: «Non potevo addormentarmi. Hai promesso di parlarmi degli animali, il mio argomento preferito! Io sono pronta».

La nonna sospira impercettibilmente.

«I miei genitori avevano due mucche, di quelle grandi, tutte bianche» inizia a raccontare infilandosi sotto le coperte.

«Dove si compravano?».

«Alla fiera. Era una scelta importante perché costavano tanto ed erano molto utili. C'erano i sensali che...».

«I *sensa* che? Questa parolina non me l'hai mai detta» chiede Luciana interessata.

«I sensali. Erano signori che capivano se le mucche ed anche gli altri animali erano sani e robusti; loro aiutavano chi voleva vendere a trovare i compratori e chi voleva comprare a scegliere bene. In cambio ricevevano un piccolo compenso».

La bimba non pare soddisfatta della spiegazione e insiste:

«Come facevano a capire se una mucca era ammalata?».

«Con l'esperienza. Controllavano la lingua, i denti, gli occhi, tastavano la pancia, guardavano se le zampe erano robuste...

e quando tutti si erano messi d'accordo sul prezzo, concludevano l'affare stringendosi la mano».

«Non scrivevano nulla?».

«No. A parte il fatto che pochissimi sapevano leggere e scrivere, una stretta di mano era una garanzia. Nessuno avrebbe mai ritirato la parola data. A quei tempi la gente era semplice ma onesta».

«A cosa servivano le mucche?».

«Producevano il latte e con la miseria e i tanti bambini che c'erano in tutte le famiglie se ne consumava tanto, perché un po' si beveva e un po' si usava per fare burro, ricotta e formaggio. Quello che avanzava si barattava o si vendeva. Ricordo che il mio babbo, assieme ad altri uomini, ognuno con una grande gerla sulle spalle, andava a Castiglione dei Pepoli nel giorno della fiera, che si teneva una volta il mese, per vendere formaggi, uova, verdura, frutta, polli... Tornava stanco ma soddisfatto. Ci andava a piedi, sai?».

«Era molto distante?».

La nonna riflette prima di rispondere: «Circa cinque chilometri, come da qui alla funivia che porta a San Luca e non c'erano strade ma solo vie sterrate e sentieri, pieni di sassi e di pozzanghere, con tratti in salita e in discesa... E non avevano neanche le scarpe!».

«Ma dai nonna! Camminavano a piedi nudi? È impossibile! Si sente male e freddo e ci si punge... Non si può».

«Si può... se non si hanno. Le persone avevano dei calli sotto ai piedi talmente spessi che parevano suole! E chi aveva le scarpe, fatte alla meglio, le usava poco per non consumarle» ride Cesira di fronte allo stupore della bimba.

«È proprio vero o mi prendi in giro?».

«Era così. Guarda che anche negli anni Trenta, quando era piccola la tua mamma, nelle campagne la situazione non era cambiata. Le scarpe erano un lusso».

«Lei le aveva, vero?» chiede Luciana preoccupata.

«Sì, le ha sempre avute. Ed anche lo zio Giacci».

«Meno male. Grazie nonna per avergliele comprate. Ora dimmi dei buoi. Che cosa facevano tutto il giorno?».

«Lavoravano nei campi, affiancati a due a due. Erano molto

utili perché a quei tempi non c'erano macchinari e loro, col giogo sulle spalle, tiravano il vomero per arare la terra. Avanti e indietro per settimane. Erano molto robusti».

«Il giogo è quel coso grande di legno e ferro che mi hai fatto vedere quando sono venuta con te a Sparvo?».

«Coso... si dice attrezzo. Sì, è quello. Invece il vomero è quello che penetra nel terreno e traccia il solco. Buoi e mucche si usavano anche per tirare il carro pieno di grano, di fieno o di legna. Ti ho già detto che ogni mattina si portavano a pascolare e anche ad abbeverare alla sorgente, vero? Avessi visto quanto bevevano!».

«Sì, questo lo so già. Mi sono simpatici ma fanno un po' paura perché sono tanto grandi! Preferisco le pecorelle».

«Di quelle ne avevamo una decina. Fornivano il latte ma anche la lana. Le donne, sedute davanti a casa, la filavano per fare maglie, sciarpe, mutande...».

«Mutande di lana? Ma pizzicano!» sobbalza la bimba.

«Eh dai, ci risiamo! Quando non si ha di meglio, va bene tutto. Meglio che non averle come succedeva a molti!» dice Cesira scoppiando a ridere di fronte alla sua espressione esterrefatta.

«Niente mutande? Se mi prendi in giro, non mi piace più ascoltarti» sbuffa Luciana incrociando le braccia e fingendo di mettere il broncio.

«Guarda che è la verità. Le donne spesso indossavano solo delle sottane lunghe fino alle caviglie» conferma la nonna divertita prima di riprendere a raccontare.

«Quando nascevano gli agnellini, il babbo li vendeva. A Pasqua ne cucinavamo sempre uno anche noi».

«Cattivi, cattivi. Mangiare gli agnellini, così carini...».

«Le persone avevano bisogno di nutrirsi poi la stessa cosa non vale anche per gli altri animali?».

«Gli agnellini sono tanto dolci. Io non li mangerò mai...».

«Nella vita *mai dire mai*. Durante la guerra le persone mangiavano persino i gatti per non morire di fame» taglia corto la nonna. «Avevamo anche un gallo e una dozzina di galline che tutto il giorno razzolavano intorno a casa e di notte andavano nel pollaio a dormire. Le uova si cucinavano fritte, sode o in umido come pietanza, poi si usavano per fare la sfoglia, le ciambelle, la crema...».

«Mmm!» esclama la bimba leccandosi le labbra e alzandosi a sedere nel letto. «La crema hai detto?».

«Sì, ma si faceva raramente, solo quando si preparava una torta per un matrimonio o un'altra festa» risponde la nonna spingendola sotto le coperte. «Avevamo anche un maiale».

«Stava nella stalla con le mucche?».

«No, per carità. Lui stava in un recinto un po' isolato perché emanava un odore molto sgradevole».

«Poverino. A me piacciono i maialini tutti rosa con quel codino piccolo, fatto a cavatappi! Lui che cosa mangiava?».

«Ghiande, castagne, frutta, verdura, crusca... insomma tutto ciò che gli davamo, soprattutto gli scarti. Quando si macellava il maiale era una vera festa; dalla mattina presto fino a sera si preparavano quelli che sarebbero diventati prosciutti, salami, salsiccia, cotechini, coppa, pancetta... Era un lavoro delicato e impegnativo; bisognava disossare la carne, tagliarla, suddividerla e tritarla secondo l'uso da farne, riempire le budella per fare gli insaccati, mescolare il tegame dei ciccioli che bolliva per ore sul fuoco...».

«Anche tu eri capace di fare tutte queste cose?».

«No. Io ero piccola e osservavo. In ogni paesino c'erano due o tre persone *esperte* che andavano nelle varie case a dirigere i lavori. Un'operazione molto importante era la salatura perché se si metteva poco sale, si correva il rischio che la carne andasse a male mentre, se se ne metteva troppo, diventava cattiva. Anche pepe, aglio e alloro, se messi nella giusta quantità, rendevano la carne più gustosa».

«E questi signori tanto bravi si facevano pagare?» chiede la bimba molto interessata.

«Ci si sdebitava con una pancetta o un po' di salsiccia o, più frequentemente, si ricambiava il favore aiutandoli a spaccare la legna o a vendemmiare l'uva o a mietere il grano. Terminato il lavoro, si mangiava tutti insieme, si beveva del buon vino e ci si divertiva molto. Ti ho pur detto che era una festa!».

«Poveri maiali. Però prosciutto e salame sono molto buoni,

perbacco!» scherza la bimba massaggiandosi il pancino.

«Sì ma considera che eravamo in tanti e un maiale doveva bastare per un anno intero quindi si centellinava tutto. La stessa cosa succedeva quando la mamma cucinava un pollo. Ne mangiavamo un pezzetto talmente piccolo che a malapena sentivamo il sapore ma già l'odore dell'arrosto ci dava allegria!».

«A proposito di cibo» la interrompe la bimba «il babbo mi ha raccontato la storia dei fratelli Giannini. Tu li conoscevi?».

«No. Che cosa facevano?».

«La loro mamma, quando faceva la polenta, la rovesciava sul tagliere poi la suddivideva in spicchi tutti uguali e nel mezzo metteva un pezzetto di salsiccia. Iniziavano a mangiare contemporaneamente e quello che arrivava per primo fino al centro se la prendeva. Strano perché voi mi dite sempre che si deve mangiare adagio e masticare bene!».

«Sì, ma a quei tempi contava mangiare. Mangiare e basta. Non si aveva paura di fare indigestione...» spiega la nonna prima di chiedere: «Vuoi che ti racconti anche dei conigli?».

«Sì. Sono tanto carini con quelle orecchione lunghe e il pelo morbido morbido» mormora Luciana con gli occhi a bilancino.

Di lì a poco regna il silenzio.

La nonna la guarda con tenerezza nella penombra della stanza e pensa che, a Dio piacendo, la vita della sua nipotina sarà migliore della sua. Tutto lascia sperare che anche in futuro lei non debba patire per la fame ed il freddo, né conoscere l'orrore della guerra, che possa avere una bella casa e frequentare una vera scuola.

«Sicuramente non dovrà andare a servizio o in convento perché a casa ci siano meno bocche da sfamare come succedeva a quasi tutte le bimbette della mia generazione!» riflette Cesira, che ha bene impressa nella mente quella fredda mattina in cui suo padre la accompagnò, appena dodicenne, con i soli abitini che indossava e una pagnottella di pane avvolta in uno scialle logoro, nella vicina città per fare la servetta in casa di persone tanto benestanti quanto avare e insensibili.

Non dimenticherà mai di quando all'alba la governante la svegliava in malo modo perché andasse nella cantina buia, gelida e infestata di topi, posta al piano interrato del palazzo, a prendere il carbone per accendere stufe e camini e di come le affibbiasse un susseguirsi interminabile d'incombenze troppo faticose per le sue spalle gracili. Ogni sera, dopo una cena frugale, Cesira piangeva pensando a casa prima di crollare nel lettino col materasso di crine. Era convinta di essere molto sfortunata eppure a tante sue conoscenti era capitato di peggio e poco più che bambine erano tornate a casa con figli illegittimi, marchiate col fuoco del disonore per tutta la vita, mentre erano solo vittime innocenti.

Il rosario è terminato ed anche la nonna, nata in una società gretta basata solo sugli uomini perché braccia da lavoro e da guerra, sta per addormentarsi consapevole che ormai le cose sono nettamente migliorate.

«E molto cambieranno ancora, se Dio vorrà. Di strada se n'è fatta tanta» pensa Cesira, classe 1899, alla quale lo Stato italiano ha concesso il diritto di voto solo nel 1945, mentre si rivede entrare, l'anno successivo, nel seggio elettorale, trepidante e orgogliosa, per esprimere per la prima volta la sua volontà.

«Meglio tardi che mai!» sospira quando, a un tratto, i suoi pensieri sono interrotti dal pianto di un neonato, ultimo di nove figli, che abita nell'appartamento sopra al suo.

«È una famiglia numerosa come quelle di una volta. Adesso quasi tutte le coppie si fermano a due bambini! Che cosa sarà meglio? Mah! L'importante è allevarli con sani principi, insegnando loro a distinguere il bene dal male e ad avere voglia di lavorare. Il resto, se hanno la salute e un po' di fortuna, arriverà! Di sicuro avere dei fratellini è educativo: s'impara a volersi bene, a condividere le cose, a non essere prepotenti, a essere solidali e si ha la consapevolezza di non essere il centro dell'universo. Certo che è fatica crescere dei figli con paghe tanto basse!» riflette ripensando a ciò che le ha raccontato Luciana nel pomeriggio mentre stava pettinandola.

«Sai nonna che il babbo ha montato una cassetta di metallo sulla ruota davanti della bicicletta?».

«Come mai? A cosa gli serve?» le ha chiesto.

«A metterci dentro delle bottiglie di liquore e dei vasi di croccanti e caramelle che fa assaggiare ai negozianti perché li comprino».

«Come sarebbe a dire?».

«Un signore che fa il rappresentante gli ha detto che si guadagna bene e così vuol provare anche lui per arrotondare lo stipendio».

«Ha già venduto qualcosa?».

«Per adesso solo un vaso di croccanti alla Stella, di quelli più grandi. Ha cominciato dai bottegai intorno a casa, quelli che conosce».

«Deve essere una cuccagna da poco! Domani chiederò spiegazioni a Lorena.» si ripromette Cesira prima di addormentarsi al suono quasi impercettibile del respiro dell'adorata nipotina.

4

Conversare con la nonna è una piacevole abitudine.

«Quanti programmi belli trasmettono per televisione! Vorrei tanto che il babbo la comprasse! Sono certa che gli piacerebbe anche se, quando resta a casa, non si annoia perché legge *l'Unità* ed *Epoca* o ascolta la radio».

«Quali programmi segue?» chiede la nonna.

«Il giornale radio, i dibattiti di politica, la cronaca delle partite di calcio e del Giro d'Italia e anche quella trasmissione in dialetto bolognese che ascolti tu. A me non piacciono neanche un po'! Per fortuna la mamma preferisce le canzoni e di mattina le ascoltiamo sempre. Lei mi legge anche i libri di favole, il *Corriere dei piccoli* e mi lascia guardare *Grand Hotel*. Sai che colleziono le copertine?».

«Ecco perché quando me lo passa mancano sempre!» esclama la nonna che lo legge regolarmente assieme a *Famiglia Cristiana*, che compra ogni domenica all'uscita della Chiesa.

«Ci sono dei disegni bellissimi firmati da un certo Walter Molino. Ne ho uno con una nave italiana che è affondata in fretta in fretta» prosegue la bimba.

«Si chiamava Andrea Doria. Nel 1912 era toccata la stessa sorte al Titanic dopo aver urtato un iceberg» spiega Cesira.

«Raccogliere i disegni mi piace ma guardare la tivù sarebbe un'altra cosa!» insiste Luciana sospirando comicamente con le manine appoggiate sui fianchi. «Tu, che non avevi né radio né giornali da leggere, cosa facevi da piccola per divertirti?».

«Poiché in tutte le case vivevamo in quindici o venti persone tra genitori, figli, nonni, fratelli e sorelle, cugini... ci facevamo molta compagnia. Anche troppa per la verità, infatti non c'era un attimo di pace. La cucina era il luogo più importante della casa e in inverno trascorrevamo le serate a conversare davanti al camino. Gli uomini ed anche alcune donne masticavano tabacco. Lo tenevano nella tabacchiera e ogni tanto ne prendevano un po', lo annusavano o lo masticavano a lungo. Anch'io una volta ho provato di nascosto, ma sapessi che schifo! Un voltastomaco! Un saporaccio!».

La nonna ride ricordando l'episodio e la bimba la imita contagiata dalla sua allegria.

«È proprio divertente stare con te! Continua a raccontare, ma solo cose belle. Mi raccomando».

«A volte gli uomini arrostivano dei marroni e il loro profumo si spandeva per tutta la casa. Li sbucciavamo ancora bollenti poi li mangiavamo tutti insieme. Gli adulti bevevano anche del vino bollente e intanto parlavano del lavoro nei campi, dei compaesani, del tempo... Noi bambini ascoltavamo in silenzio e prima di andare a dormire recitavamo il rosario. Era divertente».

«A me sembra noioso» commenta la bimba sottovoce prima di chiedere con rinnovato interesse «non ti raccontavano mai delle favole, tipo quella di Pinocchio?».

«Forse quando io ero piccola molte di quelle che conosci tu non erano neppure state scritte. Comunque nessuno di noi aveva libri o giornaletti. Ricorda che parliamo dei primi anni del millenovecento. I personaggi di Walt Disney come Paperino e Topolino non esistevano ancora».

«Che peccato! A me piacciono tanto!».

«In compenso ci raccontavano delle storie sul lupo mannaro, sull'uomo nero, sul diavolo... A me piaceva ascoltarle ma, quando ero sola, avevo una paura!» confessa la nonna.

«Chi era l'uomo nero?» chiede la bimba avvertendo un brivido lungo la schiena.

«Era un omaccio grande e cattivo che rapiva, mettendoli dentro ad un grosso sacco, i bambini che non si comportavano bene».

«Cioè quelli che facevano i capricci?».

«Sì. Per esempio quelli che battevano la fiacca o che non recitavano le preghiere o che non erano rispettosi con gli adulti. Essere indisciplinati era una cosa gravissima ed i bambini, per quel motivo, venivano persino frustati con la cinghia dei pantaloni o bastonati dai padri più severi. Anche i maestri avevano una bacchetta e la percuotevano sulle dita o sulle gambe di chi, secondo loro, non si comportava bene. Pensa che alcuni facevano addirittura inginocchiare gli scolari su chicchi di grano o sassolini. Era dolorosissimo!».

«Perbacco, che cattivi!» esclama Luciana turbata.

«Purtroppo non esistevano leggi che tutelassero i bambini. Maestri e genitori forse credevano di educarli ma alcuni erano veramente brutali. Ora le cose sono cambiate ma si deve stare attenti a non esagerare col troppo lassismo perché, fin da piccoli, ci si deve abituare al fatto che ci sono regole da rispettare e limiti da non superare per nessun motivo».

«Di giocattoli non ne avevate?» chiede la bimba passando ad un argomento che l'affascina.

«Dovevamo usare la fantasia e costruirceli da soli».

«Anche questo è proprio brutto!».

«Eppure sono certa che eravamo più felici dei bambini di adesso che possiedono tante cose eppure spesso sono imbronciati o si annoiano. Ricordo che avevamo fatto una palla con degli stracci e i maschi, con i rametti degli alberi, costruivano le fionde per tirare i sassi e le canne per pescare nel fiume. Ci arrangiavamo e, comunque, *buon tempo e mal tempo non dura tutto il tempo*».

«Che cosa significa nonnina?».

«Che le cose cambiano, cioè non sono sempre belle o sempre brutte! Con questa convinzione nessuno si faceva scoraggiare dalle privazioni e dalle avversità anzi tutti si rimboccavano le maniche per superare gli ostacoli. Gli adulti emigravano o lavoravano nei campi senza lamentarsi, convinti che prima o poi sarebbero riusciti a realizzare i loro desideri. Ognuno aveva un sogno nel cassetto, una meta da raggiungere. E' importante avere uno scopo nella vita! Capisci?».

La bimba scuote il capo in segno di assenso e la nonna prosegue.

«Noi imparavamo fin da piccoli quali sono le cose veramente importanti, che bisogna lavorare sodo per ottenerle e, dopo, comportarsi bene per non perderle. Se hai sofferto per la fame capisci quanto sia bello mangiare a sazietà e se hai battuto i denti per il freddo apprezzi moltissimo un letto caldo e un maglione di lana. Allo stesso modo se hai vissuto lontano da casa e dalla tua famiglia e hai pianto per la nostalgia, una volta tornato non vorrai più lasciarle. Ti basteranno quelle cose semplici ma fondamentali per essere felice! Chi ha sempre avuto tutto senza faticare, come se gli spettasse di diritto, non se ne rende conto, non apprezza ciò che ha e a volte è infelice senza motivo; meno che mai è preparato ad affrontare le prove difficili e i dolori che prima o poi arrivano per tutti. Non è temprato, quindi è molto vulnerabile» prosegue la nonna «Dolori e sacrifici sono un po' come una vaccinazione: ti può fare male ma ti rende più resistente».

La bimba assente ma in realtà, per fortuna, il male allo stomaco per la fame non l'ha mai avvertito, per il freddo o per la lontananza da casa non ha mai sofferto quindi il suo è un atto di fede verso la nonna che non le racconta mai bugie. Di una cosa è convinta: ascoltando i suoi consigli difficilmente le capiteranno cose brutte.

La religione ha sempre avuto grande importanza per Cesira. Ogni sera recita le preghiere e ripensa a quando, bambina, lo faceva con i suoi famigliari davanti al camino o a quando, percorrendo il sentiero che portava verso valle, andava alla santa Messa nella piccola chiesetta con le pareti affrescate e le panche di legno stipate di compaesani, gli uomini da una parte e le donne dall'altra. Le sembra ancora di udire il suono delle campane che annuncia l'inizio delle funzioni religiose. Quello stesso sentiero ha percorso a sei anni per andare a scuola in sacrestia e un Natale dopo l'altro per andare a vedere il presepe fatto da don Giuseppe e dalla sua perpetua. Era essenziale ma bellissimo e incantava bambini e adulti con le sue statue in terracotta ed il muschio raccolto nel bosco. Lì è tornata innumerevoli volte per partecipare a matrimoni, battesimi, cresime e anche a funerali di parenti e amici morti troppo giovani per malattie banali o in guerra. Lì, appena ventenne, andò sposa a Serafino, che i compaesani subito soprannominarono *Bologna* perché viveva nella vicina città.

Di lui, l'uomo della sua vita, la nonna non desidera parlare perché quell'argomento la rattrista troppo e la bimba tiene a bada la curiosità per non ferirla, anche se le piacerebbe saperne di più di quel nonno morto improvvisamente quando lei non aveva ancora tre anni. Luciana ha sentito dire che è stato a lungo in una zona dell'Etiopia chiamata Abissinia per lavorare e in altri Paesi perché chiamato dalla Patria a combattere guerre poco sentite, come successo in quegli anni a quasi tutti gli uomini sani. Sa che tornato finalmente in famiglia, invece di potersi godere un po' di serenità e meritato riposo, si era ritrovato in casa il secondo conflitto mondiale. Generazione sfortunata la sua, vissuta tra guerre, lavoro durissimo e miseria nera.

Gli adulti dicono che raccontava con orgoglio di avere navigato sul *Rex*, il più grande transatlantico del mondo di quei tempi e di aver conosciuto niente di meno che il campionissimo del pugilato Primo Carnera e che, per essere felice, gli bastasse una fetta di pane con un po' di lardo e un bicchiere di lambrusco o riposare seduto all'ombra di un albero fumando un sigaro toscano.

La bimba ha solo un vago ricordo di quell'uomo piuttosto alto e bello, con due baffi ben curati e il cappello sulla testa, sempre sorridente, che spesso fischiettava o cantava le *romanze* con voce potente ed intonata. In una scatola di metallo che la nonna ha sul cassettone c'è una sua piccola foto ingiallita dal tempo, scattata chissà dove. La mamma conserva gelosamente il suo ultimo cappello, grigio, di feltro. È in alto, nell'armadio, incartato in un foglio di carta velina bianca e nessuno ha il permesso di toccarlo.

I conflitti bellici hanno segnato profondamente varie generazioni, anche quella del babbo. Nato nel 1920 in un'Italia poverissima appena uscita dalla Prima Guerra Mondiale, orfano di padre fin dalla più tenera età e con la casa crollata in seguito al terremoto del Ventinove prima e ai bombardamenti poi, Rino ha vissuto anni molto difficili. Neanche ventenne è stato chiamato a combattere nella seconda guerra mondiale ed inviato nella martoriata Istria. Diventato partigiano, ha combattuto per la Resistenza, cosa di cui va molto orgoglioso.

«Babbo racconta di quando facevi la guardia a quel deposito di armi e munizioni» chiede Luciana quella sera, seduta sulle sue ginocchia. Paola siede immediatamente nella sedia accanto e lui le accontenta, ma senza entusiasmo.

«Ci trovavamo in una radura in mezzo ad una foresta fittissima, piena di neve, spazzata da un vento gelido che ci toglieva il fiato. La temperatura era molto bassa, specialmente di notte, tanto che la barba attorno alla bocca gelava. Facevo parte di un piccolo manipolo di soldati che aveva l'incarico di sorvegliare un deposito di esplosivi e munizioni. Per non morire assiderati facevamo turni di guardia di due ore e camminavamo di continuo avanti e indietro. Spesso succedeva che obiettivi come quello fossero attaccati e sapevamo che nascosti tra i boschi c'erano cecchini, disertori e ricercati e, nel chiarore della neve, eravamo bersagli perfetti. Si sentivano solo il sibilare del vento e i versi degli animali, tra cui distinguevamo chiaramente gli ululati dei lupi e i bramiti degli orsi. Di notte ogni ombra sembrava un nemico e noi, quasi tutti ragazzetti di vent'anni che non avevano mai sparato un colpo di pistola, eravamo terrorizzati. A volte la paura e la suggestione erano così intensi che pareva che la lingua fosse completamente secca e talmente enorme da soffocarmi. Una notte un mio commilitone, in preda al panico, si mise a sparare all'impazzata. Fu trasferito e di lui non si seppe più nulla».

«Babbo» lo interrompe Luciana facendo calare la tensione «anch'io ho paura del buio».

«Lo so» risponde lui accarezzandola sui capelli.

«E gli orsi li avete mai visti?» chiede lei.

«Sì, erano colore marrone, molto grossi e veloci».

«Io credevo che si muovessero adagio».

«Neanche per sogno. Sono velocissimi, agili e forti. Hanno denti e artigli micidiali».

La bimba gli rivolge uno sguardo adorante equiparandolo a un eroe dei film mitologici che le piacciono tanto poi chiede:

«Adesso mi racconti la storia del tedesco a cavallo?».

«È successo durante il periodo in cui ero partigiano» l'accontenta il babbo. «Vivevo *alla macchia* e un giorno, all'alba, mentre mi stavo lavando in una fontana nel cortile di una casa colonica abbandonata, ho sentito il galoppo di un cavallo. Ho alzato la testa ed ho visto un soldato venire velocemente nella mia direzione. Per scappare non c'era tempo e mi sono riparato alla meglio dietro alla fontana col cuore che batteva all'impazzata. Contemporaneamente anche lui mi ha visto e ci siamo scrutati per qualche istante senza sapere cosa fare perché entrambi avevamo paura che l'altro sparasse. Poi, di scatto, ha spronato il cavallo ed è fuggito, con mio grande sollievo».

Luciana lo osserva affascinata con le manine premute contro le guance poi chiede:

«Mi racconti di quando i tedeschi volevano fucilarti assieme a tanti altri?».

«Ci avevano catturati facendo un rastrellamento e credevo che fosse veramente arrivata la fine ma, mentre eravamo già schierati contro un muro e c'era chi piangeva, chi urlava, chi pregava... le sirene annunciarono un'incursione aerea e dopo pochi secondi si sentì il rombo del motore dei bombardieri. Nel caos generale, mentre tutti correvano qua e là per ripararsi, scappammo» afferma il babbo nascondendo a stento l'emozione. Dopo alcuni secondi prosegue: «Non tutti sono stati così fortunati; intere famiglie sono state sterminate e molte persone sono sparite nel nulla o hanno riportato orrende mutilazioni. Nessuno dovrebbe vivere l'esperienza della guerra! Se non ci sono la pace e la salute, qualunque altra cosa perde totalmente di valore».

Le bimbe ascoltano immobili, in un silenzio quasi solenne. Non hanno commenti da fare, domande da porre, dubbi da sollevare perché istintivamente percepiscono la verità profonda di quelle parole. Il babbo mette fine al suo racconto, accende una sigaretta e va a fumarla in balcone. Quei ricordi lo rattristano sempre.

Di solito le sorelline scherzano con lui, giocano a dama, si fanno raccontare episodi della sua infanzia o chiedono spiegazioni relativamente a fatti che le incuriosiscono.

«Babbo, non si farà più la *Mille miglia*?» chiede Paola quella stessa sera.

«No. Dopo questa edizione, a causa dell'incidente in cui sono morti due piloti e numerosi spettatori, il Governo ha vietato tutte le corse automobilistiche su strada» conferma Rino riponendo il quotidiano che sta leggendo.

«Ha fatto bene, vero? Erano troppo pericolose»

Luciana, cullando la sua bambola, guarda prima la sorella poi il babbo che risponde:

«Sì, però mi dispiace. L'avevo seguita fin da bambino. Era emozionante sentire il rombo dei motori e guardare sfrecciare bolidi come *Ferrari, Maserati, Jaguar...* ho visto anche il mitico Tazio Nuvolari che ha compiuto imprese leggendarie. Per fortuna adesso ci sono tanti altri passatempi!».

«Per esempio?» chiedono all'unisono.

«Vi sembrano poco radio, televisione, cinema, giornali? Quando io ero piccolo, tante cose o non erano ancora state inventate oppure erano solamente per i *signoroni*. Adesso possiamo permettercele in tanti» spiega con aria soddisfatta ed enigmatica.

In effetti qualcosa bolle in pentola.

Luciana, alla quale sfuggono ben poche cose, ha sentito la mamma lamentarsi perché il babbo, ultimamente, si comporta in modo misterioso. Quando rincasa dal lavoro, dopo aver pranzato, invece di fare un sonnellino, una passeggiata, leggere il giornale o sbrigare piccoli lavoretti, torna in centro.

«Strano! Che cosa andrà a fare? Non c'è stato verso di cavargli niente!» sospira la mamma.

Adesso anche lei è tanto, ma veramente tanto, incuriosita.

5

La casa in cui Luciana ha vissuto fino all'età di tre anni con i genitori, la sorellina Paola, i nonni e lo zio Bruno, detto Giacinto anzi, affettuosamente, Giacci, era una costruzione grigia, a due piani, con un ampio cortile circondato da un muretto alto non più di mezzo metro. L'appartamento occupato dalla sua famiglia aveva, secondo la moda di quegli anni, stanze molto ampie col pavimento di mattonelle grigie picchiettate di bianco e nero. Ricorda vagamente la cucina, con la stufa economica in fondo e la finestrina in alto, il bagno lungo e due camere con la portafinestra che dava su un enorme terrazzo quadrato ove, nelle giornate più tiepide, giocava mentre la mamma cuciva e il babbo assemblava biciclette, suo secondo lavoro.

Di pomeriggio c'era un continuo via vai di parenti che venivano per conversare e scaldarsi al calduccio della stufa ma di mattina lei e la mamma Lorena solitamente erano sole. La radio era spesso accesa e trasmetteva le canzoni di Nilla Pizzi, Giorgio Consolini, Gino Latilla, Natalino Otto, Narciso Parigi, Alberto Rabagliati, Achille Togliani, Luciano Tajoli, Claudio Villa, del Quartetto Cetra...

Anche in quei primi anni di vita, Lorena è presente negli occhi e nel cuore della bimba col suo bel viso, la voce rassicurante, l'odore buono della pelle, le carezze amorose. Immagini ed episodi emergono come spezzoni di filmati sfuocati, riaffiorano dai meandri più reconditi della mente prima a fatica poi sempre più numerosi, come un fiume inarrestabile. Ogni volta l'assale una miriade di emozioni: amore, nostalgia, tenerezza...

In una calda sera d'estate la famigliola si è recata ai Giardini Margherita ove c'è una festa con tantissime persone, bancarelle e stand gastronomici. All'improvviso la bimba, piccolissima, vede attorno a sé solo visi sconosciuti e si mette a correre, piange, vaga angosciata in quella giungla di gambe che le tolgono la visuale. A un certo punto è in braccio a un signore che, avendola scorta sola e piangente, cerca di rassicurarla e la interroga gentilmente.

«Come ti chiami? Dove abiti?».

Lei inizia a calmarsi, risponde, poi, come illuminato da un flash, all'improvviso, scorge il viso angosciato della mamma emergere dal buio della notte e farsi sempre più vicino. In breve vede le sue labbra distendersi in un bellissimo sorriso, sente le sue braccia rassicuranti stringerla forte a sé. È in salvo.

Ora vede la giovane mamma seduta su una sedia a dondolo con la testa china sul petto e le mani abbandonate sulle cosce mentre piange disperatamente.

«Perché piangi? Ci sono io qui con te» chiede la bimba appoggiando il capo sulle sue gambe.

Lei la guarda tra le lacrime, la accarezza, ma non riesce né a smettere di singhiozzare né a parlare. Nei giorni scorsi i parenti, con espressione mesta, sono venuti uno dopo l'altro, hanno abbracciato Cesira, la mamma e Giacci e dato la mano al babbo. Parlavano a bassa voce. Luciana era disorientata e ha chiesto cosa stesse succedendo ma nessuno le ha risposto. Alla fine ha capito che non avrebbe più rivisto il nonno Serafino, non lo avrebbe più sentito ridere allegramente né guardato dalla finestra mentre accompagnava Paola a scuola caricandola davanti a sé, sul *cannone* della sua bicicletta nera.

Saprà poi che era il gelido gennaio del 1954.

È primavera e la mamma sta conversando sul pianerottolo con la signora Frabetti. Le porte dei due appartamenti sono aperte. La bimba, curiosa per natura, entra in casa della vicina e vede una bottiglia sul pavimento, di fianco alla credenza; è marrone scuro, uguale a quelle contenenti birra che ha visto tante volte dalla *fiaschettaia*. Un attimo e se la porta alla bocca ma... che puzza, che saporaccio! Corre dalla mamma.

«È varechina. Oddio, quanta ne avrà bevuta?» le voci si sovrappongono allarmate.

«La bottiglia è ancora piena».

«Forse solo una boccata. Deve aver sentito subito il sapore».

Ricorda le frasi spezzate, lo scompiglio, la mamma che le mette due dita in gola e la fa vomitare, poi la porta a passeggiare lungo la ferrovia, rialzata rispetto al piano stradale, per prendere aria e respirare meglio. Rimedi di una volta... Deve averne bevuta davvero poca giacché è ancora qua e non le è neppure venuto un po' di male allo stomaco!

Anche il babbo Rino emerge dai ricordi più cari e lontani.

«Non avere paura, tengo stretto il sellino, ti sorreggo io» la incoraggia mentre la piccola bicicletta rossa procede lentamente, un po' a zig zag. «Non guardare in basso ma sempre davanti a te» le ripete.

«Non mi lasciare!» grida la bimba concentrata a pedalare mentre copre per l'ennesima volta la distanza che separa i due lati del cortile.

Il babbo le sta insegnando ad andare in bicicletta e, se non fosse per la paura di cadere, sarebbe già in grado di farlo.

«Frena, frena!» le grida a un tratto e lei ubbidisce mettendo a terra i piedini e appena ferma, si gira cercandolo.

«Dove sei? Ti eri fermato laggiù? Stavo andando da sola?».

«Sì. Hai visto che sei capace?».

«Evviva, evviva! Corriamo a dirlo alla mamma e a Paola. So andare in bici, so andare in bici, so andare in bici...».

Dopo la morte del nonno la famiglia trasloca spostandosi di pochi isolati. Ogni mattina Luciana resta in casa con la mamma e la osserva svolgere le faccende domestiche inseguendola di stanza in stanza, saltellando e chiacchierando con lei. Quando finalmente Lorena si sistema davanti alla sua Borletti verde e inizia a cucire, lei affianca due sedie usandole a mo' di banco, si accomoda nella sua seggiolina impagliata ed inizia a giocare. Il babbo è andato in ufficio e Paola a scuola.

«Anche tu, quando eri piccola, mangiavi ogni giorno polenta?» chiede a un tratto mentre gioca tranquillamente con i tegamini e con Camilla, la sua bambola.

«In effetti negli anni trenta per molti era ancora l'alimento principale, ma la nonna la cucinava raramente perché ne aveva mangiata talmente tanta che non la poteva più soffrire. Tutte le settimane cuoceva il pane nel forno della stufa e faceva la sfoglia liscia, bella gialla, senza neppure un buchino. Aveva imparato da bambina, quando era a servizio».

«E a colazione cosa dava a te e allo zio Giacci?».

«Una fettina di pane con sopra un velo di marmellata o di miele e una tazza di latte. A lui piaceva anche l'uovo sbattuto. A me no».

«Oltre alla pasta asciutta cosa cucinava?».

«Salsiccia in umido con le patate, polpette, frittate con le verdure, frittelle di patate o di fiori di zucca, crescentine fritte... Era molto brava. A merenda, a volte, mangiavamo una fettina di pane con sopra burro e zucchero oppure con un filo di olio e un pizzico di sale».

La bimba è soddisfatta e annuncia alzando l'indice verso il cielo:

«Da grande voglio fare la cuoca, anzi la cuoca o la gelataia così mangio sempre cose buone».

«Prima è meglio pensare a studiare perché di persone ignoranti ce ne sono già abbastanza in giro» ribatte la mamma ridendo della sua comica espressione.

In effetti la scuola affascina molto la bimba, che chiede:

«A ottobre, quando andrò in prima elementare, posso avere una cartella rossa? E l'astuccio con la lampo sul lato come quello di Paola?».

«Vedremo. Intanto prendi il tuo quaderno e scrivi una pagina di o, belle tonde, tutte uguali, ben ordinate».

«Va bene, ma prima cantiamo un po'?».

La mamma intona *Papaveri e papere* e Luciana le si avvicina per duettare con la sua voce squillante, gesticolando, mimando le parole, facendo piroette.

«*Lo sai che i papaveri son alti alti alti e tu sei piccolina...*».

«Adesso cantiamo la canzone dei nonni, quella di quando lui è andato in Africa? Come fa pure?».

«*Non ti scordar di me, la vita mia legata è a te. Io t'amo sempre più...*».

Ben presto gli occhi della mamma si riempiono di lacrime e la sua voce s'incrina.

Pur non dandosi pace per la morte del padre, Lorena ha un carattere ottimista e allegro quindi le lunghe mattinate trascorse con lei sono gioiose, calde, intime, serene, ovattate e Luciana non si annoia mai. Spesso guarda fuori dalla finestra e osserva le persone che passano per la strada, il fumo che esce dai comignoli disegnando forme strane, le nuvole che si rincorrono, la pioggia che batte sui vetri un po' appannati su cui disegna facce tonde con occhi enormi. A volte gioca a *zoppo galletto* saltando agilmente da una mattonella all'altra del corridoio oppure fa rotolare piccole biglie colorate, di vetro, seguendo percorsi in cui ha disseminato ostacoli da evitare. Spesso, usando gessetti colorati, traccia su una piccola lavagna nera figure che nella sua intenzione dovrebbero rappresentare oggetti e persone ma che immancabilmente sono ben lontani dalla realtà. Eh sì, per il disegno è negata, al contrario della sorella che è molto brava! Sono giochi semplici che la divertono molto e quando la passione per le *storie* riaffiora, si rivolge alla mamma, sempre presente e pronta a soddisfare la sua curiosità.

«Anche tu da bambina vivevi a Sparvo?».

«Solo fino all'età di otto anni. La nonna Cesira, il mio fratellino ed io abitavamo in una casetta che si chiamava *Casa Sasso* forse perché costruita interamente di sassi. Era divisa a metà da una scala; a destra stavamo noi e a sinistra mia zia Rachele con i suoi bambini Mario, Maria, Vittorio e Gino, che fu mandato in Russia durante la guerra e non se n'è mai più saputo niente. Ricordo bene quando partì, orgoglioso con la sua divisa da soldato. Aveva meno di venti anni!».

«Chi è pure la zia Rachele?» chiede la bimba grattandosi la testa.

«La sorella maggiore della nonna Cesira. E' piccolina, cicciottella, abita in Toscana ed è sposata con Ottaviano, quel signore che ama tanto Bologna e che ogni tanto viene a trovarci e resta a dormire da noi».

«Ah, sì. Adesso ricordo. Mi compra sempre le caramelle.

Anche lui abitava con voi?».

«No. Era in Africa, come il mio babbo. Quasi tutti gli uomini emigravano».

«Tu dovevi lavorare nei campi e badare alle mucche?» chiede la bimba ripensando all'infanzia della nonna Cesira.

«No. Avevamo solo qualche gallina e dei conigli che spesso prendevo in braccio. Ricordi che lo hai fatto anche tu una volta?».

«Sì. Che carini! Avevano tanta paura e tremavano, allora li ho rimessi subito nella gabbia» risponde la bimba che sta già seguendo un altro pensiero.

«I tuoi nonni dove abitavano?».

«Lì vicino, a *Casa Trovelli*, con i loro figli minori Gino e Davide, anche loro sposati e con dei bambini».

«Che erano poi i tuoi cuginetti, vero?».

«Esatto. Coltivavano ancora il podere di famiglia. C'era molta miseria ma noi non abbiamo mai patito la fame perché il mio babbo Serafino, che lavorava all'estero, mandava sempre a casa un po' di soldi. Ti ricordi di quelle monete strane che la nonna conserva in quella grossa pentola di rame?».

«Già, è vero. Ci gioco sempre!» esclama la bimba battendosi una manina sulla fronte per poi proseguire con le sue domande.

«Era bello avere tanti cuginetti?».

«Sì, inventavamo mille giochi e ci divertivamo molto ma mi piaceva anche guardare gli adulti quando facevano il formaggio o il vino o impagliavano le sedie o fabbricavano le scope con la saggina».

«Come facevano a fare il vino?».

La mamma, per l'ennesima volta, spiega pazientemente:

«Quando l'uva era matura, solitamente a settembre, i contadini vendemmiavano, cioè raccoglievano i grappoli in grandi casse di legno, poi li trasferivano in contenitori detti *bigonci* ove li pigiavano ben bene con i piedi. La poltiglia che ne risultava veniva versata in grandi tini che in basso avevano un foro, chiuso da un tappo di sughero. Fermentando, dopo una decina di giorni, il succo si depositava sul fondo, al contrario di buccia e graspi che salivano in superficie. Allora nel foro del tino s'infilava un tubicino attraverso il quale il liquido passava nelle damigiane ove si lasciava per alcuni mesi, fino al momento di berlo».

«Non si metteva nei fiaschi come quello che si compra nei negozi?» chiede la bimba interessata.

«Non ce n'era bisogna perché ogni famiglia ne produceva poco quindi, in pochi mesi, veniva bevuto».

«Mamma, anche tu pigiavi i grappoli con i piedi? Facevano solletico?».

«Qualche volta ho provato. Per noi bambini era un gioco ma ci stancavamo in fretta perché c'erano tanti moscerini che s'infilavano dappertutto e dall'uva saliva un odore che ci faceva ubriacare».

La curiosità di Luciana è inesauribile e, ottenuta una risposta, ha già pronta un'altra domanda.

«La spesa dove la facevate?».

«C'era una piccola casetta nel centro del paese che davanti era bottega e dietro era cucina, con una signora piccola e magra che si chiamava Gelsomina ma era soprannominata Gesumma. Aveva i capelli bianchi, pochissimi denti e il mento a punta. Era sempre vestita di nero perché le signore che avevano perso il marito o un figlio avevano l'abitudine di portare il lutto e tutte, purtroppo, avevano perso l'uno o l'altro a causa di un'epidemia o di una guerra».

La voce s'incrina per la commozione perduta in ricordi e visi mai più visti.

«Mamma, mammina, non ti fermare».

«Dicevo... cosa stavo dicendo?».

«La Gelsomina».

«Sì. Già. Avrà avuto poco più di trent'anni ma a me è sempre sembrata anziana. Tutte le persone dimostravano più degli anni che avevano perché, a quei tempi, quando perdevano i denti non li rimettevano più, i capelli non li tingevano e la pelle sempre esposta al sole e al vento si riempiva presto di rughe».

«Che brutti dovevano essere!» esclama Luciana scoppiando a ridere.

«Nessuno ci faceva caso perché erano tutti così».

«Che cosa compravate nella bottega?».

«Poche cose perché, anche negli anni Trenta, soldi ce n'erano pochi. Alcuni portavano qualcosa da barattare ma anche quando non avevano nulla Gesumma dava ugualmente ciò che chiedevano perché conosceva tutti e c'erano comprensione e solidarietà, quelle che solamente i poveri nutrono veramente. Tutte le famiglie avevano il *conto* aperto con lei, tutte avevano una pagina o anche due nel suo quaderno con la copertina nera. Spesso un lavoretto o una carriola di legna saldavano il piccolo debito».

«Mammina» chiede la bimba cambiando argomento e diventando improvvisamente seria «quando tu eri piccola c'era una scuola o andavate in sacrestia come aveva fatto la nonna all'inizio del Novecento?».

«I tempi stavano cambiando e una specie di scuola c'era, ma quelle di città erano un'altra cosa. Stavamo in una stanza troppo grande per la piccola stufa che avrebbe dovuto riscaldarla, seduti su alcune panche di legno e pendevamo dalle labbra della maestra, una signorina appena diplomata che, per fare esperienza ed essere in seguito assunta in una sede migliore, aveva accettato di insegnare nel mio paesino. Mi sembra si chiamasse Vittoria e soggiornava in una modesta e fredda stanzetta, comunque la più calda della casa, quella riservata alle persone importanti. Ricordo che per ripararsi dal freddo indossava dei guanti di lana senza la punta delle dita e aveva un grande scialle marrone che ogni tanto metteva sulle spalle dei bambini che tossivano più forte. Tutti i giorni ci leggeva qualche pagina di un libro, sempre storie bellissime, ci raccomandava di lavarci e di disinfettare le ferite con acqua salata bollita e controllava se in testa avevamo i pidocchi. Sicuramente alcuni di noi devono a lei il fatto di essere ancora vivi perché a quei tempi le norme igieniche erano sconosciute tra i contadini poveri e ignoranti e non era raro che una persona morisse a causa di una banale ferita che s'infettava. Le medicine quasi non esistevano e spesso ci si curava facendo infusi e decotti con erbe e radici che si raccoglievano nei boschi».

«I maestri bacchettavano i bambini sulle dita?» la

interrompe Luciana aspettando con ansia la risposta.

«Qualcuno sì, ma tu non avere paura» aggiunge la mamma accarezzandole i capelli. «Adesso nessuno si azzarda a fare certe cose. Rimproverare sì, ma picchiare non si può».

La piccola, a quelle parole, tira un sospiro di sollievo, riprende il suo quaderno e traccia con rinnovato entusiasmo qualche riga di o, belle tonde, tutte uguali.

«Guarda. Sono stata brava?».

«Sì, molto. Adesso ti faccio vedere la a; il tondo è uguale solo che ha una gambina a destra che deve arrivare fin sulla riga. Vedi? Domani disegna tante di quelle».

«Va bene. Ciao zio.» aggiunge poi Luciana voltandosi verso il nuovo arrivato mentre la mamma gli chiede:

«Sei tornato al cinema a vedere Gioventù bruciata ieri sera?».

«Puoi scommetterci» conferma sorridendo il ragazzo «l'ho già visto quattro volte!».

Lei lo guarda amorevolmente, scuotendo la testa come fa spesso con le figlie, poi esclama:

«Va bene che quando era in vita impazzivate tutti per James Dean ma quel film lo saprai a memoria! E ti sei anche pettinato come lui!».

La mamma ha una vera venerazione per il fratello minore, è molto orgogliosa di lui, ripete sempre che è bello e intelligente, tesse le sue lodi e immancabilmente lo difende quando la nonna lo rimprovera se rincasa alle due di notte. È alto circa un metro e settantacinque, ha un fisico snello ma robusto, ben proporzionato, le gambe diritte e muscolose. Il viso ha tratti regolari con occhi nocciola con pagliuzze verdi, il naso diritto, la bocca leggermente carnosa e un piccolo neo sotto il labbro inferiore. Come molti ventenni della sua generazione porta i capelli corti, a spazzola, ama andare in moto, giocare a biliardo, ballare il rock e andare allo stadio per vedere le partite della sua squadra del cuore: il mitico Bologna.

Giacci, che ricambia in pieno l'affetto della sorella, continua a ridere passandosi una mano tra i capelli poi prende un pugno di ciliege dalla fruttiera e si mette a mangiarle con gusto dirigendosi verso il balcone.

«Zio, ci porti a fare un giretto con la moto?» chiede Paola indicando anche Luciana.

Le bimbe sono veramente innamorate della nuova Ducati rossa fiammante che lui ha comprato da poche settimane preferendola a Vespa e Lambretta, che vanno molto di moda. Per loro sfrecciare nel vento, anche se per la verità lo zio guida molto prudentemente quando le trasporta una sul sellino posteriore e l'altra sul serbatoio davanti a lui, è un vero divertimento, persino più grande che salire sul side-car che il meccanico ha attaccato alla sua moto Guzzi.

«Potrei accompagnarvi più tardi. Vostra mamma cosa ne pensa?» risponde lui prendendo al volo altre ciliege.

«Va bene, ma solo se non piove. Ci sono molte nuvole» acconsente lei.

«Grazie mammina!» esclamano le bimbe abbracciandola forte e lei sorride mettendo in mostra i suoi denti bianchissimi.

«Ciao *Lore*. Ci vediamo dopo» saluta Giacci uscendo.

Il suo sguardo e il suo ultimo saluto sono sempre per lei.

Luciana osserva il cielo grigio, i tetti delle case su cui iniziano a comparire le prime antenne televisive e i marciapiedi della strada sottostante sui quali camminano persone che in gran parte conosce. Constatando che non piove, si rivolge soddisfatta a Paola.

«Potremmo andare alla Fontana del Nettuno, così vediamo zampillare l'acqua dai buchini e i piccioni che bevono. Sono tanto buffi!».

«Se andassimo ai Giardini Margherita?» propone la sorella.

«Là ci sono i leoni e mettono un po' paura» tentenna lei.

«Ci sono anche i daini che vengono a prendere il pane dalla mano; ce ne facciamo dare un po' dalla mamma. Va bene?» insiste Paola che alla fine la spunta sempre grazie ai suoi modi garbati.

«Sì, ma vorrei fare anche un giretto sulla giostra».

Lorena, che cuce seduta accanto al tavolo del soggiorno, le ascolta conversare; sono euforiche per l'inaspettato diversivo. In effetti ai Giardini Margherita ci sono tante cose belle: varie gabbie con animali esotici, un ampio spazio con i giochi per i bambini e, di domenica, un teatrino con i burattini e un trenino con vagoni rossi e neri che percorre i larghi viali alberati. Poi c'è il lago artificiale, a tratti circondato da enormi massi grigi, ove stazionano papere e grossi cigni e solcano barchette a remi verniciate di bianco. Le sorelle a volte vi salgono per fare un giretto, continuamente richiamate dal babbo perché non si sporgano per toccare il pelo dell'acqua con le dita. Poi c'è la tappa obbligata al piccolo chalet ove gustano gelati deliziosi.

«Tarderà ancora molto lo zio? Non si sarà dimenticato?» chiede Luciana impaziente, per l'ennesima volta.

Di lì a poco il suono del campanello mette fine all'attesa.

6

Oggi una pioggerellina sottile avvolge la città e Luciana, dopo aver bevuto un bicchiere di latte tiepido, si accomoda nella sua seggiolina. E' un po' annoiata.

«Mi racconti di quando tu e la tua famiglia vi siete trasferiti a Bologna?» chiede.

«L'ho già fatto tante volte!» ribatte la mamma intenta a cucire con la sua Borletti.

«Mi piace tanto ascoltarti. Ti prego. Ti prego» insiste la bimba e Lorena l'accontenta.

«Era il 1936 ed avevo quasi nove anni. La casa in cui andammo ad abitare era di mattoni rossi, circondata da un piccolo cortile in terra battuta pieno di buche. C'erano sei appartamenti e un grande atrio col pavimento di lastre grigie. Avevamo la cucina con il camino e una stufa economica smaltata di bianco che la nonna teneva sempre accesa, una camera enorme e il gabinetto, un vero lusso perché gli altri inquilini lo avevano in comune sul pianerottolo. Era una bella costruzione per quei tempi, peccato che sia stata bombardata durante la guerra. Fortunatamente noi eravamo *sfollati* in campagna».

«La vasca per fare il bagno c'era?».

«No, usavamo una grande tinozza che riempivamo con l'acqua calda della stufa. Era comodissima» spiega la mamma.

La bimba per un po' smette di porre domande intenta a giocare con la bambola alla quale sta insegnando a tracciare la *a* tonda tonda con la gambina a destra fin sulla riga. A un tratto chiede con aria supplichevole:

«Posso andare a comprare un pezzetto di pizza?».

«Sì. Vai dalla Tosca ma prendine solo trenta lire, altrimenti si guasta l'appetito» concede Lorena prendendo alcune monete dal borsellino di pelle.

La bimba corre nella vicina panetteria con forno annesso e in un baleno è di ritorno trafelata e impaziente di condividere il piccolo trancio con la mamma.

«Mmm, com'è buona! Piena di mozzarella!» esclama soddisfatta, poi si rivolge alla bambola: «Tu no Camilla. Lo sai che ti fa male al pancino. Finisci di fare i compiti piuttosto ché poi devo farti il bagnetto nella vasca e non lamentarti perché la mia mamma, poverina, aveva solo una tinozza!».

Lorena sorride e sta al gioco rivolgendosi a sua volta alla piccola bambola.

«Non piangere. È bello lavarsi e prima di andare a nanna anche Luciana e Paola faranno un bel bagno».

Luciana reagisce immediatamente.

«Oh no, devo proprio? Non sono per niente sporca, davvero. Guardami le orecchie. Guarda. Guarda».

«Lo sai che almeno due volte la settimana si fa il bagno!».

«Potresti darmi una saponata sola e non lavarmi la faccina? Mi pizzicano sempre gli occhi!».

«I microbi portano le malattie! Sull'igiene non si transige» risponde la mamma con decisione e a lei non resta che sospirare rassegnata.

Fare il bagno è una cosa un po' bella e un po' brutta. All'inizio non le dispiace quando lei sta da una parte della vasca e la sua sorellina dal lato opposto e fanno gli spruzzi con l'acqua, le bolle col sapone... La parte brutta è quando arriva la mamma perché la insapona e a lei sembra di non respirare. Torna a essere bello quando la fa sedere vicino al calorifero e l'aiuta ad asciugarsi con il grande telo di spugna caldo. Anche dopo è piacevole annusare la pelle profumata di talco.

«Camilla hai sentito? Anch'io farò il bagno, anzi me lo farà la mamma. Non è giusto però!» prosegue brontolando a bassa voce: «Paola si lava da sola, perbacco. E anche quando mangia, nessuno la imbocca!».

Il fatto è che Luciana è inappetente e Lorena, preoccupata per la sua magrezza, insiste perché mangi. In cucina c'è un grande tavolo rettangolare di legno chiaro con sopra una lastra di marmo bianco, striata di grigio. Ognuno ha il suo posto quando si pranza e si cena. La mamma e il babbo stanno nei lati lunghi, l'uno di fronte all'altro, e le due sorelline nei lati corti. Per pranzo la mamma prepara sempre la pasta asciutta con il ragù di carne che a Luciana, tutto sommato, piace abbastanza. Con la verdura non va d'accordo ma la cosa che detesta più di tutto è la bistecca eppure, nonostante le sue lamentele, la mamma gliela infila in bocca un pezzetto alla volta dicendole:

«Mastica che fa bene».

Il babbo scuote la testa ed immancabilmente esclama:

«L'avessi avuta io!».

Neanche la sorellina la difende e lei pensa scoraggiata:

«Per forza, a lei la carne piace!».

Fatto sta che ogni boccone rappresenta una lotta; mastica, mastica, beve un sorso d'acqua, ma la carne non va giù. Quell'operazione dura almeno mezz'ora col risultato che la mamma, a volte, si spazientisce e le appioppa uno scappellotto.

Un'altra cosa che detesta è quando Lorena si arma di pettine e forbici, le fa la riga in mezzo e dopo averle detto *non ti muovere* inizia a tagliarle prima i capelli intorno poi la frangetta. Lei non li vorrebbe troppo corti ma, a forza di cercare di pareggiarli, Lorena a volte arriva fino all'altezza delle orecchie e Paola, con la crudeltà dei bambini, la deride canticchiando:

«Ti ha fatto la capannina in testa! Ti ha fatto la capannina in testa!».

Finisce che lei, immancabilmente, piange.

Paola, che ha tre anni più di lei, frequenta la terza elementare e, per quel motivo, si dà una grande importanza quando la mamma le chiede notizie della scuola.

«Cosa vi hanno insegnato oggi?».

«La prima coniugazione dei verbi, poi abbiamo risolto il problema di una signora che doveva dividere una torta tra i suoi bambini...».

«Sulle frazioni» dice la mamma che è bravissima e, non si capisce come mai, sa sempre tutto.

«Mamma, mamma, cosa sono le frazioni? Me le insegni? Ti prego, ti prego» supplica Luciana.

La sorellina la guarda con sufficienza.

«Figuriamoci! Le sto imparando io che sono in terza! Tu impara a fare bene la *a*».

«So già farla e anche la *o* di ombrello poi la mamma mi ha fatto vedere anche la *e* di elefante, la *i* d'imbuto e la *u* di uva. Vero mamma che sono brava?».

«Molto. Quando inizierà la scuola, saprai scrivere tutto l'alfabeto» la rassicura accarezzandola mentre osserva il suo ultimo disegno.

«Ti piace? È un albero di Natale con le palline» spiega lei indicando una macchia verde appuntita e degli approssimativi cerchi di vari colori.

«È carino ma devi fare le palline più rotonde e più piccole. Vedi che sono grandi quasi quanto l'albero?».

«È perché non mi ricordo bene come sono fatte. Posso prenderle? E anche le statuine del presepe?».

La mamma l'accontenta e la bimba è al settimo cielo. Le piace tanto osservare le sfere colorate, metterle in fila in ordine di grandezza o di colore o di bellezza o di lucentezza... E adora osservare le statuine di terracotta: la sacra Famiglia, i re Magi, il pastore con le pecore, il pescatore con la rete, la signora con il cesto del pane, quella con le oche, quella con la frutta, quella con la brocca dell'acqua. Le conosce tutte in ogni particolare e le dispone in un modo, poi le sposta, le toglie, le rimette... Poco importa che non sia Natale. È un gioco bellissimo che la tiene impegnata a lungo.

«Mamma, queste statuine erano le tue, vero?».

«Sì, mie e di mio fratello Giacci; purtroppo molte sono state rotte. Ci piaceva moltissimo fare il presepe. Andavamo a staccare il muschio, quello vero, dai muretti umidi, tracciavamo i sentieri con dei sassolini, facevamo le montagne con la cartapesta e il laghetto con la carta stagnola o con uno specchio. La nonna ci accompagnava ad ammirare quelli allestiti nelle varie chiese. Alcuni erano veri capolavori».

«Addobbavate anche l'abete?».

«Puoi scommetterci. Ogni anno compravamo alcune palline nuove per sostituire quelle di vetro che si erano rotte. A quei tempi le Festività erano bellissime e ovunque si percepiva un'atmosfera incantata. Le persone facevano sacrifici tutto l'anno e in quella ricorrenza, quando finalmente si riunivano le famiglie, si mangiava in abbondanza e ci si scambiavano piccoli doni. La nonna Cesira iniziava almeno due settimane prima a cucinare torroni, croccanti, certosini...».

«Li fai anche tu, mamma» interviene Paola prima di aggiungere: «Anche adesso il Natale è molto bello. Spediamo le cartoline di auguri, scriviamo la letterina a Babbo Natale, *spianiamo* gli abiti. Anche a scuola ci divertiamo perché allestiamo il presepe, disegniamo bigliettini incollandoci tanti lustrini colorati, decoriamo i vetri delle finestre, leggiamo racconti natalizi...».

Luciana l'ascolta con espressione rapita, impaziente di poter fare le stesse cose, poi chiede alla mamma:

«Anche tu e tuo fratello mettevate la calza per la Befana?».

«Sì. Non era di pannolenci o di pizzo come quelle che appendete voi. Usavamo un calzettone di lana, di quelli fatti dalla nonna. Naturalmente sceglievamo il più grande!» risponde lei ridendo.

«E dentro cosa ci trovavate?».

«Mandarini, noci, noccioline e qualche pezzetto di torrone e croccante».

«Si vede che li sapeva cucinare anche la Befana!» esclama Luciana che, intercettando uno sguardo d'intesa tra la mamma e la sorella maggiore, chiede:

«Che cosa ho detto di strano?».

«Niente, niente» taglia corto Lorena «adesso metti via le palline e le statuette e attenta a non romperne».

«Paola, mi aiuti?».

«Uffa, sempre così quando si tratta di sgomberare. Le hai prese fuori tu» protesta lei.

«Io sono piccola! Mamma, vero che mi dovrebbe aiutare?».

Constatando che il suo appello rimane inascoltato, inizia a riporre gli oggetti con cura, brontolando sommessamente.

L'appartamento in cui abitano si trova al terzo piano e nello stesso pianerottolo vive una coppia con due figlie: Giuliana che ha l'età di Paola e Chiara che ha un anno in più. Le quattro bimbe si frequentano continuamente ma quando si raccontano i *segreti* non la vogliono. Una volta le ha sorprese che parlavano di una cicogna ma, appena è arrivata, hanno cambiato argomento.

«Essere i più piccoli è proprio brutto!» confida a Camilla che la osserva con indifferenza.

«Cosa si diranno di così importante?» si chiede e, in preda alla curiosità, cerca di origliare ma loro la mandano via. Allora corre a piangere dalla mamma che la consola e rimprovera la sorella. Paola sbuffa e quando nessuno la vede le fa un gesto con la mano come per dire: questa te la faccio pagare! Per fortuna che poi si dimentica anzi, spesso, gioca assieme a lei con i tegamini o con la palla.

«Dice che non le piace ma si diverte sicuramente perché non esistono cose più divertenti al mondo. Secondo me vuole solo *fare la grande!*» confida Luciana a Camilla.

«Lorena» chiede la signora Padovani che ha appena suonato il campanello «potrebbe dare un'occhiata alle bimbe mentre io sono a lavorare?».

«Certamente, stia tranquilla, anzi dica che vengano qua se ne hanno voglia» la rassicura la mamma e dopo pochi scambi di convenevoli chiude la porta.

Le sue figlie altri non sono che Chiara e Giuliana. Il loro babbo è quasi sempre via perché fa il camionista e, dato che guadagna pochissimo, la signora va a lavare le lenzuola a domicilio per racimolare qualche soldo.

«Aveva l'aria spiritata?» s'informa la nonna.

«Non mi è sembrato. Forse l'esaurimento le sta passando. Adesso è un po' che non dice che le hanno fatto il malocchio».

«Mamma, non ho capito. Me lo spieghi?».

«La signora Padovani dice che qualcuno deve averla stregata, perché è molto sfortunata. È una sciocchezza. Non si deve essere superstiziosi» le spiega.

«Crede alle streghe?» insiste Luciana meravigliata.

«Adesso non c'è tanto con la testa. Sta persino andando da una *furbetta* che le predice il futuro leggendolo nelle carte! E si fa influenzare da ciò che le dice».

«Fa come Pinocchio che credeva a tutti, persino al Gatto e

alla Volpe?».

«Proprio così! Nella vita purtroppo ci sono tanti Gatti che non sono vestiti da gatti e tante Volpi che non sono vestite da volpi, quindi non si riconoscono facilmente. Tu ricorda che si deve sempre ragionare con la propria testa e, quando si è confusi, consigliarsi con i propri famigliari» risponde Lorena.

«A volte non basta neppure stare attenti. Figuriamoci poi se si è ingenui o creduloni! *Fidarsi è bene, ma non fidarsi è meglio!*» rincara la nonna che non perde occasione per citare un proverbio. «A proposito» prosegue poi rivolta alla mamma «cos'è questa storia di Rino che vuole vendere liquori e dolciumi?».

Lorena inizia a ridere talmente tanto da non riuscire neanche a rispondere. Dopo aver ripreso fiato, spiega:

«Ha provato a fare il rappresentante ma ha già smesso perché girava a vuoto e non vale la pena di perdere tutti i pomeriggi così. Poi l'altro giorno è capitata una cosa che l'ha fatto proprio arrabbiare».

«Cioè?» chiede la nonna incuriosita.

«È entrato in un bar ed ha fatto assaggiare la sua mercanzia. Il barista era molto gentile e continuava a mangiare caramelle e cioccolatini per cui lui credeva di averlo convinto a comprare qualcosa. Ha preso coraggio e gli ha detto che aveva da vendere anche un liquore chiamato Gambastorta e il barista, oltre a non ordinare niente, gli ha riso in faccia dicendo in dialetto: "Se ha la gamba storta, è bene che l'addrizzi!" Lui è rimasto malissimo».

Anche la nonna scoppia a ridere ma torna subito seria e commenta:

«Sarà stato imbarazzante ma non ci si deve vergognare quando si lavora onestamente».

«Non finisce qui» prosegue la mamma. «Quando il rappresentante è venuto per ritirare il campionario che gli aveva affidato, i liquori c'erano ancora tutti ma di dolciumi non restava quasi niente perché li avevamo mangiati noi. Fatto è che gli ha detto:

"Avrà venduto poco, ma di assaggi ne ha fatti fare tanti!"».

A quelle parole... nuovo scoppio di risate.

«Le cuccagne non esistono altrimenti ci sarebbe la fila per coglierle al volo! Sembra la storia dei bambolini dell'anno scorso» commenta poi la nonna.

«Chi me la vuole raccontare?» chiede Luciana guardando alternativamente le due donne.

«La sai già» ribatte la mamma.

«Dai ripetila di nuovo. Ti prego, ti prego. Com'è cominciata?» insiste Luciana che si sta divertendo moltissimo.

«La zia Gina un pomeriggio è venuta a casa nostra riferendo che una sua vicina di casa le aveva detto di guadagnare molto confezionando abiti per dei bambolotti e allora ho voluto provare anch'io» spiega la mamma.

«Erano dentro a quei grandi scatoloni che ci portavano col camioncino?».

«Sì. Cucire i vestiti era facile per una sarta finita come me» puntualizza lei. «La bega era attaccare con la colla i capelli in testa, che si appiccicavano dappertutto, risvoltare i pantaloncini strettissimi e infilarli in gambe più magre di una matita, allacciare le scarpine con delle stringhe che non si riuscivano neppure a tenere in mano dal gran che erano corte, fare i fiocchetti con nastrini minuscoli... La mattina io cucivo tutti i pantaloncini, le giacchette, le casacche e nel pomeriggio cominciavo a vestire i bambolotti. Il babbo cercava di aiutarmi ma una volta, per il nervoso, ne ha presi un pugno e li ha sbattuti sul pavimento facendoli a pezzi. Aveva ragione perché si lavorava sodo e non si guadagnava niente, proprio niente».

«Però erano carini! A me piaceva guardarli!» esclama la bimba.

«Quello non era un lavoro. Era una presa in giro, anzi una comica ripensandoci adesso ma, quando le persone hanno bisogno di guadagnare, le provano tutte. I lavori a domicilio sono così. Pensa a Tina! Fa ancora i pennelli?» chiede la mamma scoppiando a ridere prima ancora di avere ottenuto risposta.

Luciana, che oltre a fare compagnia ai negozianti dei dintorni, ne fa anche ai vicini di casa, risponde prontamente:

«Sì. A volte la aiuto».

«Cosa fai?» le chiede la mamma tenendo le mani sullo

stomaco che le duole per il gran ridere.

«Peso le setole. Nei pennelli più grandi ci vanno quelle più lunghe, nei più piccoli quelle più corte e bisogna pesarle per mettere la quantità giusta. Dato che la signora Tina ci vede poco, gliele peso io e lei man mano le incolla poi infila un'anellina di metallo che le tiene ferme e il manico di legno».

«Fate un lavoro a catena come nelle fabbriche. Adesso è diventato di moda» commenta la mamma prima di esclamare: «Anche lei deve lottare con la colla!».

«Sì. Una volta era diventata tutta rossa per la rabbia perché le setole si attaccavano dappertutto e ha detto che, se suo marito guadagnasse di più, si prenderebbe la soddisfazione di buttarli tutti giù dalla finestra!».

Luciana ne ha combinata una grossa o almeno pare che lo sia, considerando la reazione esagerata della signora Gianna, che è arrabbiatissima. Per capire serve una premessa. Oltre a Chiara e a Giuliana, che oggi l'hanno chiusa fuori della porta perché hanno dei segreti da confidare a sua sorella, nel palazzo in cui abita ci sono altri sette bambini, tutti maschi, che amano fingersi di volta in volta pistoleri o indiani o cacciatori... Lei spesso gioca con loro e passa tranquillamente dalle bambole alle pistole, dai tegamini alle cerbottane con cui lanciano frecce di carta, dalla palla alle fionde con cui tirano sassolini mirando alle lucertole che, fortunatamente, non colpiscono quasi mai.

Oggi, non si sa perché, neppure loro l'hanno voluta, allora Luciana, molto dispiaciuta, ha pianto di nascosto poi, per ripicca, ha fatto la pipì nel vasino che usava da piccola e l'ha buttata giù dalla finestra, addosso a GianMarco che stava proprio di sotto, nel cortile. Lui è corso subito a casa e la signora Gianna prima l'ha infilato diritto nella vasca da bagno poi ha salito le scale di corsa e si è attaccata al campanello iniziando a sbraitare, con le guance paonazze, ancora prima che la porta si aprisse completamente.

«Signora Lorena, sua figlia è una peste. Cerchi di controllarla di più» e via a raccontare l'accaduto gesticolando e rivolgendo alla bambina occhiate furenti.

Luciana, facendo attenzione a mantenere una distanza di sicurezza dalle loro mani, tale da evitare di beccarsi uno schiaffo a tradimento, ha provato a dire che aveva buttato solo un po' d'acqua ma ovviamente non le hanno creduto.

«Ne combini sempre una. Quando arriva il babbo stai fresca!» è stato il successivo commento della mamma.

La bimba ora è comprensibilmente preoccupata anche se le è sembrato che, in realtà, Lorena fosse divertita. La rassicura il fatto che quando è veramente arrabbiata le molla una sculacciata all'istante, senza aspettare nessuno, ma per prudenza è meglio cercare di passare inosservata quindi si mette tranquilla e, caso eccezionale per lei, silenziosa. Sa che un bagno fuori programma non è per niente piacevole ma non è pentita perché GianMarco le fa sempre i dispetti, quindi ha meritato una bella lezione.

Che cosa avrebbe dovuto dire lei quando, tempo addietro, all'asilo le è capitato un bagno a sorpresa senza averlo per niente meritato, semplicemente perché si era fatta la cacca addosso? Da quella volta l'asilo gestito dalle suore, che le è sempre piaciuto poco, è diventato insopportabile e ogni giorno fa di tutto per convincere la mamma a tenerla a casa. Cosa che le riesce quasi sempre. Lorena ha un bel dirle:

«Che cestino grazioso! Ci metto anche una focaccina da mangiare a merenda!» oppure: «Là ci sono tanti bei giochi!».

A lei non va proprio di dover chiedere il permesso per alzarsi dal banco, per andare a bere, per fare pipì, per parlare... Come se non bastasse c'è la Margherita, una signora molto anziana, ospite delle suore, che gira aiutandosi con un grosso bastone di legno. Dato che non sopporta la confusione e gli urli, ogni tanto tenta di colpire i bambini che le capitano a tiro. Per la verità non ci riesce mai perché loro la tengono d'occhio e sono velocissimi a schivarla. L'unico momento davvero piacevole è quello in cui suor Palma, la più giovane, racconta le Parabole e i bambini, tutti intorno a lei, seduti sul pavimento con le gambe incrociate, l'ascoltano a bocca aperta, rapiti. A Luciana piace ascoltare della moltiplicazione dei pani e dei pesci, del buon samaritano, del figliol prodigo... Quelle storie bellissime le conosce anche la nonna che, infatti, le racconta spesso di Gesù, della sua giovane mamma Maria, del suo babbo falegname e dei suoi amici apostoli. Recentemente le ha parlato anche di un certo Mosè che ha fatto una passeggiata sul monte Sinai dove ha incontrato Dio che gli ha consegnato le tavole della legge ove c'è scritto come ci si deve comportare per entrare in Paradiso. Luciana si è un po' preoccupata del fatto che sia ben specificato di non desiderare la roba d'altri perché lei, a volte, desidera i giochi delle sue amichette ma Cesira l'ha rassicurata affermando che è un peccatuccio piccolo piccolo di cui Lui, con tutte le cose importanti di cui deve occuparsi, non tiene nota. Il Decalogo, anche se non lo capisce proprio tutto, deve essere importante perché ogni tanto glielo fa ripete e lei lo recita con voce sicura.

La nonna, soddisfatta, immancabilmente commenta:

«Peccato che poche persone lo rispettino!».

«Vale solo per chi crede in Dio? Gli altri possono fare quello che vogliono?» le ha chiesto una volta.

E lei, sempre saggia nella sua semplicità, dopo aver riflettuto un solo istante, ha risposto pacatamente:

«Se tutti osservassero le regole che contiene, vivremmo in armonia e meno che mai ci sarebbero le guerre. Secondo te, quindi, questi insegnamenti devono valere solo per i cristiani o per tutti gli uomini del mondo? Non credi che comportandoci bene saremmo tutti più felici?».

«Io potrei lasciare la mia bici ovunque senza paura che me la rubino!» ha esclamato la bimba e subito dopo: «Perbacco. Come fai nonna ad avere sempre ragione?».

7

Di pomeriggio solitamente Luciana va un po' a letto dopo avere invano cercato di convincere la mamma che non è per niente stanca, ma proprio neanche un po'. In realtà vorrebbe rimanere alzata a giocare e ad ascoltare i discorsi dei grandi perché ci sono sempre parenti in visita, oltre alla nonna che da qualche tempo vive con lo zio Giacci in un appartamentino nella casa di fianco.

Se arriva la zia Gina, con il suo immancabile uncinetto e un gomitolo di lana, si commentano le interpretazioni dei fratelli De Filippo, Giuffrè e Pisu, di Govi, Macario, Rascel, Bramieri, Dapporto, Delia Scala, Marisa Del Frate e soprattutto di Totò e Fabrizi, per i quali ha una venerazione. Se arriva Clara, che ha la fissazione per la manicure, si parla di moda, di attori e dei parenti di Sparvo. La cugina Nanda, invece, racconta con nostalgia di quando abitava a Roma e andava a feste, mostre e concerti col marito, dirigente in una grande società. Immancabilmente si parla anche del costo della vita, di cronaca e del tempo di guerra. Insomma, per una curiosona come Luciana, ci sono sempre cose interessanti da ascoltare.

«Perbacco, è un vero peccato non poter stare alzata!» mugugna rigirandosi nel letto.

A volte, prima di addormentarsi, sente le loro risate e qualche sprazzo di conversazione ma non sempre capisce ciò che dicono quindi, nelle lunghe mattinate che trascorre con la mamma, le chiede spiegazioni.

«Chi era Rodolfo Valentino?».

Lorena, intenta a cucire, alza lo sguardo verso di lei e spiega:

«Era un attore molto bello e famoso, di origine italiana. Recitava a Hollywood. È morto già da trent'anni».

Luciana riprende a pettinare Camilla, con calma, scrupolosamente. Dopo un po' rompe di nuovo il silenzio:

«E Al Capone? Chi era Al Capone?».

La mamma alza di nuovo lo sguardo dal lavoro, sorride impercettibilmente di fronte alla sua inesauribile curiosità poi risponde:

«Era il capo di una banda di fuorilegge che viveva a Chicago. Mieteva il terrore con rapine e sparatorie. Ha dato del filo da torcere alla polizia ma alla fine è stato arrestato».

Luciana dispone Camilla seduta di fianco a lei, sistema la gonnellina a pieghe poi si rivolge nuovamente alla mamma.

«Mi racconti di quando hai smesso di andare a scuola?».

«Ho iniziato a lavorare a Bologna, in una sartoria, per imparare il mestiere. I primi tempi facevo la *cinna*».

«Cioè?».

«La *cinna* era la lavorante più giovane, quella che sbrigava le commissioni meno importanti come andare a comprare i cotoni, la fodera, i bottoni o consegnare gli abiti finiti alle clienti. Giravo tanto che sapevo il nome di tutte le strade del centro e, tra un'incombenza e l'altra, m'insegnavano l'*abbiccì*».

«Cosa? T'insegnavano anche a scrivere?» chiede la bimba meravigliata.

«No. Si dice l'*abbiccì* per intendere le cose più elementari. Insomma, quelle più facili come levare l'imbastire o attaccare i bottoni. Poi, un po' alla volta, ho imparato anche le cose più complicate. Quasi ogni artigiano e bottegaio aveva la *cinna* o il *cinno,* che si chiamava anche *garzone.* Dal barbiere, per esempio, aveva il compito di cambiare gli asciugamani, spazzolare i capelli dagli abiti dei clienti, scaldare l'acqua. Nei negozi di alimentari consegnava la spesa a domicilio, puliva, sistemava la merce negli scaffali. Era pagato pochissimo, perché era già molto imparare il mestiere e i suoi principali non stavano tanto meglio».

«Per quanto tempo hai lavorato in sartoria?».

«Circa tre anni. La mia famiglia era *sfollata* in campagna ed io venivo a Bologna dal lunedì al venerdì con una pagnotta di pane bianco, che era una vera rarità durante la guerra, un po' di formaggio, di salame, di frutta... Per alcuni anni c'è stata anche mia cugina Lidia. Durante la settimana dormivamo a casa della padrona, di fianco alla sartoria, con altre lavoranti».

«Come mai le vostre famiglie si erano trasferite?» chiede la bimba interessata.

«Perché in città molte case erano state bombardate, c'erano soldati dappertutto e non si trovavano né carbone per scaldarsi né cibo. C'era la *tessera*».

«Che cosa significa?».

«Che era tutto razionato e, oltretutto, di pessima qualità. Invece in campagna si trovavano farina, uova, formaggio... I contadini li vendevano al mercato nero».

«Cioè?».

«Di nascosto. Ma si doveva stare attenti perché se la polizia ti scopriva erano guai. E c'erano anche tanti spioni!».

«Perbacco!» esclama Luciana «La guerra era proprio come in quel film che abbiamo visto dove ci si rifugiava nei sotterranei, sparavano e bombardavano?».

«Sì. Tutti avevano paura di tutti e appena veniva buio c'era il coprifuoco e si doveva stare chiusi in casa. Guai farsi sorprendere fuori! Si veniva portati in prigione e poteva capitare di tutto, persino di essere scambiati per sabotatori o per spie e venir fucilati».

«Perbacco, erano proprio cattivi questi che fucilavano!» esclama la bimba mentre ascolta a bocca aperta.

«La guerra è una brutta bestia! Tira fuori il peggio dalle persone ma c'è anche qualcuno che resta buono».

«Davvero? Meno male!».

«In campagna dove eravamo sfollati, per esempio, c'era un soldato che dava sempre tavolette di cioccolato e biscotti a zio Giacci, che aveva otto anni. Spiegandosi a gesti, ci aveva fatto capire che a casa aveva un figlio della sua età».

«Insomma, era un *babbo*!» afferma Luciana, come se ciò spiegasse la sua generosità.

«Sì, ma guarda che anche tra i babbi c'erano tanti cattivi. Comunque in tempo di guerra ci sono stati anche eroi che hanno messo a repentaglio la loro vita per aiutare chi era in pericolo. Molti di loro sono rimasti sconosciuti e di altri si è saputo solo adesso. Andando a scuola sentirai sicuramente parlare di valorosi come Perlasca e Palatucci. Pare che abbiano salvato migliaia di persone».

La bimba ascolta affascinata e la sua curiosità è incontenibile.

«Tu hai mai visto un bombardamento?».

«Sì. Ogni tanto suonava la sirena e correvamo nei rifugi. Era un fuggi fuggi generale» spiega la mamma interrompendosi un attimo mentre infila il cotone nella cruna dell'ago. «Il rombo degli aerei che si avvicinavano era terrificante. Qualche volta sorvolavano la città per andare da un'altra parte, altre volte sganciavano le bombe. Si sentivano dei gran sibili, poi gli scoppi. Che batticuore! Verso la fine della guerra fu bombardata anche la nostra casa. Perdemmo quasi tutto perché quel poco che non era stato distrutto dalle bombe lo rubarono gli sciacalli che andavano a rovistare tra le macerie. Dalla cantina sparirono una provvista di carbone e un secchio di sale, che erano ricercatissimi».

«Pazienza. L'importante è stato uscirne senza neppure un graffio!» afferma Cesira arrivata in quell'istante.

«Perbacco, hai ragione nonna. Ieri mi sono sbucciata un ginocchio cadendo con la bici e ho sentito un bruciore tremendo! Guarda, mi sta venendo la crosta!».

«Appena ne guarisce una, te ne fai un'altra!» esclama Cesira prima di domandarle: «Possibile che non hai mai le ginocchia intatte?».

«Sono sfortunata. Non credi?».

La mamma la guarda in modo strano come quando dice: «Fa compagnia, è allegra e affettuosa, ma ti fa girare la testa perché non sta né zitta né ferma un attimo!».

Luciana, con la ferma intenzione di farsi perdonare e consapevole di aver schivato una punizione per la questione della pipì buttata dalla finestra, prende in braccio Camilla e inizia a cullarla in silenzio. È ben felice quando, dopo un po', la mamma annuncia:

«Adesso preparo la sfoglia. Devo sbrigarmi perché nel pomeriggio vorrei finire il vestito per la Bice così stasera possiamo andare al cinema. C'è anche *Lascia o raddoppia* con Mike Bongiorno».

«Evviva! Evviva! Evviva! » esclama balzando in piedi ed iniziando a saltellare per la stanza.

Quando si va al cinema è al settimo cielo. Le piace tutto: seguire la maschera che li accompagna ai loro posti facendo luce sul pavimento con la pila, sentir ridere tutti per le battute e le scenette comiche, salutare gli amici che incontra immancabilmente e, durante l'intervallo, comprare qualche leccornia da un omino anziano che tutti chiamano *Biancaneve* e gira avanti e indietro per la sala. Indossa un grembiule bianco e ha davanti al corpo, sorretta da una larga fascia che passa dietro al collo, una cassetta di legno divisa in scomparti dentro ai quali ci sono nocciolime ricoperte di zucchero, lupini, semi di zucca, caramelle, bastoncini e rotelle di liquirizia, mentine colorate e altre bianche di menta e tante altre prelibatezze.

Lei e Paola, appena si accendono le luci alla fine del primo tempo, corrono da lui come la maggioranza dei bambini e solitamente comprano mentine e semi di zucca. Lui, con un movimento veloce e fluido, prende un foglietto di carta gialla, lo arrotola ricavandone un cono, piega la carta nella parte inferiore per chiuderlo poi lo riempie usando una ciotolina di legno chiaro che sembra un portauovo. Per guadagnare tempo, mentre intasca i soldi, chiede al bimbo successivo cosa voglia.

«Quale film danno?» chiede Luciana al colmo dell'entusiasmo.

«Si dice proiettano» la corregge la mamma prima di rispondere: «L'ultimo di Don Camillo e Peppone, con Fernandel e Gino Cervi».

«Evviva! Assieme a Stanlio e Ollio sono i miei preferiti, oltre a Tarzan naturalmente. Lui salta da un albero all'altro e parla con gli animali!» urla battendo le mani al colmo della gioia poi, ricordando che si è imposta di comportarsi bene, abbassa la voce e aggiunge dandosi un contegno: «Che fortuna! Mi piacciono tanto! Sono così ridicoli! Bisticciano sempre ma si capisce che sono amici».

Ora dalla sua seggiolina impagliata osserva la mamma che prepara la sfoglia anche se conosce le sue mosse a memoria; prima mette il tagliere sulla tavola e lo pulisce bene, poi versa la farina dal cartoccio bianco e la passa al setaccio facendone una montagna in cima alla quale scava un buchino in cui mette le uova e un po' di sale fine.

«Mamma posso rompere i gusci?» chiede.

«No perché pasticci ma, se stai buona, dopo ti darò un po' d'impasto per fare le tagliatelle per Camilla» ribatte lei.

Luciana la osserva sempre con ammirazione: ora amalgama con forza gli ingredienti fino a ottenere una palla liscia e dorata che poi stende con il mattarello. È una cosa piuttosto difficile, anche se non sembra. Lei a volte ci prova ma vengono tanti buchi!

«Mamma, intanto mi spieghi come facevano i contadini a fare la farina quando tu eri piccola?».

«Di nuovo? Lo sai già!».

«Non lo ricordo bene. Ti prego. Ti prego» insiste e Lorena, con la voce un po' rotta dall'affanno, inizia a raccontare.

«In agosto aravano e concimavano la terra. In autunno seminavano e l'anno successivo, quando il grano era maturo, mietevano, poi...».

«Raccontalo bene. Che cosa vuol dire mietevano?» la interrompe Luciana.

«Tagliavano le spighe con la falce poi ne facevano grossi mazzi che raccoglievano in covoni per poi portarli a casa sui carri trainati dai buoi. Era un lavoro molto faticoso, fatto tutto a mano. L'aia era il luogo in cui avvenivano le operazioni successive: si dividevano i chicchi dalla crusca e dalla paglia e si mettevano in grossi sacchi».

«Sì, ma per avere la farina?»

«Di tanto in tanto si portava qualche sacco di grano al molino e si faceva macinare. Ce n'era uno proprio sotto il centro abitato del paese, sulla riva del fiume Setta. Forse è ancora in funzione. Ricordo che ci si andava percorrendo una strada sterrata, dalla quale passava a malapena un carro trainato dai buoi. Quelli che avevano piccole quantità ci andavano con il mulo o anche a piedi, portando un sacco sulle spalle. C'era sempre un gran via vai di persone. Dal frumento si otteneva la farina bianca che serviva per fare il pane e la pasta, dal granoturco invece la farina gialla per fare la polenta, ma si macinavano anche altre cose».

«Per esempio?».

«Altri cereali e le castagne, che davano una farina color

65

marroncino con cui si cucinavano polenta, castagnacci...».

«I contadini lavorano ancora nello stesso modo?» chiede Luciana affascinata dalla spiegazione.

«Adesso le cose sono un po' migliorate perché ci sono aratri e trebbiatrici e chissà quali altre macchine inventeranno. Grazie a loro si fatica meno eppure le persone non amano più la terra, emigrano e le campagne si spopolano. È un peccato!».

Luciana non vorrebbe mai che il racconto terminasse ma la mamma è proprio *super* e nel giro di mezz'ora, sui canovacci posti su tavola e credenza, sono ben distese tagliatelle e strichetti, che la bimba ha stretto uno a uno, orgogliosa di aver avuto il permesso di aiutarla.

Ben presto arriva il tanto sospirato primo ottobre 1957 ed inizia la scuola. Luciana, il giorno prima, non ha fatto capricci per fare il bagno né per coricarsi ma ha tardato ad addormentarsi a causa dell'euforia. Rigirandosi nel letto ha ripensato al contenuto della sua cartella rossa fiammante: il diario Vitt con una meravigliosa copertina gialla con un bambino in bicicletta, il sillabario, un quaderno a righe e uno a quadretti, un bellissimo astuccio di pelle con tanti occhielli di elastico dove sono infilati una cannetta di plastica verde, due matite nere, dodici matite colorate, righello, pennini di metallo dorato, gomma, temperino... Poi si è concentrata sul grembiulino bianco, allacciato di dietro, col colletto di pizzo e il fiocco rosa.

«Che bello, che bello, sono diventata grande!» si è ripetuta finché non si è addormentata felice.

Di quel primo giorno di scuola, inizio di una meravigliosa avventura, non le sfugge niente: i bambini che si guardano attorno intimoriti fuori dall'edificio scolastico restii a lasciare la mano rassicurante della mamma, i cancelli che le bidelle aprono con largo anticipo, le maestre sorridenti che sollecitano gli alunni a mettersi in fila suddivisi per classe, la campanella che suona per invitarli a entrare in aula, i banchi doppi allineati in tre file di cinque ciascuno, la cattedra massiccia sul soppalco di legno grezzo, la grande lavagna nera con i gessetti sul supporto inferiore e, appesi alle pareti dell'aula, i cartelli con disegni variopinti e le lettere dell'alfabeto scritte in corsivo e in stampatello, in maiuscolo e in minuscolo. Luciana li osserva eccitata e riconosce la *a* di albero, la *b* di banana, la *c* di casa, la *d* di dado...

Dopo aver fatto l'appello e scambiato alcune parole con ogni bambino, meraviglia delle meraviglie, la maestra insegna a scrivere *bandiera*. Il primo giorno di scuola!

Tornata a casa Luciana mostra con orgoglio il quaderno alla mamma e alla nonna. Sono incredule.

«Come cambiano i tempi! Solo tre anni fa Paola, in prima elementare, ha riempito due quaderni di aste prima di cominciare a scrivere qualche lettera!» ha ripetuto per giorni Lorena.

Cesira è rimasta silenziosa. Avrà ripensato ai suoi sassolini?

La scuola diventa presto routine e ogni giorno la bambina impara qualcosa di nuovo. La maestra insegna un po' di tutto: a scrivere, a leggere, ma anche a disegnare e cantare. Quello è uno dei suoi momenti preferiti che, ben presto, impara l'*Inno di Mameli* e *La canzone del Piave*. Unico cruccio è il difficile rapporto con i pennini che si spuntano continuamente e con l'inchiostro che, nonostante stia attentissima, si ostina a farle macchie enormi sul grembiulino bianco.

«Come sono fortunati gli alunni del maestro Bonvicini! Lui lascia usare la biro!» esclama ogni volta aspettando sconsolata il rimprovero della mamma.

«Devi stare attenta! Come mai Paola non si sporca mai?».

Luciana, non sapendoselo spiegare, cambia rapidamente discorso. Oggi è rimasta particolarmente colpita da una notizia di attualità.

«La maestra ha detto che i Russi hanno lanciato nello spazio un satellite con a bordo una cagnetta chiamata Laika. Poverina, non potrà mai più tornare indietro!» si lamenta dispiaciuta abbracciando Kimina che le sta accanto e la ricambia con energiche leccate.

«Sì. Si chiama *Sputnik2*. Fanno esperimenti con gli animali prima di inviarci degli uomini» risponde la mamma alla quale fa seguito la nonna.

«Gli scienziati non si sa fin dove vogliano arrivare! Se siamo qui, vorrà dire che nostro Signore desidera che ci stiamo. Per non parlare di tutte le diavolerie che inventano! Tutti i giorni ce n'è una nuova! Cambia il mondo sotto gli occhi da un momento all'altro! Speriamo che l'Umanità non perda la bussola perché voi avete già tutto ciò che serve per essere una generazione fortunata!».

È vero. Luciana non ha vissuto le brutture dell'ultima guerra e sta crescendo in una famiglia amorosa che non le fa mancare nulla. Ha persino una biciclettina rossa con le ruote piccole color alluminio dalla quale non si stacca mai... anche se, a volte, le procura croste e preoccupazioni.

«Colpa della mia solita sfortuna!» pensa quando combina una marachella. Il che avviene abbastanza di frequente.

«Una ne fai e cento ne pensi! Sei troppo vivace!» è invece sempre l'interpretazione della mamma.

Fatto è che mentre pedalava placidamente sul marciapiede fischiettando *Una casetta in Canadà*, si è distratta un attimo e ha investito una vecchietta che camminava davanti a lei, entrandole tra le gambe con la ruotina anteriore e facendola cadere prima sul piccolo manubrio poi a terra. Luciana si è prontamente scusata ciò nonostante lei, inviperita, si è messa a sbraitare. Il brutto è che un'amica della nonna che ha assistito alla scena, invece di farsi i fatti suoi, è andata immediatamente a riferirglielo. Lei ha informato la mamma che, a sua volta, l'ha detto al babbo con il risultato che la sua adorata bici, per punizione, è sotto sequestro per un mese.

Ciò dimostra che chi afferma che la vita dei bambini è semplice, sbaglia di grosso!

Come se non bastasse, da alcune settimane i suoi genitori discutono spesso a proposito delle vacanze nella colonia marina di Misano Adriatico, prevista per i figli dei dipendenti comunali. Anche se l'estate è lontana, i termini delle iscrizioni sono pressanti e il babbo è deciso a mandarci entrambe le sorelline mentre la mamma è contraria perché Paola l'anno scorso c'è stata ed è tornata a casa con un braccino ingessato. Luciana ricorda bene che, nel mese di luglio precedente, quando l'accompagnarono alla corriera che l'avrebbe portata via assieme a tanti pulcini piccoli quanto lei, la commozione era tangibile, si sentiva tirare su con il naso da tutte le parti e ovunque si guardasse c'erano occhi lucidi e fazzoletti che sventolavano. Il colpo di grazia lo aveva inflitto una canzone che i bambini avevano cantato in coro prima di partire. Faceva: *Mamma son tanto felice perché ritorno da te..... viver lontano perché?* Lei, per la prima volta sola nella cameretta che condivideva con la sorella, ne aveva sentito la mancanza tanto è vero che, al suo ritorno, era stata almeno una settimana senza farle dispetti. Paola aveva poi raccontato che la mattina suonava una sirena e i bambini, in fila per due, andavano a lavarsi tutti insieme in un lunghissimo lavandino con tanti rubinetti poi, dopo aver indossato gli abiti ai quali erano state cucite le etichette con le iniziali dei loro nomi, scendevano nell'enorme refettorio per consumare la prima colazione a base di pane, latte, burro, miele o marmellata.

Dopo che le maestre avevano fatto l'appello si andava in spiaggia, tutti in fila, tenendosi per mano mentre nel pomeriggio, dopo aver pranzato, tornavano nelle camerate a distendersi nei lettini fin verso le ore quindici quando suonava la solita sirena che indicava che i bambini si potevano alzare. Di nuovo tutti in fila, scendevano in cortile ove c'erano grandi cesti contenenti la merenda: pane, formaggini rotondi, piccole cioccolate e frutta. Lì restavano a giocare all'ombra di grossi pini con le cui foglie appuntite facevano collane e bracciali. Poi la sirena indicava che era l'ora di rientrare per cenare e, subito dopo, ci si lavava e si andava in camerata a coricarsi.

Ogni giorno, seppure sempre uguale, a detta di Paola ci si divertiva abbastanza ma, da ciò che taceva più che da ciò che raccontava e soprattutto dalla sua espressione composta, s'intuiva che avrebbe preferito rimanere a casa e che la nostalgia l'aveva fatta da padrona, sentimento comprensibile considerando l'abitudine delle bimbe di vedere il dolce viso della mamma come prima cosa appena alzate e come ultima cosa prima di addormentarsi, oltre naturalmente a godere della compagnia del babbo, degli altri famigliari e dei tanti amici.

Le sorelline temono che, alla fine, la spunterà Rino che continua a ripetere che l'aria di mare è una panacea per i bambini e la colonia è un'esperienza utile per maturare.

«Noi stiamo tanto bene qui. Perché andare in colonia?» sbuffano loro senza farsi sentire e, appena possibile, corrono in cortile a fare un nuovo gioco che le appassiona moltissimo.

«Non è da maschio» confida Luciana alla nonna che la rimprovera quando usa la cerbottana o la fionda o finge di impugnare la pistola tenendo il pollice sollevato e l'indice in avanti.

«È come il *Musichiere*, quel nuovo programma della televisione presentato da Mario Riva. Ogni giorno uno di noi fa il cantante e gli altri i concorrenti e facciamo a gara a chi indovina per primo i titoli delle canzoni. Le sappiamo tutte a memoria ed io sono diventata velocissima a correre fino alla campanella da suonare. Mi diverto un sacco! Molto più che a giocare a ruba bandiera».

«Ci credo, piacerebbe anche a me» conviene Cesira prima di chiedere interessata: «La campanella chi la tiene?».

«Facciamo a turno. Ci si mette in fondo, vicino al muretto, e i concorrenti qualche metro più in là, in piedi; noi non usiamo le sedie come fanno in tivù perché le mamme non ce le lasciano prendere in cortile».

«Sembra bello anche così!» commenta la nonna.

8

A Luciana piace andare a scuola eppure niente eguaglia la magia delle mattinate trascorse con la mamma tra coccole, giochi e racconti. Oggi è rimasta a casa ma non è la stessa cosa perché non si sente bene.

«Ho male alla testa» si lamenta portandosi una manina alla fronte.

«Prova a dormire. A volte passa senza bisogno di prendere medicine» le consiglia la mamma per tranquillizzarla mentre, dopo averle sentito la fronte, sistema le coperte.

«Sarà influenza? Ieri mancavano metà dei miei compagni».

«Speriamo di no, comunque ora il babbo andrà a chiamare il dottore» risponde lei avvicinandosi alla finestra per guardare in fondo alla strada.

«Hanno quasi finito di costruire la fabbrica?» chiede la bimba seguendo il suo sguardo.

«Sì. Ci andranno in tanti a lavorare, anche il figlio della Stella».

La Stella è una delle sue negozianti preferite e a volte Luciana va ad *aiutarla*. È una vecchietta piccola e robusta con le caviglie grosse quasi quanto i polpacci, occhiali dalle lenti spesse e un grembiule bianco sempre pulitissimo. Le piace osservarla quando, servendosi di un mestolo e di caraffe di vetro con le tacche in corrispondenza del litro, del mezzo e del quarto, travasa il latte da enormi catinelle ai recipienti dei clienti. Da lei, oltre ai latticini e alle uova, si possono comprare vere delizie: cioccolate, mentine bianche rotonde che sembrano bottoni, caramelle morbide alla menta ricoperte di zucchero e altre nere gommose alla liquirizia che si attaccano ai denti, ciambelle, biscotti a forma di animali con i quali Luciana gioca sul tavolo prima di inzupparli nel latte... ma ciò che la fa veramente impazzire sono dei piccoli dolcetti morbidi di panna ricoperti di cioccolata che tutti chiamano *spumini*.

Di fronte alla latteria c'è la bottega di Settimio, il calzolaio. Lui è un ometto sui cinquant'anni, piccolo e grassottello, pelato, con il viso tondo e si lamenta continuamente perché, come dice lui, *non ha mai un soldo che batte contro l'altro*. Luciana spesso va a fargli compagnia e per passare il tempo pianta chiodi nel suo vecchio banco da lavoro di legno. Recentemente è un po' in rotta con lui che ha il terrore dei cani perché, entrando di soppiatto, gli si è avvicinata alle spalle e ha urlato *buh* all'improvviso, facendolo sobbalzare, così che lui l'ha rimproverata. Settimio ha un debole per Clara, la cugina della mamma, e quando lei passa davanti alla sua bottega la guarda con insistenza e, purché non ci sia sua moglie nelle vicinanze, fa lo spiritoso. Lei arriva tutta impettita, con il cappello in testa, la borsetta in una mano e le scarpe nell'altra perché le compra sempre col tacco molto alto e la punta stretta, dato che sono all'ultima moda, ma dopo un po' che cammina deve toglierle perché le fanno male. Settimio allora, sulla porta della bottega, col grembiule sporco di colla e di lucido, facendo su e giù sulla punta dei piedi per sembrare più alto, le chiede ridacchiando:

«Vuole che gliele metta un po' in forma?».

La sua bottega è il posto di ritrovo per chi ha voglia di scambiare due chiacchiere senza spendere nulla, particolare fondamentale per persone oneste e dignitose che fanno i salti mortali per sbarcare il lunario. Gli argomenti di conversazione non mancano e, nonostante a volte i toni salgano, si avverte sempre un forte sentimento di solidarietà e comprensione come può nutrire solo chi ha condiviso esperienze simili e grandi sofferenze.

Spesso si parla della Seconda Guerra Mondiale, che si dice abbia fatto cinquantacinque milioni di morti e un numero impressionante di feriti e dispersi, ci si commuove al solo sentir parlare dell'uccisione dei fratelli Cervi e della strage di Marzabotto e si raccontano, romanzandoli un poco, episodi occorsi a se stessi o a parenti e conoscenti. Pressoché unanimi sono le condanne verso Hitler, Mussolini e i crimini nazisti e tutti sono sotto shock per le vittime provocate dalle bombe atomiche sganciate su Hiroshima e Nagasaki. Si discute anche del ruolo svolto o non svolto, nelle varie circostanze da Roosevelt, Stalin, Churchill, De Gaulle, Franco,

Vittorio Emanuele III, papa Pio XII, i Comitati di Liberazione Nazionale, i partigiani... e delle decisioni assunte nella conferenza di Yalta da Stati Uniti, Russia e Regno Unito. Recentemente si critica molto il comportamento di Kruscev che, pur condannando i crimini staliniani, pare continuare con le deportazioni dei dissenzienti nei campi di lavoro della Siberia e ha fatto reprimere nel sangue, a Budapest, la rivolta del popolo ungherese. Preoccupazione desta la *guerra fredda*, con cui si definisce la contrapposizione tra le *superpotenze* USA e URSS e, più in generale, tra i Paesi aderenti rispettivamente alla NATO e al Patto di Varsavia.

Parlando dell'Italia si esprime soddisfazione per la forma di governo repubblicana scelta con il referendum istituzionale del 1946 e ammirazione per chi si è distinto in ambito politico come De Gasperi, De Nicola, Nenni, Togliatti, Pertini e tanti altri, mentre si nutrono perplessità per i Patti Lateranensi e per quelle che alcuni considerano ingerenze del Vaticano nelle questioni italiane. La Costituzione è considerata un testo sacro al pari del Vangelo, poiché nei suoi articoli si identifica ogni Italiano in un ritrovato e fortissimo desiderio di pace e unità nazionale. Immancabilmente si affronta anche l'argomento *miseria* e ci si lamenta per la disoccupazione, gli stipendi bassi ed i prezzi elevati. In effetti, nonostante gli aiuti derivanti dal Piano Marshall, il miracolo economico di cui si parla tanto, qui, non si è ancora visto.

Quando è stanca di ascoltare tali discorsi, Luciana va a trovare gli altri bottegai dei dintorni.

Elena, la lavandaia, e Teresa, la parrucchiera, hanno il negozio l'una accanto all'altra. Da loro, poco più che ventenni, sente parlare di abiti, pettinature, ragazzi, cantanti e soprattutto di due giovani attori americani che si chiamano Marlon Brando e Paul Newman dei quali sono ammiratrici sfegatate. Elena e Teresa pranzano nel retrobottega con il cibo che si portano da casa dentro ad un tegamino, chiamato *caldarino*, che nella parte inferiore contiene la pasta ed in quella superiore, una piccola vaschetta, la pietanza.

A volte la mandano dal tabaccaio a comprare due sigarette dopo averle detto:

«Non dire a nessuno che sono per noi».

Dal barbiere ci sono solo uomini. Fumano e intanto parlano degli argomenti che li appassionano di più: sport e donne. Alcuni si trovano d'accordo a tifare per Coppi invece che per Bartali ma poi si accapigliano sul calcio, alcuni adorano Loren, Lollobrigida e Pampanini mentre altri preferiscono le straniere. Il barbiere ogni anno regala ai clienti un calendarietto profumato, fatto a libricino, con le pagine di carta rigida e lucida ove ci sono le fotografie di donne in pose provocanti e per qualche giorno tutti discutono su quale sia *il mese* più bello. Da lui è un po' come al bar perché, ogni volta che passa una signorina, c'è chi va sulla porta del negozio e stando ben impettito e tenendo indietro la pancia la guarda, fischia o le fa l'occhiolino. C'è anche chi fa i tirini con la bocca e le ragazze fanno finta di niente ma a volte arrossiscono per il piacere o per l'imbarazzo.

Con Luciana sono tutti gentili, anche il meccanico che la aiuta a gonfiare le gomme della sua biciclettina. Lui è appassionato di cinema e non si perde mai un film con Marilyn Monroe e con Elizabeth Taylor, delle quali è innamorato perso.

Il meccanico e il barbiere sono talmente amici che si raccontano i loro guai e si prestano i soldi a vicenda, quando li hanno, perché spesso sono entrambi in bolletta. Comunque la famiglia più povera che Luciana conosce è quella dei Pullini che una volta, per la disperazione, sono andati a letto col gas aperto ma, per fortuna, qualcuno ha sentito l'odore nel pianerottolo. Anche i Padovani se la trattano proprio male e mangiano pane inzuppato nel latte persino a pranzo e a cena, non solo a colazione come fanno tante persone.

La bimba, appena torna a casa, racconta alla mamma tutto ciò che ha visto e sentito. La persona che le diverte di più è Luigi, un omino anziano, piccolo e magro che fa l'imbianchino ed abita nell'appartamento sotto al loro, al secondo piano. Lui ogni giorno, quando rientra dal lavoro, parcheggia la lambretta nel cortile dietro a casa dove gironzola sempre il cane della signora Gianna. È un collie di nome Ciak un po' lunatico e ogni volta che lo vede lo rincorre abbaiando, cosa che con i bambini non fa quasi mai. Luigi, che di solito cammina lentamente e con passo stanco, diventa sveltissimo e imprecando corre come un razzo dentro il portone. A volte alza un po' il gomito, unico passatempo in una vita di duro lavoro e si sente la moglie Tina, quella dei pennelli, che lo rimprovera ma lui la lascia brontolare e fischietta allegramente.

Il medico è arrivato e dopo averla visitata, ha confermato che Luciana ha l'influenza. Lei è preoccupata per le iniezioni che le ha prescritto ma, nello stesso tempo, è contenta di stare qualche giorno a casa con la mamma.

«Perbacco, ha detto di starmi lontano perché sono contagiosa ma io non posso stare da sola, vero?» si lamenta.

«Stai tranquilla e prova a dormire. Mi sembra che la temperatura sia aumentata ma tra poco il Causit farà effetto» mormora la mamma posandole le labbra sulla fronte che scotta, poi esce dalla cameretta lasciando la porta accostata.

«Paola?» chiama Luciana svegliandosi dopo alcune ore.

«Sta facendo i compiti» risponde Lorena infilandole il termometro sotto l'ascella per misurarle di nuovo la temperatura. Intanto la sorella fa capolino dalla porta ed esclama ammiccando:.

«La solita *fortunella*, così puoi rimanere a casa qualche giorno!».

«Ho male alla testa però!» si lamenta lei mentre percepisce in sottofondo la voce melodiosa di Giorgio Consolini che canta *Usignolo*.

. «Vedrai che ti passa in fretta» la consola Paola tenendosi alla larga.

«Dovrò fare anche le iniezioni!» aggiunge Luciana mogia mogia mentre, con le guance in fiamme, si sta appisolando di nuovo. Di lì a poco sente a malapena la mamma che le toglie il termometro ed esclama celando a stento l'apprensione:

«Quaranta! La febbre è salita a quaranta!».

Nei giorni seguenti succede una cosa eccezionale: l'intera famigliola è costretta a letto a causa della pandemia che tutti chiamano *asiatica*. La nonna Cesira ogni tanto viene a controllare come stanno, porta qualcosa da mangiare e il quotidiano e li aggiorna su quei vicini che, come loro, sono costretti a letto.

Luciana, tornata a scuola dopo oltre una settimana di assenza, spiega ai compagni:

«Contrariamente a quanto potreste credere, i primi giorni che sono stata a casa non sono stati per niente belli perché soffrivo di male alla testa e dovevo fare le iniezioni. Ne ho fatte cinque! Quando è andata via la febbre alta, però, abbiamo giocato a carte e ho letto con mia sorella il "Corriere dei piccoli". Mi piacciono tanto le *avventure del signor Bonaventura*!».

La mamma di solito resta in casa eppure, chissà come farà, è sempre informata di tutto e non dimentica mai niente, né un compleanno, né un anniversario... Oggi, per esempio, dice sfregandosi le mani contenta:

«Tra poco arriva il babbo con lo stipendio».

"Oh, no!" pensa Luciana, perché ogni volta che pagano lo stipendio, delle grandi carte per lo più rosse che la nonna chiama *pavone* per quanto sono belle, Lorena e Rino discutono.

Dopo aver pranzato, la mamma sparecchia la tavola e il babbo, facendo tanti mucchietti con le banconote, dice:

«Questo per l'affitto, questo per il cibo, questo per il riscaldamento, questo per le bollette, questo per il mio cappotto...».

E lo stipendio è già finito. Allora la mamma leva qualche banconota da un posto e la sposta in un altro:

«Questo per l'affitto, questo per il cibo, questo per le medicine, ...» e iniziano le discussioni perché lo stipendio è troppo modesto e non basta mai. Il babbo è impiegato comunale. Ha un lavoro sicuro ma, si sa, non c'è da ballare. Fatto è che quella del cappotto è diventata una favola e in famiglia un po' ci si arrabbia e un po' si scherza. Sono vari anni, infatti, che Rino ne usa uno color grigio cenere che, nonostante le costanti attenzioni della mamma che lo mantiene sempre perfettamente lavato e stirato, pare dire: ho già fatto il mio dovere, lasciatemi andare in pensione! L'acquisto del cappotto è immancabilmente in testa alla lista delle priorità però, all'apertura delle scuole, ci sono elenchi interminabili di libri da acquistare per le figlie, poi iniziano le spese per il riscaldamento domestico e si rimanda l'acquisto al periodo delle liquidazioni primaverili, quando si converrà che, ormai, il cappotto si usa poco per cui ci si può pensare l'anno successivo. La realtà è che il povero cappotto è sempre scavalcato da priorità più priorità di lui e Rino, con le sue scarpe lucidissime e la camicia immacolata, continua a indossarlo un anno dopo l'altro.

«È la storia della coperta corta: se tiri da una parte, si scopre dall'altra. C'è poco da fare, ci vorrebbero cinquemila lire in più tutti i mesi» sbuffa la mamma contrariata.

«Quelli che non lavorano come fanno? Tutto sommato noi abbiamo tutto l'indispensabile e ci togliamo anche qualche soddisfazione. Certo che se facessero tutti come la Bice!» ribatte il babbo risentito.

La Bice è una sarta con annesso negozio di merceria per la quale a volte la mamma confeziona abiti. Lei rientra a pieno titolo in quello che le bimbe scherzosamente chiamano il *club degli squattrinati*, come il calzolaio, il barbiere, il meccanico e la quasi totalità dei vicini di casa. Il fatto è che di soldi non ne ha mai allora, a fronte del compenso per i suoi lavoretti, rifornisce Lorena di mutande, canottiere, lenzuola e il babbo si arrabbia.

«Questi per l'affitto, questi per…» sta dicendo la mamma all'ennesimo tentativo di far quadrare i conti e la bimbetta va nella sua camera seguita da Kimina che adora acciambellarsi sulle sue gambe.

Le *paghe* sono ancora modeste eppure Luciana sente gli adulti sostenere che la disoccupazione sta calando e la miseria nera del dopoguerra è ormai un ricordo.

«Perché allora le persone che conosciamo noi non comprano le tante cose belle che ci sono nei negozi?» chiede alla mamma.

«Presto avrai una sorpresa» risponde lei con espressione soddisfatta ed enigmatica.

A niente porta la sua insistenza per saperne di più, tanto

che se ne lamenta persino con la sorella e con Camilla. Alcuni giorni dopo, quando la curiosità è allo stremo, le bimbe scoprono con entusiasmo che il babbo, stanco di vedere *Lascia o raddoppia* al cinema dove si deve andare almeno un'ora prima per occupare le sedie delle prime file, ha comprato la televisione, l'unica nel palazzo a parte quella della signora Gianna, che non fa comunella con nessuno. La notizia si diffonde all'istante nel vicinato e la Radiomarelli, sistemata su un carrello di legno marrone con i ripiani in vetro, immediatamente diventa meta di pellegrinaggio da parte di parenti e amici; a tutti la *tivù* spalanca le porte del mondo.

A metà pomeriggio arriva una decina di bambini per vedere i programmi dei ragazzi, con *Lassie* che ha fatto divampare la passione per i collie e dopo cena bisogna sparecchiare in fretta perché, mentre c'è ancora *Carosello*, gli ospiti iniziano a suonare il campanello, portandosi la sedia ed anticipando di giorno in giorno il loro arrivo per occupare il posto migliore.

Insomma, ogni giorno divertimento e compagnia sono assicurati tanto che una volta il babbo è arrivato tardi e per la calca che c'era, nonostante spingesse la porta della sala, non riusciva a entrare e un signore che non lo aveva riconosciuto lo ha rimproverato dicendogli:

«Basta spingere. Non c'è più posto!».

«Oh, ma questa è casa mia!» ha risposto lui.

Tutti siamo scoppiati a ridere ad eccezione di quel tale che si è vergognato ed è diventato rosso come un pomodoro.

L'inverno si fa sentire e alle quattro del pomeriggio è già buio ma, nonostante ciò, le sorelline sono molto allegre perché ovunque regna un'atmosfera natalizia. La neve è caduta in grande quantità e loro ne hanno raccolti due bicchieri a testa, hanno aggiunto succo di limone poi l'hanno mangiata col cucchiaino come fosse una granita. Nei giorni scorsi sono state particolarmente indaffarate: hanno preso in casa l'abete che da tre anni riesce a sopravvivere in un grande vaso sul balcone e l'hanno addobbato con le palline di vetro che sono appartenute alla mamma e allo zio Giacci e con altre che hanno comprato un poco alla volta, poi hanno aggiunto delle decorazioni di cioccolata a forma di sfere, monete, scarponi, babbi natale e infine hanno sistemato la stella cometa sulla punta. Kimina ha seguito con interesse ogni loro gesto.

«Cosa ne dici? È bello?» hanno poi chiesto alla mamma rimirandolo da ogni angolazione.

«Sì, ma dovete mettere anche le strisce argentate» ha risposto iniziando a disporre sui rami dell'abete le candeline luminose che le bimbe hanno il divieto di toccare.

«Quando andiamo a ritirare il nostro regalo al circolo dei dipendenti comunali?» chiede intanto Paola.

«La mattina dell'Epifania» risponde la mamma mentre controlla che tutte le lucine si accendano.

«L'anno scorso sono stata indecisa su quale gioco scegliere» ammette Luciana. «Avevano disposto da una parte quelli da maschio, da un'altra quelli da femmina e in fondo quelli adatti a tutti. C'erano bellissime pistole che avrebbero fatto invidia persino a GianMarco, bambole, pupazzi, racchette da tennis e da ping-pong, pattini, palloni, scatole di costruzioni... sembrava il paese dei balocchi».

«Alla fine hai scelto i tegamini, proprio un gioco da piccola» commenta Paola con aria critica.

«A me piace giocare alla cuoca e quelli vecchi, che poi erano i tuoi, erano tutti rovinati» risponde piccata la bimba rincarando poi «Tu hai preso un libro. Un libro, dico io! Non sarà mica un gioco, perbacco!».

«Non bisticciate» interviene la mamma. «E tu smetti di dire perbacco» aggiunge poi rivolgendosi a Luciana.

«Va bene, però lei avrebbe potuto prendere il servizio dei piattini o i mobili. C'erano un divano e delle poltroncine bellissimi, proprio della misura di Camilla!» insiste la bimba.

«Camilla è la tua. Io ho preso quel che piace a me ed io preferisco un libro» puntualizza la sorella maggiore.

«Quest'anno sceglierò i pattini e non te li lascerò usare per niente» urla Luciana indispettita.

La sculacciata della mamma, che non tarda ad arrivare, mette fine alla discussione e le suggerisce di ritirarsi in buon ordine nella sua cameretta non senza però avere fatto alla sorella, e ricevuto prontamente di rimando, una bella linguaccia.

Luciana, durante i pomeriggi trascorsi in casa, non ha perduto l'abitudine di conversare con la mamma e di interrogarla sulle vicende del passato.

«Siete tornati a vivere a Bologna appena la guerra è finita?».

«Non subito. Prima abbiamo dovuto trovare casa perché la nostra era stata bombardata, come tante altre del resto».

«Tu e il babbo vi siete conosciuti mentre eri sfollata?».

«Sì. Lui a quei tempi di giorno faceva il meccanico di biciclette e di notte studiava per prendere la licenza media. Aveva una miseria nera che più nera non si può ma anche tanta voglia di migliorare. Appena terminata la guerra, iniziò a lavorare in Comune e per alcuni anni continuò anche ad assemblare biciclette. Nel 1948 è nata Paola e dopo tre anni sei nata tu».

«Siete andati in viaggio di nozze?».

«Scherzi? Nessuno ne aveva la possibilità. Era già un lusso scattare qualche fotografia durante la cerimonia e fare un pranzo in casa al quale partecipavano tutti i parenti, che erano numerosissimi. Nei mesi precedenti si ricamavano le bomboniere e si ultimava il corredo».

Luciana la osserva affascinata.

«È bello avere una mammina giovane come te».

«Tu e tua sorella siete nate entrambe il giorno di Pasqua. Pensa che coincidenza! Mi sembra che sia successo ieri eppure in un attimo mi ritroverò anziana, piena di rughe e tremolante!» scherza Lorena facendo una boccaccia.

«Tu sarai sempre bellissima!» esclama la bimba abbracciandola forte e ricevendo di rimando un sorriso compiaciuto.

Il babbo si è iscritto a scuola guida ed è arrivato a casa con un libricino pieno di disegni colorati.

«Perché vuoi prendere la patente? Noi non abbiamo l'automobile» gli hanno chiesto le figlie.

«Non si sa mai. Un giorno potremmo noleggiarne una per

necessità o per fare una gita».

La mamma, sfregandosi le mani come fa spesso quando è euforica, ha spiegato:

«Pare ci vogliano circa tre mesi per sostenere gli esami di teoria e di guida. Proprio a puntino per la bella stagione. Adesso l'auto non servirebbe perché, col freddo, si sta meglio in casa».

Inutile dire che nelle settimane successive sia Rino che Lorena studiano quel libricino, s'interrogano a vicenda e si cimentano nella risoluzione dei quiz. Il resto rientra nella routine quotidiana ed ogni giorno si ripetono gli stessi riti. Il babbo si alza per primo, spazzola le scarpe che sono sempre talmente brillanti da sembrare nuovissime, va in bagno, si lava, si rade la barba, poi raggiunge il resto della famiglia in soggiorno dove, ancora mezzo addormentate, le figlie fanno colazione sul grande tavolo del soggiorno, aiutate dalla mamma che scalda latte, spreme arance, affetta la ciambella. Con un sincronismo perfettamente collaudato, allo stesso orario Rino e le figlie escono per recarsi rispettivamente al lavoro e a scuola.

In un baleno Luciana passa dalla prima alla seconda poi alla terza elementare, ripetendo il percorso della sorella sempre avanti a lei di tre anni. Di pomeriggio l'una studia in camera e l'altra in soggiorno mentre la mamma, seduta al solito tavolo, cuce l'ennesima gonna per la signora Bice che finalmente pare vivere tempi migliori e la paga in contanti.

Terminati i compiti le bimbette si vedono con Chiara e Giuliana per ascoltare i dischi dei loro idoli del momento, per lo più stranieri: Cliff Richard, Paul Anka, Neil Sedaka, Jene Pitney, Ray Charles, Perry Como, i Platters... Per Elvis Presley hanno una vera adorazione e come tutti i giovani ne imitano le movenze cercando di imparare il rock'n'roll che assieme al cha-cha-cha le fa impazzire. Giuliana canta continuamente *Love me tender* con aria sognante. A volte giocano con l'hula hoop che da mesi è uno dei loro passatempi preferiti. Lo fanno scorrere sui fianchi, sulle caviglie, sulle braccia, sul collo... Sono diventate abilissime e gareggiano a chi riesce a non farlo cadere per più tempo. Più tardi monopolizzano la televisione per guardare la tivù dei ragazzi: Paola adora *Ivanhoe*, in cui recita un bellissimo ventenne chiamato Roger Moore, mentre Luciana ha una vera predilezione per Topo Gigio e Cino Tortorella nelle vesti di Mago Zurlì. Dopo cena le bimbe guardano *Carosello* poi vanno a letto. Sono ammesse pochissime eccezioni; una di queste è stata *L'isola del tesoro*, uno sceneggiato avvincente.

La tivù rende pigri ma di sabato sera si è conservata l'abitudine di incontrare i parenti: Clara e Gennaro, Primo e Oriana, Rosina e Davide...

Giorgio, Luciano e Livio, cugini del babbo, vengono almeno due volte al mese per giocare a carte. Con loro il divertimento è assicurato perché sono simpaticissimi e, tra una partita e l'altra, raccontano aneddoti e barzellette esilaranti.

Anche in quelle occasioni Luciana e Paola hanno il permesso di rimanere alzate fino a quando la mamma offre la torta che ha preparato precedentemente poi, dopo averne mangiata una bella fetta, salutano la compagnia soddisfatte e vanno a coricarsi cullate dal brusio e dalle risate degli adulti.

9

In men che non si dica arrivano gli anni Sessanta e la vita della famigliola procede senza scossoni. Di domenica Rino ascolta una trasmissione radiofonica che s'intitola *Tutto il calcio minuto per minuto* col bravissimo Enrico Ameri che coordina i collegamenti degli inviati nei vari campi di calcio. Quando le partite sono terminate, controlla la schedina del totocalcio per verificare se ha azzeccato il *tredici* ma immancabilmente la butta deluso.

Luciana a volte va al cinema con alcune compagne di scuola poi in una pizzeria dove c'è il *jukebox* con tutti i successi del momento; con cento lire si ascoltano tre canzoni. Altre volte, sollecitata dalla mamma, si aggrega alla sorella che è sempre invitata a festicciole private. Lei non vorrebbe partecipare perché, essendo la più piccola, tutti la snobbano e la trattano con sufficienza come se dovessero fare chissà cosa. In realtà non succede niente di eccezionale: ci si trova a casa di qualcuno i cui genitori sono usciti, si ascoltano dischi, i quattordicenni tutti *leccati* cercano di darsi un tono per sembrare sedicenni e individuano con finta indifferenza la ragazzina alla quale *fare il filo*, poi cominciano a ballare i lenti, tipo *Non arrossire*, *Il cielo in una stanza*, *Smoke gets in your eyes* e *What a sky*, che gli aspiranti conquistatori chiamano *smorzoni*. A un certo punto si abbassano le luci. Quello è l'unico momento interessante per Luciana che, avendo in anticipo adocchiato il vassoio delle paste comperate dai dongiovanni in erba, vince la noia abbuffandosi. Peccato che al ritorno a casa, immancabilmente, sia baruffa.

«Non voglio più che venga con me. Mi fa fare delle figuracce. Mangia tutte le paste!» si lamenta Paola con la voce che trema per la collera prima di chiudersi in camera sbattendosi la porta alle spalle.

«Non le comprano per offrirle?» si difende Luciana fingendosi dispiaciuta. «Cosa faccio di male? Io non ballo!».

La mamma e il babbo la rimproverano anche se in realtà si trattengono a fatica dal ridere. Per fortuna il feeling con loro resta invariato, circostanza molto utile quando è consigliabile girare alla larga dalla sorella che in questo periodo è già piuttosto tesa a causa della fisarmonica che ha iniziato a studiare da alcuni mesi. Luciana all'inizio la prendeva in giro perché, essendo di costituzione minuta, pareva che fosse la fisarmonica a portare a spasso lei e non viceversa, ma ha dovuto smettere perché la mamma, appassionata di tale strumento, sull'argomento non scherza. Persino il babbo che era decisamente contrario, ha dovuto prenderla persa. Così lei ogni giorno, con espressione rassegnata, si chiude in camera per almeno due ore e prova e riprova gli stessi motivetti. In quei momenti in casa si deve stare tutti in silenzio per non distrarla mentre la mamma, che ha molto orecchio, ascolta attentamente gioendo per ogni accordo azzeccato e soffrendo per ogni *stecca*.

«Vedrai che ti appassionerai» le ripete per incoraggiarla.

Lei tace ma, osservandola, pare che non potesse capitarle niente di peggio.

«Non credo continuerà!» commenta il babbo sottovoce.

Luciana dedica sempre meno tempo e attenzione ai suoi amici bottegai fatta eccezione per Settimio, l'anziano calzolaio. Nel suo modesto *salotto* nessuno fa caso all'odore penetrante di lucido, colla e cuoio. Per mesi nelle conversazioni hanno tenuto banco i giochi olimpici svoltisi a Roma, avvenimento al quale radio e televisione hanno riservato infinite cronache dirette e che ha appassionato tutti al punto che pareva avessero vinto in prima persona almeno una delle trentasei medaglie, di cui tredici d'oro, conquistate dall'Italia. Livio Berruti, così come gli altri atleti italiani, ha riscosso encomi e simpatie ma hanno attirato molta attenzione anche Abele Bikila, il maratoneta di colore che ha corso a piedi nudi, e Cassius Clay, un pugile americano che tutti dicono farà parlare molto di sé.

Se ricordare le imprese dei campioni sportivi rasserena gli animi, accade il contrario quando si discute di capitalismo e comunismo e del perdurare della guerra fredda tra USA e URSS nonostante l'incontro di Camp David tra Eisenhower e

Kruscev. Altro tasto dolente sono gli scontri tra polizia e dimostranti in occasione delle manifestazioni antifasciste e degli scioperi contro il carovita che hanno costretto alle dimissioni il Governo Tambroni. Quando i toni salgono troppo, la moglie di Settimio, una donnina minuta con i capelli grigi che solitamente ascolta in silenzio, prende in mano la situazione e svia la conversazione su argomenti più leggeri come cantanti, attori, re e principi. Se non basta, tira fuori i suoi assi dalla manica, sicura di placare anche gli animi più accesi: Giovanni XXIII, il Papa Buono che con la sua dolcezza ha conquistato anche i cosiddetti mangiapreti, don Olinto Marella detto padre Marella, vera istituzione a Bologna giacché, messe da parte due prestigiose lauree in Teologia e Filosofia e dopo avere insegnato in licei prestigiosi, vive in povertà dedicando la sua vita a poveri e orfani, e Giuseppe Dozza, l'adorato sindaco che si guadagna ogni giorno la stima e l'affetto dei suoi concittadini per la rettitudine e l'impegno che dimostra nell'amministrare la città. Lui è quello che in dialetto tutti definiscono con orgoglio *un galantomen*, cioè un galantuomo. Anche il cardinale Giacomo Lercaro ha parecchio séguito nonostante questa sia la *città rossa*, non solo per il colore dei mattoni con cui sono costruiti moltissimi palazzi storici, ma anche nel senso di comunista per eccellenza.

In una giornata particolarmente luminosa e serena in cui ci si aspettano solo cose belle, Kimina è investita da una moto e il veterinario deve sopprimerla. Le sorelline sono inconsolabili. La mamma le incoraggia ma spesso anche i suoi occhi si riempiono di lacrime che tenta subito di nascondere. Il babbo è dispiaciuto e le osserva in silenzio mentre la nonna un po' cerca di distrarle e un po' le rimprovera. Dopo una settimana sbotta esclamando:
«Sono altre le vere disgrazie e possono arrivare quando meno te lo aspetti. Non vi sembra di avere pianto abbastanza?».
Carlo, un cugino della mamma, originario di Sparvo, assiste in silenzio alla scena. Da alcuni mesi ha iniziato a lavorare a Bologna e non ha dove dormire così, com'è consuetudine fare

tra parenti, la mamma gli ha offerto ospitalità in attesa che trovi un alloggio che, per la verità, non ha alcuna fretta di cercare.

Dopo alcune settimane, forse intenerito dal dispiacere delle bimbe, arriva a casa con un fagottino nero: un cucciolo affettuoso e vivacissimo che, pur essendo arrivato con un appetito tale da fargli acchiappare il pane duro al volo, dopo pochi giorni mangia esclusivamente lo stesso cibo delle padroncine, compresi i biscotti della nonna Cesira.

Anche lui si chiamerà Kim in onore della cagnolina che resterà per sempre tra i ricordi più dolci della loro infanzia.

Ogni stagione televisiva ripropone trasmissioni che hanno incontrato il favore del pubblico e offre anche piacevoli novità. Ce n'è per tutti i gusti e ognuno ha il suo programma preferito: al babbo piacciono particolarmente *Tribuna politica* e i gialli di *Alfred Hitchcock*, la mamma adora l'invincibile avvocato *Perry Mason* mentre la nonna non perde una puntata di *Non è mai troppo tardi* e ha una vera ammirazione per il maestro Manzi, l'unico che abbia mai avuto.

«Dicono che molti analfabeti stiano imparando a leggere e a scrivere grazie a lui. Spiega benissimo e ha un garbo!» ripete spesso accomodandosi davanti alla tivù.

«S'impara sempre qualcosa dalle persone istruite!» commenta la mamma che pure lo segue con interesse.

Altro appuntamento imperdibile è il *Festival della Canzone Italiana di Sanremo*, vero fenomeno di costume famoso anche all'estero. Se ne parla prima, durante e specialmente dopo quando, ovunque, si sentono cantare e fischiettare i ritornelli più graditi e si commentano brani, conduttori, ospiti, abiti, gioielli, eventuali imprevisti... La mamma, dopo la serata finale dell'ultima edizione, quella del 1961, ha ricevuto la visita di sua cugina Nanda e le ha chiesto:

«Hai visto Adriano Celentano, quel ragazzo di Milano? A me è simpatico».

Lei, di rimando, aggiustandosi con una mano i capelli cotonati all'inverosimile secondo la moda del momento, ha commentato:

«Ci avrei scommesso. Tu sei moderna e ami le novità tanto

è vero che ti piacciono Fred Buscaglione, Tony Dallara e Joe Sentieri, con i suoi saltelli! Io sono tradizionalista. A me delle nuove leve piace solo Modugno, con quel suo *Volare!* Poi è così un bell'uomo, affascinante, distinto! Vedrai che resterà sulla breccia a lungo invece gli urlatori saranno fuochi di paglia. Non dureranno. Quel Celentano poi... Come si fa a dare le spalle al pubblico? È troppo strambo e con quei salti, quegli scatti, sembra... sembra...».

A questo punto le mancano le parole per definirlo, cosa più unica che rara per lei che parla a raffica senza prendere mai fiato e Luciana ne approfitta per inserirsi nella conversazione.

«Perbacco, è fortissimo! A me piace tanto ed anche Little Tony col suo ciuffo. Com'è carino!» e inizia a imitarli urlando a squarciagola «*Con ventiquattromila baci...*».

Nanda scoppia a ridere mentre la mamma interrompe la sua esibizione e la congeda dicendo:

«Domani compreremo il *Canzoniere* così potremo imparare tutti i testi dei brani che ci piacciono. Adesso però è meglio che tu vada a studiare».

La bimba esce di scena cantando *Blu, le mille bolle blu* scimmiottando la giovanissima Mina.

Clara viene a trovarli quasi ogni pomeriggio. Da un po' ha iniziato a fumare per cui, appena seduta, tira fuori dalla borsa un sacchettino di carta, di quelli usati dai tabaccai, con dentro cinque Stop senza filtro. Ne accende una portandosela alle labbra con sussiego e ne offre una alla mamma. Lei all'inizio non la voleva ma una volta, purtroppo, ha provato e adesso la fuma volentieri. Intanto chiacchierano.

«Di fronte a casa mia hanno iniziato a costruire le fondamenta di un altro palazzo e pensare che solo una decina di anni fa lì erano tutti campi e orti. Stanno nascendo interi quartieri».

La mamma assente col capo, aspira lentamente una boccata di fumo, poi commenta:

«L'edilizia è in forte espansione perché tutti lasciano i paesi per venire a lavorare nelle fabbriche delle città. Pare che la FIAT abbia ottantamila dipendenti. Che esagerazione!».

«Purtroppo i figli dei contadini non vogliono più lavorare la terra. Preferiscono fare gli operai; dicono che è meno faticoso e hanno la paga assicurata. Eppure qualcuno dovrà pure dedicarsi all'agricoltura!» le risponde Clara che poi si volta verso il babbo arrivato in quel momento.

«Ciao Rino. Sei contento di avere comperato l'automobile?».

«Sì. È una grande comodità» risponde lui con noncuranza, dandosi un contegno.

In realtà è talmente orgoglioso della sua *Seicento*, usata ma come nuova, come sottolinea continuamente, che spesso la ammira dalla finestra e mormora:

«Bisogna affittare un garage, altrimenti si sciupa!».

Anche molti conoscenti hanno comperato l'auto e l'industria automobilistica sta vivendo un vero boom, crea moltissimi posti di lavoro, modifica il modo di vivere ed il panorama delle città. I cortili, prima riservati ai giochi dei bambini, ora sono usati come parcheggi e, a causa del traffico che aumenta progressivamente, le strade vengono ampliate ed asfaltate e si riempiono di cartelli stradali, semafori, strisce per i passaggi pedonali, divieti di sosta.

Di lì a poco la mamma, sempre al passo con i tempi, decide di prendere la patente da privatista così, grazie al foglio rosa, di pomeriggio esce in auto con il babbo per imparare a guidare.

«In caso di necessità... Non si sa mai!» dice senza riuscire a celare l'entusiasmo.

La conquista dello spazio è il terreno di competizione per eccellenza di USA e URSS. Entrambe le *superpotenze* dispiegano ingenti mezzi e sperimentano nuove tecnologie. Nell'aprile 1961 i Russi vincono il primo round mandando in orbita Jurij Gagarin; gli Americani li seguono poco dopo con Alan Shepard e annunciano che presto conquisteranno la Luna.

Mentre l'umanità sta col naso rivolto verso il cielo, c'è chi mantiene i piedi saldamente per terra. La nonna Cesira, ad esempio, è la formichina di sempre e pur non facendosi mancare nulla, ha poche pretese, non concepisce lo spreco e dato che è ancora in perfetta forma arrotonda la pensione facendo la materassaia. Quando deve confezionare coperte imbottite le serve un aiuto per disegnare le losanghe in cui va suddivisa; lavoro semplice che si esegue usando uno spago intriso di gesso. Luciana l'aiuta volentieri e viene ripagata con un piccolo compenso che spende perlopiù per comprare i fumetti che predilige: "Topolino", "Il Monello" e "Tex Willer", un giornaletto da vero maschiaccio.

Nel negozio della parrucchiera, invece, si dedica ad altre letture accomodandosi in una delle poltroncine di finta pelle riservate alle clienti in attesa. Sul minuscolo tavolino di tek accostato alla parete c'è una pila enorme di fotoromanzi, sulle cui immagini le ragazze sognano ad occhi aperti appassionate storie d'amore, e settimanali che riportano le notizie riguardanti personaggi famosi, perennemente tallonati da paparazzi in cerca di scoop. Vi si trovano a profusione termini come *dolce vita*, che è quella magistralmente descritta nel celebre film di Federico Fellini, e *pappagalli* per definire i latin lovers italiani. Anche grazie a quelle pagine, persino le casalinghe che non hanno mai letto un libro e sono sempre state rintanate nel loro guscio, scoprono nuovi orizzonti.

Principale fonte d'ispirazione è Cinecittà, ove si girano pellicole dal successo garantito; l'industria cinematografica offre molti posti di lavoro e contribuisce in modo determinante a far conoscere l'Italia ed i suoi prodotti nel mondo tanto che visitare il *Bel Paese* con le sue stupende città d'arte, i siti archeologici, le meravigliose coste ed isole, le montagne ed i laghi costellati di borghi caratteristici è *di moda* e Roma con il Colosseo, la Fontana di Trevi, la scalinata di Trinità dei Monti e via Veneto, é tappa obbligata del turismo sia nazionale che internazionale ed attira persino gli attori di Hollywood che, al loro arrivo, sono accolti da ali di folla delirante.

10

Nei primi anni sessanta il boom economico, realtà tangibile, ha il potere di infondere euforia, speranza ed ottimismo; non si vive più di solo pane, si inizia a parlare di *consumismo* e le cambiali dilagano; sono il mezzo per acquistare oggi e pagare domani e c'è chi ne firma a pacchi, magari per iniziare una nuova attività. Ci si entusiasma per ogni novità e le abitazioni, che prima contenevano solo l'essenziale, iniziano a riempirsi di *generi voluttuari*. I primi guardaroba alti dal pavimento al soffitto sostituiscono i piccoli armadi a una o due ante con specchio incorporato, morbidi salotti componibili soppiantano duri divani con i piedi di legno, le cucine all'americana, caratterizzate da mobiletti appendibili, prendono il posto delle credenze, grandi librerie accolgono le enciclopedie, acquistate a dispense settimanali che pochi leggeranno, gioielli e pellicce fanno impazzire soprattutto le donne.

Gli esercizi commerciali rispecchiano in pieno le nuove abitudini infatti vengono aperti ovunque negozi di oreficeria, abiti confezionati, elettrodomestici, autoscuole, autosaloni, librerie, self-service e supermercati ove si trovano scatolette e cibi importati mai visti prima. Ristoranti, cinema e sale da ballo sono perennemente affollati e proliferano i bar, non più ritrovi ove trascorrere ore ed ore chiacchierando e giocando alle carte o a bigliardo, ma luoghi ove fare velocemente colazione con caffè o cappuccino e brioche.

Di fianco ai moderni esercizi a volte provvisti persino di scala mobile e arredati lussuosamente con tappeti, mensole di cristallo, grandi specchi, enormi lampadari a gocce, sopravvivono alcuni negozi storici, vere istituzioni, garanzia di qualità e serietà, ai quali i clienti sono legatissimi; le loro insegne, in ferro battuto, indicano con orgoglio l'anno in cui hanno aperto i battenti e raccontano di antiche tradizioni e di altissima professionalità...

Anche Rino e Lorena sono travolti dall'ebbrezza degli acquisti e, dopo la televisione e l'automobile, entra in casa un nuovo elettrodomestico, un bellissimo frigorifero. Il benessere consente alla famigliola *lussi* ritenuti inconcepibili solo pochi anni prima e quasi ogni domenica si pranza al ristorante e, durante la bella stagione, si fa una gita, meta Marina di Ravenna, Cervia, Rimini o Cesenatico. Con Primo e Oriana partono all'alba, quando la città è ancora immersa nel silenzio e l'aria è frizzante. Le auto sono stipate fino all'inverosimile con materassino gonfiabile, teli da bagno, ciabatte, costumi, cappelli di paglia, crema solare... Verso le otto sono già in spiaggia ove, dopo aver noleggiato ombrelloni e lettini, trascorrono la giornata tra bagni di sole, giochi tra le onde, passeggiate lungo il bagnasciuga, scherzi e risate. All'ora di pranzo acquistano in rosticceria spiedini e frittura di pesce, di cui vanno ghiotti, e li consumano in spiaggia per non perdere neppure un attimo di sole. Per la riviera romagnola hanno una vera passione e a giudicare dalla ressa che c'è ovunque e dalle code interminabili che affrontano al rientro sulla via Emilia o sulla San Vitale, moltissimi abitanti dell'entroterra la pensano allo stesso modo. Dopo ore arrivano a casa *cotti*, sia per la stanchezza che per il sole, ma determinati a ripetere l'esperienza la settimana successiva.

A *Casa Trovelli*, la dimora avita della nonna, da sempre si continua a soggiornare in agosto, in concomitanza con le ferie del babbo. Nei primi anni Sessanta si nota molto la differenza tra le città, che hanno cambiato faccia, ed i paesini pressoché immutati rispetto ai decenni precedenti e Sparvo non fa eccezione; manca ancora l'acqua corrente nelle case, l'unica strada che lo attraversa non è asfaltata e non ci sono negozi, tranne due modeste osterie e la solita piccola bottega in cui si trova un po' di tutto. La mancanza di comodità è compensata dal clima mite, dalla vita a contatto con la natura e dai cibi genuini: la panna e il latte bollito gustati a colazione, in giardino, assieme alla marmellata fatta in casa e spalmata sulle fette di pane ancora cotto nel forno a legna, i fagioli dell'orto in umido con la salsiccia, il salame ed il prosciutto stagionati per mesi nella fresca cantina e gustati con le crescentine fritte nello strutto di maiale, la polenta cucinata nei vecchi paioli di rame, la frutta appena colta dagli alberi e sistemata in grandi ceste di vimini...

Paola e Luciana, nate e cresciute in città, vivono tutto come un gioco e i disagi passano in secondo piano, persino il gabinetto in cortile, l'odore acre del letame cosparso sui campi e l'insistenza delle mosche che si posano dappertutto. Di mattina, mentre gli adulti si dedicano alle loro incombenze, corrono nei prati o giocano con i coetanei sedute in circolo all'ombra degli alberi frondosi. Di pomeriggio, con i genitori e i parenti, fanno gite nei paesi vicini o lunghe passeggiate nei sentieri del bosco e nelle vie di terra battuta, non senza fermarsi a scambiare quattro chiacchiere con gli abitanti delle tante casette disseminate lungo il percorso. Di sera, camminando per una decina di minuti in fila indiana e seguendo il debole fascio di luce di una pila, la piccola comitiva raggiunge il centro del paese, costituito da poche decine di costruzioni in sasso, piuttosto vecchie ma ben tenute. L'unica piazzetta altro non è che un piccolo slargo davanti alla grande casa ove ci sono, da sempre, la bottega e la frequentatissima osteria.

Qui tutti si conoscono fin dalla nascita e nelle calde sere d'estate è piacevole incontrare parenti, amici e compaesani confluiti dai poderi dei dintorni. Le donne siedono a chiacchierare sulle sedie disposte una accanto all'altra e intanto sorvegliano i bambini. I mariti solitamente giocano a briscola, a tressette o a morra e bevono vino in abbondanza. Un centinaio di metri più avanti, oltre al lavatoio e alla fontana pubblica, c'è un altro piccolo bar, con non più di tre o quattro tavolini, e un campetto nel quale è stata ricavata una zona lunga e stretta, delimitata da asce di legno, adibita al gioco delle bocce. In realtà il fondo di terra battuta è un po' in salita e un po' in discesa e disseminato di buche ma i compaesani fanno a gara per disputare partite appassionanti nelle quali la posta in palio è il prestigio, ben più che il dichiarato bicchiere di spuma o di vino. Quasi ogni sera nell'aria si diffonde il suono della fisarmonica o del giradischi. È il segnale che molti aspettano e, alla spicciolata, si va nella direzione da cui proviene la musica per ballare *alla filuzzi*. Non serve l'invito perché, ove si fa festa, tutti sono i benvenuti. Non si fa

92

distinzione di età e non si hanno pretese. Si balla nelle aie polverose o sulla pista di cemento di Remo, un cugino della mamma. Nelle serate di pioggia, rare in agosto, si ripete l'antico rito delle ore trascorse nella grande cucina con gli adulti che conversano mentre i ragazzi rimandano il momento di andare a dormire nonostante fatichino a tenere gli occhi aperti per il sonno.

Il mese vola e arriva il giorno in cui si riprendono fuori le valige di finta pelle sistemate sotto le reti del letto, alto, di metallo, dipinto di nero. E' il momento del ritorno in città.

Le sorelle sono un po' dispiaciute e conserveranno a lungo ben impresse nella mente molte sensazioni piacevoli: il profumo intenso dell'erba appena tagliata, quello della pioggia che evapora dal terreno riarso, quello delicato dei cespugli di rose, quello penetrante delle erbe aromatiche, quello invitante dei frutti maturi... il rumore prodotto dalle foglie agitate dal vento, quello dell'acqua che sgorga dalla fontana, il canto ritmato del cuculo, proveniente dal bosco, al quale si contrappongono quello aggraziato di usignoli e cardellini, il suono dei campanacci delle mucche che pascolano nei campi, il fruscio ovattato dei passi sull'erba e di tanto in tanto, portato dal vento, il rumore dei motori delle auto che percorrono il tratto Bologna-Firenze della nuova *Autostrada del Sole,* sul versante opposto della vallata... e panorami fatti di distese di campi con le spighe del grano maturo, prati verdi e assolati disseminati di fiori selvatici, rondini che volano verso il nido col cibo nel becco, farfalle che piroettano nell'aria sfoggiando ali con disegni coloratissimi, api che entrano ed escono incessantemente dai calici dei fiori e, soprattutto, centinaia di lucciole che compaiono, scompaiono, compaiono, scompaiono nel buio della notte.

Chiara e Giuliana le accolgono con gioia e in attesa della riapertura delle scuole trascorrono le giornate con loro in cortile a scambiarsi confidenze o a fare lunghe passeggiate e giri in bicicletta, che chiamano bici a causa dell'incorreggibile abitudine di accorciare tutte le parole. Spesso vanno sul greto del fiume Savena ove ci sono persone di tutte le età che fanno spuntini, il bagno e prendono il sole come fossero al mare. C'è persino un chiosco malandato dove si vendono bibite. Lì tempo prima hanno assaggiato per la prima volta la Coca Cola, che furoreggia in America non meno del rock'n'roll.

Come la maggior parte dei giovani, nutrono uno spiccato interesse per tutte le novità, indossano jeans, masticano continuamente gomma americana e di nascosto dai genitori, quando escono, si tolgono gli odiati calzetti bianchi in attesa di avere il permesso di indossare le calze velate.

Non si sentono più bambine ma è risaputo: le pagine del calendario vengono strappate più lentamente di quanto desidererebbero le ragazzine, impazienti di crescere, e molto più velocemente di quanto invece vorrebbero i genitori.

In effetti pare che l'estate sia appena iniziata e, un attimo dopo, è già inverno. Anche la programmazione televisiva lo dimostra.

«Sta per iniziare la puntata di *Campanile sera*» la avverte Paola interrompendola proprio mentre è immersa in una nuova avventura in cui Tex Willer e Kit Carson sono sulle tracce del terribile Mefisto. Luciana abbandona la *striscia* ed entra in soggiorno dove già si trova almeno una dozzina di persone che pende dalle labbra di Mike Bongiorno e dei giovani inviati Enzo Tortora ed Enza Sampò. Qualcuno commenta l'ultimo telefilm del *Tenente Sheridan* o lo spettacolo abbinato alla lotteria di capodanno che quest'anno si chiama *Studio Uno* ed è condotto da Mina. Ci sono sempre ospiti bravissimi, belle musiche, Don Lurio e le gemelle Kessler che, cantando e ballando *Da-da-um-pa,* esibiscono gambe lunghissime. Basta ciò per destare scandalo!

Nel 1962 il giovanissimo Tony Renis, partecipa al Festival di Sanremo cantando *quando, quando quando* che per mesi resterà in cima alle classifiche di vendita; con il suo sorriso accattivante, conquista immediatamente il cuore delle ragazze come Paola che è già una signorinella e Luciana che ha undici anni e sta vivendo quell'età in cui non ci si sente né carne né pesce. L'adolescenza è un periodo difficile e lei non fa eccezione. A volte, per gioco, si trucca con i cosmetici della mamma, indossa le sue scarpe con il tacco alto poi va davanti allo specchio a guardarsi da ogni angolazione e a osservare i cambiamenti che avvengono nel suo corpo, che ha iniziato a sbocciare.

«Le mie gambe sono diritte?».

«Sì e anche ben proporzionate» la rassicura Lorena.

«Il sedere non è un po' piatto?».

«Per forza. Sei magra come un'acciuga! Mangia di più e vedrai che crescerà anche quello. Dai tempo al tempo».

«Gli occhi come sono?».

«Profondi ed espressivi. E hai dei denti bellissimi, da fare invidia a chiunque. Poi le fossette sono decisamente carine, identiche alle mie».

«Dei capelli sono soddisfatta. Sono folti e lucidi. Credi che s'indeboliranno se li faccio crescere?».

«No. Stai tranquilla» la rassicura la mamma.

«Le mani però sono troppo grandi e le unghie bruttine».

«Perfetti non si può essere, altrimenti saremmo fatti con lo stampino. Sai quante farebbero cambio con te?».

«Tu non sei obiettiva! La nonna dice sempre che *a ciascuno le proprie oche sembrano cigni*».

«Oh insomma!» sbotta Lorena sospirando. «Sei un *tipo* ma ricordati che ciò che conta è il carattere; quello è determinante per realizzarsi ed essere felici. Ci sono persone che non hanno testa oppure, pur essendo intelligenti, non combinano niente di buono perché non hanno voglia né di studiare né di lavorare invece è bene tentare di migliorarsi continuamente, avere sempre nuovi obiettivi e impegnarsi con costanza e buona volontà per raggiungerli. Ci si fissa sul corpo quando si è superficiali, insicuri o insoddisfatti ma per costruire qualcosa serve cervello. Anche in amore un bell'aspetto attira l'attenzione ma, se c'è solo quello, ci si stanca in fretta. Ciò che unisce in modo duraturo è altro!».

Luciana ascolta attentamente quelle parole e pensa alla morte recentissima e misteriosa di Marilyn Monroe che pare si sia suicidata nonostante fosse bellissima e famosa ma a dispetto di tali ragionamenti, lo specchio continua a calamitare la sua attenzione e lei fa un dramma per ogni brufolo che

95

compare sul viso anche se la consola il fatto che i suoi coetanei, maschi e femmine, non stanno meglio di lei.

Lorena la osserva con indulgenza. Lei è il classico tipo mediterraneo, col viso dai tratti regolari, un po' marcati, incorniciato da folti capelli castano scuro che porta corti e cotonati, seguendo la moda del momento. Ha occhi scuri ed uno sguardo intelligente e penetrante. La bocca ben disegnata racchiude denti bianchissimi e il naso è un po' carnoso. La sua carnagione è morbida come velluto e in estate acquista una stupenda abbronzatura dorata. Nonostante si possa definire una bella signora, ha due crucci: di essere un po' bassa di statura e robusta, tendenza che si accentua sempre più col passare del tempo anche a causa della sua abilità di cuoca che però poco riesce contro la magrezza esagerata del babbo. A prima vista Luciana, fisicamente, assomiglia a lui. Di Rino ha la carnagione scura, la forma del viso, il corpo molto snello. Guardando meglio, però, si notano chiare impronte materne nella bocca e nei denti, nel naso, nelle fossette e soprattutto nello sguardo profondo. Anche nel carattere è molto simile a lei: perspicace, allegra e dinamica anche se in realtà la mamma, sempre vissuta nel guscio della famiglia, è molto più timida e insicura di lei. Ciò la porta a stare a volte sulla difensiva, atteggiamento che viene scambiato per alterigia, mentre è la persona più disponibile, generosa e sensibile del mondo. Nel suo caso, come spesso dice la nonna, *l'apparenza inganna*. Di una cosa Luciana è sicura: poche mamme sono tanto presenti e premurose come la sua. Con questa consapevolezza ritrova sicurezza, si rilassa e accende il giradischi. Di lì a poco le splendide note di *Cuando calienta el sol* invadono la cameretta e lei inizia a cantare davanti allo specchio, impugnando un righello a mo' di microfono.

11

Il 30 settembre 1962 lo zio Giacci corona il suo sogno d'amore. Tutto si svolge come da tradizione con tanto di abito bianco, lancio del riso, lacrimucce dei parenti, pranzo con una marea di invitati, consegna delle bomboniere e partenza per il viaggio di nozze a bordo di un'auto con fiocchi sul cofano e barattoli legati al paraurti posteriore. Paola e Luciana sono emozionate quasi quanto gli sposi e trascorrono una bellissima e romantica giornata.

Il giorno successivo rappresenta per loro un cambiamento radicale in quanto approdano l'una all'istituto tecnico per ragionieri e l'altra alle scuole medie inferiori, con nuovi insegnanti e nuovi compagni. Sono entrambe eccitate ma poche settimane sono sufficienti per adeguarsi alle nuove realtà.

«È bello avere tanti *prof* invece che un'unica maestra. Poi non siamo più trattati da lattanti!» sospira Luciana soddisfatta.

Paola risponde con sussiego:

«Ma lo siete ancora. È alle superiori che si può essere considerati adulti!».

«Quante arie perché frequenti Ragioneria!» sbotta Luciana che ha l'impressione di venir trattata con sufficienza.

La mamma Lorena, passandosi una mano tra i capelli, interviene prima che sorgano discussioni.

«Tre anni di differenza si avvertono molto alla vostra età. Comunque tu sei fortunata perché, avendo una sorella maggiore, in pratica fai tutto ciò che fa lei»

«E non è giusto. Io, alla tua età, non avevo neppure il permesso di andare in centro con le amiche come fai sempre tu» ribatte Paola contrariata perché, dovendo fare da apripista, combatte ogni giorno qualche battaglia e ha da poco convinto la mamma a lasciarla uscire per qualche ora il sabato sera.

«Facciamo le *turiste* e impariamo tante cose interessanti!» ribatte lei accarezzando il musetto del suo adorato Kim.

«Visitare la propria città è importante» conviene la mamma. «Aiuta a conoscerne la storia, a sviluppare senso civico e ad amarla. Dovrebbe essere oggetto d'insegnamento scolastico perché è assurdo che i ragazzi non conoscano il luogo in cui vivono. Sembrano stranieri in casa loro!».

«Hai ragione!» esclama Luciana soddisfatta e cogliendo la palla al balzo chiede: «Posso uscire oggi pomeriggio con Angela? Torno presto».

«Dove vorreste andare?» s'informa la mamma bendisposta.

«Non so. Ultimamente abbiamo visitato la chiesa di San Petronio, quella di San Pietro e Palazzo Re Enzo. La settimana scorsa, approfittando del bel tempo, siamo salite sulla torre degli Asinelli. A San Luca ci andiamo spesso."

"Sempre a piedi?" chiede la mamma interrompendola.

"Certamente, tanto anche se piove ci sono i portici fin lassù e, chiacchierando, ci sembra di impiegarci un attimo." spiega Luciana prima di riprendere "Ci mancano le Sette Chiese ma non è escluso che oggi facciamo semplicemente qualche *vasca* sotto al *Pavaglione* per guardare le vetrine dei negozi. Non vedo l'ora che arrivi dicembre per andare dalla chiesa dei Servi a vedere le bancarelle e comperare un po' di leccornie. C'è sempre un profumo irresistibile di torrone, croccante, zucchero filato...» spiega Luciana fingendo di annusare quegli aromi stuzzicanti.

«Preparano anche una buonissima cioccolata in tazza» commenta la mamma, golosa quanto lei.

«È ottima anche quella che servono alla *Torinese*. Tra quella e il caffè con la panna non so mai cosa scegliere!».

In effetti a Bologna non manca nulla e, oltre a bar e pasticcerie da sogno, percorrendo i quaranta chilometri di portici che caratterizzano il centro cittadino, ci s'imbatte continuamente in negozi di gastronomia, ristoranti e trattorie in grado di soddisfare i palati più esigenti. Tutti conoscono le prelibatezze di *Tamburini*, di *Rodrigo*, di *Nello*, del *Diana*, del *Pappagallo*... ove si possono gustare salumi eccellenti, tortellini in brodo, morbide lasagne, tortelloni burro e salvia, tagliatelle al ragù, zampone e cotechino, cotoletta alla bolognese, bolliti tenerissimi... specialità che hanno valso alla città l'appellativo di *Grassa*.

Il vero cuore pulsante di Bologna è la stupenda Piazza

Maggiore, ove si può star certi di incontrare *il moderno menestrello* che suona la chitarra elettrica indossando solo un pantalone e un gilet di pelle nera anche nelle più rigide giornate invernali, la *signora primavera* che saltella in modo leggiadro sfoggiando un vestito della stessa fantasia dei fiori contenuti nel suo cestino di vimini e un signore anziano, che le ragazze chiamano *milord*, che passeggia per le vie del centro a tutte le ore indossando frac, cilindro e bastone.

Negli innumerevoli vicoletti del centro, ci sono locali caratteristici ove si fa cabaret e si esibiscono artisti alle prime armi e band locali in un clima festoso in cui non manca mai un buon bicchiere di vino. Lì non è raro incontrare i giovanissimi Lucio Dalla, Gigi e Andrea, Francesco Guccini, Pupi Avati, Mario e Pippo Santonastaso...

Di fianco a Piazza Maggiore c'è il lungo portico del Pavaglione, con negozi prestigiosissimi e alla moda, ove si va a fare lo *struscio* con tappa obbligata al frequentatissimo ed elegante bar Zanarini.

I bolognesi, allegri e goderecci per carattere e per stile di vita, non pensano però solo a buona cucina e svago; sono laboriosi e generosi e, tra l'altro, sostengono con affetto i Frati dell'Antoniano, altro simbolo della città, che con i loro sai marrone, fanno la questua per assistere i poveri.

Anche la cultura raggiunge livelli di eccellenza infatti il vero fiore all'occhiello della città è la sua antichissima e prestigiosa Università, che le ha fatto meritare il soprannome di *Dotta* e, attirando un numero impressionante di giovani studenti provenienti da tutto il mondo, le conferisce una vivacità particolare.

Ancora qualche scambio di battute poi Luciana con indosso il cappotto cammello che Lorena le ha appena confezionato esce pimpante seguita dallo sguardo della sorella che pare dire:
"Alla fine fai sempre quello che ti pare!".

Anche se a volte sembrano cane e gatto, in realtà Paola e Luciana sono molto legate. È indiscutibile che siano molto diverse, sia nell'aspetto che nel carattere tanto che, al primo impatto, non sembrano sorelle. La prima ha modi dolci e tranquilli tanto quanto la seconda è maschiaccia, irruenta e vivace comunque, a modo loro, sono entrambe volitive e determinate quanto basta per farsi rispettare in ogni situazione. La cameretta che condividono è il loro regno.

«Non è ora di dormire?» chiede Lorena entrando mentre sono immerse nella lettura, comodamente sdraiate sui rispettivi letti.

Luciana solleva lo sguardo verso di lei facendo fatica a ritornare alla realtà.

«Questo romanzo è davvero avvincente. È *Il dottor Zivago* di Boris Pasternak. Lo hai sicuramente sentito nominare perché ha vinto l'Oscar per la letteratura pochi anni fa».

«L'ho letto anch'io. Te lo consiglio mamma» interviene Paola appoggiando sul comodino il testo di ragioneria per poi stirarsi rumorosamente allungando le braccia in avanti. Kim, accucciato sul pavimento di fianco a lei, si alza per osservarla meglio poi appoggia le zampette anteriori sulla coperta e le lecca una mano.

La mamma le chiede:

«Domani hai il compito in classe?».

«Sì. Speriamo in bene!» risponde lasciando trapelare una certa preoccupazione.

«Io ho due ore di storia e letteratura. Belle! Un'ora di geometria. Pazienza! Un'ora di religione. Pacchia! Un'ora di ginnastica. Fantastica!» interviene Luciana allegramente prima di bloccare la mamma.

«Che cosa stai facendo? Giù le mani dal mio poster».

«Si sta staccando. Non vedi?» ribatte Lorena premendo contro il muro lo scotch attaccato alla gigantografia di Elvis Presley mentre nota che Camilla ha perduto il suo posto sulla cassettiera a vantaggio di un cofanetto per i cosmetici.

«Buonanotte» augura poi alle figlie dando loro un bacio sulla fronte.

Con gli amici si parla molto di John Fitzgerald Kennedy, il giovane presidente degli Stati Uniti amato per il suo carisma e le idee democratiche e innovative ma anche contestato da chi associa il suo nome alla guerra del Vietnam. Luciana è affascinata dal suo impegno sul fronte dei diritti civili e dalla contrarietà espressa riguardo alla costruzione del muro di Berlino. Spesso i mezzi d'informazione ripetono una sua frase che recita *"Non chiederti cosa può fare l'America per te, ma cosa tu puoi fare per l'America"*. Luciana ne è rimasta colpita. Ci ha riflettuto e ha concluso che tale raccomandazione dovrebbe valere per tutti e nei riguardi di tutti.

Allo stesso modo le torna spesso alla mente la frase di Papa Giovanni XXIII che, in un recente discorso, ha detto ai fedeli *"Andate dai vostri figli, fate loro una carezza e dite che quella è la carezza del Papa"*. Persino il babbo che solitamente è critico verso la Chiesa e i suoi apparati, nel sentirla, si è commosso.

In effetti, toccando le corde giuste, in un attimo si può essere molto esaurienti, a volte sublimi. Così è con la poesia che in pochi versi racchiude discorsi lunghissimi, così è con la musica che penetra fin dentro l'anima, così è con la danza di cui Luciana si è appassionata seguendo due ballerini eccezionali: Rudolf Nureyev e Carla Fracci. Entrambi fanno perfettamente capire cosa significhi *avere le ali ai piedi*.

Il babbo spesso parla del suo lavoro in Comune e dei colleghi, soprattutto di Severi che è simpaticissimo, grande e grosso, rosso di capelli, allena una squadra di baseball e parla continuamente di ristoranti e di Cirri che è scapolo nonostante sia un tipo bello, alto, affascinante e distinto. Quest'ultimo veste sempre in maniera impeccabile, porta un toupet per nascondere la calvizie incipiente e ha una cura maniacale per le sue cose tanto è vero che, quando piove, non usa l'auto perché non si bagni.

Oggi il babbo, appena seduto a tavola, inizia a raccontare un episodio molto buffo accaduto in mattinata.

«Verso le dieci siamo andati al bar a fare colazione. Cirri stava bevendo il suo tè al limone quando, all'improvviso, gli è venuto uno starnuto. Dato che aveva le mani occupate, non ha fatto in tempo a mettere la mano davanti alla bocca e gli è volata via la capsula d'oro di un dente».

Lorena, seguita dalle figlie, immaginando la scena, inizia a ridere a crepapelle non riuscendo neppure a parlare. Quando finalmente ritrova la voce, chiede:

«E lui? Chissà com'è rimasto male. È sempre tanto compassato!».

Il babbo prosegue.

«Avrebbe voluto fare l'indifferente ma non trovava più la capsula. Allora, tentando di non attirare troppo l'attenzione, ci siamo messi a cercarla ed anche il barista, che se n'è accorto, ha guardato sul banco e nelle varie tazze che c'erano appoggiate sopra.».

«Pensate se un cliente se la fosse ritrovata nel suo caffè!» esclama Paola mentre la famiglia scoppia nuovamente a ridere in modo irrefrenabile.

«Perbacco. Dov'era andata a finire?» s'informa Luciana.

«Era caduta in terra. Cirri l'ha raccolta ma per il resto della mattina è rimasto serissimo e, quando parlava, si teneva sempre una mano davanti alle labbra».

«Non è per niente spiritoso! Nella vita ci vuole un po' d'ironia. Alla fine dei conti può capitare a chiunque!» esclama la mamma.

«Allora, se se la fosse fatta addosso come Biondi?» rincara Paola e tutti riprendono a ridere a crepapelle.

«Di sicuro lui non l'avrebbe detto a nessuno» risponde Rino.

«Neanche io, se fosse capitato a me» ammette Luciana prima di sollecitarlo a raccontare di nuovo quell'episodio.

«Lo conosci già».

«Su babbo, non farti pregare. È così divertente!».

«Era in autobus quando ha avvertito un grande scompiglio nella pancia, allora è sceso per cercare un bagno pubblico» inizia il babbo fermandosi per osservare l'espressione delle sue donne.

«E...?» incalza Luciana.

«Ha continuato a camminare piano piano cercando un bar che avesse i servizi igienici» riprende il babbo «ma lì vicino non ce n'erano così, dato che i dolori si erano fatti lancinanti e non riusciva più a trattenersi, è entrato in un portone, si è calato i pantaloni e l'ha fatta lì».

«Chissà quanto avete riso in ufficio quando l'ha raccontato!» esclama Paola.

«Puoi scommetterci. Non la smettevamo più».

«Perbacco, pensate agli abitanti di quel palazzo quando hanno trovato quel bel regalino!» esclama Luciana dando una gomitata alla sorella.

E tutti a ridere fino ad avere le lacrime agli occhi.

In quei momenti di serena complicità e allegria Luciana non vorrebbe essere in alcun posto del mondo che non sia la sua casa e capisce pienamente il significato del detto *ad ogni uccello il suo nido è bello*, che ripete spesso la nonna.

La bottega di Settimio è ancora il ritrovo dei soliti amici che continuano a parlare di tutto. Ormai le posizioni tra comunisti e democristiani sono ammorbidite mentre, fatto impensabile nei decenni precedenti, si formano i primi governi di centro-sinistra sotto la presidenza prima di Fanfani poi di Aldo Moro, statisti molto apprezzati. Si commentano le riforme nel settore di sanità, trasporti, edilizia, scuola pubblica e la presenza di due realtà molto diverse nel Paese: un Centro-Nord in espansione, con grandi industrie, una miriade di aziende artigianali, commerci floridi, buone infrastrutture, alta scolarità... e un Sud arretrato, protagonista di una migrazione di massa. Molto fa parlare l'attentato costato la vita a Enrico Mattei, presidente dell'ENI, un vero mistero. Sono frequenti le discussioni tra i simpatizzanti di una squadra calcistica e di un'altra, di un cantante e di un altro, di un'attrice e di un'altra. Su Sophia Loren si trovano tutti d'accordo nell'elogiarne la bellezza mediterranea e la bravura. Non per niente proprio quest'anno ha vinto l'Oscar recitando in *La Ciociara,* film tratto dal romanzo di Alberto Moravia, diretto dal grande Vittorio De Sica.

L'anno successivo, il 1963, riserva eventi luttuosi di enorme impatto.

In giugno muore Giovanni XXIII, il *Papa Buono*. Molti hanno la sensazione di avere perduto un amico, anzi di più, un santo.

Televisione e quotidiani parlano della sua vita, delle sue opere e delle sue encicliche. Gli succede il cardinale Montini col nome di Paolo VI.

A ottobre una frana colossale caduta dal monte Toc fa traboccare il bacino della diga del Vajont spazzando via Longarone e altri paesini. Si parlerà di segnali premonitori e di sottovalutazione dell'allarme lanciato da molti. Ciò aggiungerà rabbia al dolore.

A novembre una notizia offusca tutte le altre: quella dell'assassinio del presidente degli Stati Uniti, John Fitzgerald Kennedy. Donne e uomini di tutto il mondo assistono sbigottiti alle immagini, trasmesse e ritrasmesse per televisione, del corteo presidenziale che avanza lentamente per i viali di Dallas, del giovane uomo che improvvisamente si accascia colpito da colpi di arma da fuoco e della moglie che si china su di lui. È un dramma avvolto nel mistero su cui, nei mesi successivi, si formulano le ipotesi più disparate per nulla sopite dalla condanna inflitta a Lee Harvey Oswald.

Le ragazze sono colpite da tali tragedie ma, com'è giusto che sia, il loro entusiasmo per la vita prevale. Rino, come la maggior parte dei papà, è un po' geloso delle figlie e ogni volta che sente pronunciare il nome di un ragazzo si fa attento; ciononostante il sabato sera le accompagna con l'auto in alcuni localini del centro e le torna a prendere verso mezzanotte. Lì si trovano con gli amici con i quali ballano lenti e scatenati twist e hully gully. Imperversano le canzoni di artisti divenuti famosi grazie a programmi televisivi e radiofonici, a manifestazioni popolari come il *Festival di Sanremo e il Cantagiro* e a serate in locali alla moda come il *Piper* di Roma e *La Bussola* di Focette. Ogni anno nuove canzoni riempiono l'etere e restano associate per sempre a stagioni, eventi, luoghi, sentimenti: *Sapore di sale*, *Se mi vuoi lasciare*, *Abbronzatissima*, *Cuore*, *Una lacrima sul viso*, *In ginocchio da te*, *Let's twist again* e tantissime altre vengono suonate a ripetizione. Adriano Celentano, Domenico Modugno, Mina, Gianni Morandi, Gino Paoli, Rita Pavone, Sergio Endrigo, Ornella Vanoni, Little Tony, Peppino di Capri, Edoardo Vianello, Tony Renis, Fred Bongusto, Bobby Solo,

Milva, Iva Zanicchi... si contendono continuamente la testa della classifica delle vendite insieme a Gigliola Cinquetti, vincitrice dell'ultimo Festival di Sanremo e dell'Eurovision Song Contest.

Sempre più spesso si sente cantare in inglese, cosa che infastidisce molte persone anziane ma piace ai giovani, che vanno in delirio per cantanti e complessi stranieri su cui svettano nettamente i Beatles, il gruppo originario di Liverpool che ha cambiato nettamente il modo di fare musica e spettacolo e ha schiere di fan in tutto il mondo. Loro principali antagonisti sono i connazionali Rolling Stones.

Giacci, che per carattere è allegro e sorridente, mese dopo mese è diventato ancor più raggiante. Evidentemente la vita matrimoniale lo soddisfa ma grande merito lo ha anche un mitico Bologna che ha vinto il campionato italiano di calcio 1963-1964 giocando in modo fantastico.

Anche Rino e Lorena sono euforici in quanto l'acquisto dell'abitazione, da sempre loro obiettivo primario, sta per diventare realtà infatti il babbo si è attivato per cercare un appartamento adatto alle esigenze della famiglia. Unico paletto: rimanere a Bologna dove si vive bene, ci sono industrie e commerci floridi e tutto funziona alla perfezione tanto che spesso la città è portata ad esempio in ambito nazionale per le sue eccellenze.

12

A metà anni sessanta Luciana e Paola sono indiscutibilmente signorinelle, anche se per Lorena sono e saranno sempre *le bimbe*. La loro cameretta rispecchia il passare del tempo. Sulle mensole, bambole e pupazzi sono stati sostituiti da libri, fumetti di Diabolik e pile di dischi che crescono di pari passo con la paghetta settimanale. Degli uni e degli altri c'è uno scambio intensissimo con gli amici. La gigantografia di Elvis è stata sostituita dai poster dei Beatles e di Gianni Morandi che assieme a Rita Pavone, la *Pel di carota* nazionale, sta vivendo un periodo d'oro ed incide canzoni bellissime. Sul comodino, tra i due letti, la radiolina portatile è perennemente sintonizzata sui programmi musicali e il sabato pomeriggio è d'obbligo seguire *Bandiera gialla,* la coinvolgente trasmissione condotta dai giovanissimi Gianni Boncompagni e Renzo Arbore che, parlando a raffica, decretano il successo della settimana. Nel 1965 Bobby Solo vince il Festival di Sanremo con *Se piangi, se ridi* e Pino Donaggio, Jimmy Fontana e Orietta Berti, esponenti del genere melodico, ottengono il loro primo grande successo cantando rispettivamente *Io che non vivo, Il mondo* e *Tu sei quello* mentre, l'anno successivo, Caterina Caselli spopola tra i giovanissimi con *Nessuno mi può giudicare* e *Perdono,* Al Bano conquista tutti con la sua voce potente cantando *Io di notte* e Frank Sinatra, sulla breccia da decenni, entra nelle case con *Strangers in the night* della quale vengono incise infinite versioni. La mamma adora quella di Jonny Dorelli. Lei ama tutta la musica ma ha una vera passione per tanghi, mazurke e polke e, quando li trasmettono per radio, acchiappa al volo una delle figlie e la trascina in passi doppi e piroette.

Mentre nelle sale cinematografiche Mary Poppins non accenna a smettere di volare sulla scopa e Peter Sellers, alias ispettore Clouseau, insiste a distinguersi per la sua esilarante inettitudine, in famiglia la televisione occupa sempre un ruolo importante. Si ride di gusto grazie al divertentissimo *Specchio segreto* con Nanny Loi e si seguono regolarmente Gino Cervi che continua ad impersonare il commissario Maigret, S*ette voci* con un Pippo Baudo alle prime armi e varietà, film e sceneggiati di cui c'è una produzione di altissimo livello. Un anno dopo l'altro *Il mulino del Po, La cittadella, I miserabili, David Copperfield,* ecc. tengono incollati gli spettatori: nel 1966 un avvenente Andrea Giordana impersona *Il Conte di Montecristo* e fa letteralmente strage di cuori tra le giovanissime.

Il telegiornale resta un appuntamento fisso e le ragazze sono affascinate soprattutto dalle notizie riguardanti le imprese spaziali, i frequenti avvistamenti di Ufo e la profonda evoluzione della società   americana ove in un crescendo iniziato dopo l'assassinio di J. F. Kennedy e l'acuirsi della guerra del Vietnam, i giovani sono sempre più insofferenti nei confronti di ogni forma di autorità, denunciano le ingiustizie sociali ed esprimono la loro contrarietà contro ogni forma di discriminazione. La contestazione, partita in sordina in alcune università, si è ormai diffusa a macchia d'olio varcando i confini statunitensi. Intanto un giovane di razza nera monopolizza l'attenzione e scuote le coscienze mentre la musica raggiunge ogni angolo del mondo invocando pace, uguaglianza e giustizia.

Paola sta rispondendo alle domande della mamma.

«Chi è questo Martin Luther King del quale si parla tanto?».

«È un pastore protestante. Gli è stato assegnato il premio Nobel per la pace nel Sessantaquattro. Lui condanna la segregazione razziale e rivendica l'uguaglianza per tutte le persone indicando la non violenza e la disobbedienza civile come mezzi per ottenerla. Si è ispirato a Gandhi, così come ha fatto Nelson Mandela» spiega Paola dimostrandosi ferrata sull'argomento.

Il dialogo tra madre e figlia prosegue.

«Gandhi era indiano, vero?».

«Sì. È stato un famoso pacifista. Mentre lavorava come avvocato in Sudafrica rimase profondamente colpito dall'*apartheid* di cui erano vittime i neri, che rappresentavano la maggioranza della popolazione. Tornato in India, che a quei tempi era una colonia inglese ed era un Paese molto arretrato in cui vigeva persino la schiavitù, cominciò a predicare la disobbedienza civile di massa ed ebbe enorme seguito tanto che ne accelerò il processo d'indipendenza dall'Inghilterra».

«A tutte le persone vanno garantiti i diritti fondamentali quali pace, libertà e giustizia! Non ci dovrebbe essere neppure bisogno di dirlo!» esclama la mamma.

«Eh sì» conviene Paola portandosi una ciocca di capelli dietro all'orecchio con un gesto che le è abituale. «La storia dimostra che una società ingiusta e troppo povera alimenta l'odio con la conseguenza che, appena se ne presenta l'occasione, si scatenano le ribellioni. Eppure i *potenti* fanno finta di non capire!».

La mamma, celando a stento la sua contrarietà, elenca:

«Nei Paesi dell'Est c'è dissenso nei riguardi del Potere centrale, in Grecia c'è instabilità tanto è vero che si sono dimessi uno dopo l'altro i governi di Karamanlis, Papandreu e altri dal nome impronunciabile, in Yugoslavia ci sono tensioni tra le varie etnie e Tito usa il pugno d'acciaio per tenere la situazione sotto controllo. Persino in Cina, dove si aveva l'impressione che tutto fosse tranquillo, c'è la rivoluzione culturale ed ovunque si sente parlare del *Libretto rosso* di Mao Tse Tung. Per non parlare di Sud America, Africa e Medio Oriente dove, ovunque ti giri, ci sono colpi di Stato, lotte intestine, colonie che rivendicano la loro autonomia... Speriamo in bene perché anche quando nel 1939 scoppiò il secondo conflitto mondiale c'erano tanti focolai e bastò poco per far divampare l'incendio».

Rino, che fino a quel momento ha ascoltato in silenzio, interviene per rassicurarla:

«Non esagerare! Secondo me l'esistenza di due grandi potenze rappresenta una garanzia perché si controllano a vicenda, fanno da arbitri e sanno benissimo che con le armi atomiche non c'è da scherzare».

«Speriamo che adoperino tutti giudizio! La crisi di Cuba fu molto preoccupante» insiste Lorena.

Paola interviene nella conversazione.

«Certo che ascoltare i telegiornali mette ansia perché

danno enorme risalto alle brutte notizie e trascurano quelle belle. La medicina, ad esempio, nell'ultimo decennio ha compiuto progressi enormi; basta pensare al vaccino antipolio. Sapete che Sabin, lo scienziato che lo ha inventato, ha rinunciato al brevetto e ai guadagni che ne derivano? È un fatto encomiabile che merita il massimo risalto».

«Deve essere gratificante avere un lavoro che ti permette di fare qualcosa di utile per gli altri. Spero di riuscirci anch'io prima o poi!» esclama Luciana intenta a spalmare con cura un'abbondante quantità di *Nutella* su una fetta di pane.

«Non volevi fare la cuoca o la gelataia?» l'apostrofa la sorella sorridendo.

«La maggioranza dei bambini sostiene di voler fare l'astronauta, il calciatore o il cantante ma crescendo cambia idea» puntualizza lei con un'espressione compassata che poco si concilia con i baffi di cioccolata ai lati della bocca.

Il sabato sera Paola e Luciana continuano ad uscire; ora vari amici hanno la patente quindi passano a prenderle con l'auto. Il copione è invariato: la prima, davanti allo specchio del bagno, trascorre almeno mezz'ora a stirarsi i capelli con phon e spazzola per ottenere l'effetto *caschetto* alla Caterina Caselli mentre la seconda sbuffa in attesa di potersi fare il maquillage che consiste nell'ardua impresa di disegnarsi una riga di eye-liner senza sbavature sul contorno superiore degli occhi.

«Dove si va?» chiede Luciana alla sorella che sta per indossare un abitino bianco e nero a disegni geometrici, molto alla moda.

«Al cinema. Io propenderei per l'ultimo film di *James Bond*. È un filone che mi piace, poi c'è Sean Connery. Non so se mi spiego!» risponde Paola lanciandole un sorriso divertito nel notare la minigonna vertiginosa che, anche se piace alla mamma sempre aperta alle novità, causerà critiche da parte del babbo.

«Tu hai preferenze?» s'informa poi.

«Spero solo che i ragazzi non insistano per vedere uno dei tanti *spaghetti-western* che sono nelle sale. Ultimamente ne abbiamo visti un totale e non sono tutti capolavori come quelli di Sergio Leone! A me piacerebbe vedere *Khartoum* con Charlton Heston. È ambientato nel deserto come *Lawrence d'Arabia* e da un momento all'altro lo toglieranno dalle sale».

«Tu impazzisci per le storie *mega*, i paesaggi *mega*, le scenografie *mega...*» scherza Paola.

«Cosa c'è di strano? Pensa a *Il Gattopardo*! Che storia avvincente e che cast eccezionale! Claudia Cardinale e Alain Delon sono bellissimi!» obbietta lei con trasporto.

«Non hai torto, ma ora muoviti ché è tardi» la sollecita Paola calzando due deliziose scarpine nere col tacco alto e girandosi poi verso lo specchio per un rapido controllo.

Il babbo, in attesa che inizi *Scala Reale* con un buffissimo Peppino De Filippo, alias Pappagone, e Gianni Agus, la spalla per eccellenza, le osserva in silenzio, con orgoglio.

Delle due bimbette *tutte ossa e sottana*, come le avevano definite anni prima gli amici di Sparvo quando si erano cimentati cantautori, è rimasto ben poco.

La figlia maggiore è una bella signorinella dai lineamenti delicati messi in risalto dai capelli scuri e folti e dagli occhi grandi e scintillanti. Il suo viso è leggermente spruzzato di lentiggini, la bocca piccola e tra gli incisivi superiori c'è una piccola simpatica fessura.

"Una volta dicevano che portasse fortuna. Speriamo sia davvero così!" pensa prima di spostare lo sguardo sulla figlia minore.

Ora la bimbetta magra come un'acciuga, vivacissima e maschiaccia, è diventata una ragazza alta, con un corpo snello ma formoso e i capelli scuri, lisci, lunghi fino alla cintura.

Di lì a poco suona il campanello di casa e le sorelle, indossando frettolosamente i rispettivi cappotti, escono precipitosamente dopo aver salutato i genitori.

Ogni giorno Rino e Lorena leggono il quotidiano e commentano gli articoli che li colpiscono maggiormente.

«Quante grandi opere sono state costruite negli ultimi anni! La diga di Assuan in Egitto è stata un lavoro faraonico ma anche in Italia non si scherza; di continuo s'inaugurano tratti autostradali, metropolitane, trafori... Quello del monte Bianco ha dello stupefacente. Che tecnologie!» osserva la mamma.

«Dovrebbero usarle soprattutto per salvaguardare il territorio! L'alluvione di Firenze è stata una catastrofe annunciata. Un po' dovunque, in Italia, se piove per tre giorni si allaga tutto e se non piove per una settimana ci si lamenta per la siccità e divampano incendi. Non è possibile! Poi, quando capitano delle sciagure, si piangono le vittime, magari con funerali di Stato. E' indispensabile costruire dighe e bacini, tenere puliti gli alvei dei fiumi, aver cura dei boschi, concedere licenze edilizie con meno leggerezza... solamente che fare prevenzione procura poca visibilità ai politici!» commenta Rino.

«Forse non ci sono i fondi necessari» ipotizza Luciana.

«Per le cose importanti si devono trovare. Senza contare che agire in emergenza, a posteriori, costa cifre astronomiche!» replica il babbo.

«Evidentemente non è così semplice».

«Manca la volontà di attuare piani seri.» insiste lui infastidito. «E c'è chi trae vantaggio dalle calamità. Scommetto che nel Duemila le cose saranno ancora così!».

«Non essere disfattista, babbo! Forse la burocrazia rende tutto più difficile ma da qui al Duemila! Nel nuovo secolo, con i progressi che si stanno compiendo in ogni campo, il mondo sarà quasi perfetto e non si saprà più cosa inventare!» esclama Luciana con l'ottimismo dei suoi quindici anni, quasi sedici, come sottolinea sempre lei, che si sente adulta.

«Mah! Ne dubito» afferma Rino che si sta accalorando sempre più. «Purtroppo incapacità e corruzione trovano sempre nuovi adepti. Tutto sommato mi tocca ammettere che i *capelloni* hanno ragione a contestare. Intendiamoci, non su tutto. Su droga e sesso libero hanno torto».

«Oh, finalmente! Evviva! Ammetti che gli *hippy* non sono poi così fuori di testa!» esulta Luciana.

«Il fatto è che quando si supera la misura, si passa dalla parte del torto anche se si ha ragione. Si presentano con i capelli lunghi, i piedi nudi, vestiti a fiori, con una musica che rompe i timpani, praticano l'amore libero, fumano marijuana, abusano di alcolici... Che opinione ci si può fare? Ma a protestare contro la guerra del Vietnam, la segregazione razziale, il consumismo esasperato, l'inquinamento e la corruzione fanno bene. Anzi benissimo».

«Babbo, tra un po' mi sa che diventerai un fan di Bob Dylan e di Joan Baez e ti farai crescere i capelli!» scherza Luciana.

«Non esageriamo! Comunque rivedere le proprie idee, quando è il caso, è segno d'intelligenza. Certo che non ci si capisce più niente. Voi giovani mettete in discussione tutto!» esclama Rino che, non ricevendo risposta, si rituffa nella lettura del giornale.

«E' stata occupata l'Università di Pisa» annuncia Luciana pochi giorni dopo.

La mamma la guarda con un'espressione talmente sbalordita da suscitare una sua sonora risata.

«Ridi, ridi. C'è grande fermento dappertutto e mi pare che la tensione stia salendo. Credo che si sottovaluti la situazione» afferma indispettita.

I mesi successivi rispecchiano in pieno le sue previsioni: sempre più frequentemente le proteste studentesche si fanno accese e si uniscono a quelle operaie. Le sue preoccupazioni, però, sono rivolte altrove perché la nonna Cesira è stata vittima di un ictus che l'ha lasciata paralizzata.

Nel frattempo Paola è molto impegnata perché a luglio dovrà sostenere l'esame di Stato.

«Mi sembra di vederti con il tuo grembiulino bianco col fiocco rosa e invece stai per diventare ragioniera!» esclama la mamma guardandola con un'espressione in cui affiorano contemporaneamente orgoglio e incredulità.

«Anch'io sono a buon punto» afferma Luciana che non vuole mai essere da meno.

«Ne hai ancora da pedalare!» puntualizza la sorella prima di chiudersi nella sua stanza non senza aver prima aggiunto: «Abbassa il giradischi che mi devo concentrare».

Esattamente come quando si esercitava a suonare la fisarmonica, in casa tutti abbassano il tono di voce. Persino Kim sembra capire l'antifona e si accuccia nel suo angolino preferito mentre la mamma inizia a stirare.

Una nuova avversità è in agguato.

«Perbacco» si lamenta Luciana dal suo letto della clinica odontoiatrica «mi sembra di avere preso una scarica di botte. Ho male da tutte le parti. E il babbo come sta?».

«Lo hanno ricoverato ma solo per precauzione. Pare non abbia nulla di serio» spiega la mamma che fa la spola tra un ospedale e l'altro dopo l'incidente in cui sono stati coinvolti mentre si recavano a Sparvo.

«Quando mi faranno i raggi alla mandibola? Sembra staccata».

«Domani, ma non ti preoccupare, vedrai che è solo la botta. Raccontami piuttosto com'è successo» tenta di rassicurarla Lorena senza riuscirci affatto.

«C'è poco da dire. Il conducente dell'altra auto ha svoltato all'improvviso tagliandoci la strada di netto. Era impossibile evitarlo» spiega Luciana, parlando a fatica, mentre in lontananza le arriva da una radiolina con il volume troppo alto la voce di Dezzan che intervista Felice Gimondi vincitore del cinquantesimo Giro d'Italia.

«Ha avuto un malore?».

«No, ha detto che si è distratto. Comunque a me non serve nulla. Vai a casa perché Paola e la nonna sicuramente sono in ansia e aspettano notizie».

La mamma non si fa pregare e Luciana è felice di rimanere sola dato che avverte la necessità di riposare. Battaglia persa in partenza perché in ospedale a tutte le ore del giorno e della notte ci sono medici che visitano, infermieri che accudiscono qualche ammalato, inservienti che puliscono, degenti che si lamentano, campanelli che suonano... senza considerare la sua compagna di stanza che ha una gran voglia di parlare e, nei momenti in cui lei finge di dormire per essere lasciata in pace, canticchia storpiando orribilmente canzoni bellissime che non meritano un simile trattamento: *Cuore matto*, *Nel sole*, *A chi*, *Poesia*, *Se stasera sono qui*, *L'immensità*...

La degenza in ospedale dura pochi giorni nonostante contusioni varie e la frattura di condilo e mandibola con conseguente immobilizzare delle arcate dentarie che comporterà il fatto di alimentarsi per un mese esclusivamente con cibi liquidi.

Luciana non dimenticherà mai quell'estate del 1967 infatti, mentre la sorella sostiene le prove dei temuti esami di Stato, lei è costretta a trascorrere le giornate in assoluto riposo e in preda ai morsi della fame. I romanzi di Agatha Christie e i programmi radiofonici le fanno compagnia. In quel periodo segue con particolare interesse Lucio Dalla, un musicista bolognese che ha incontrato spesso nei dintorni della scuola che frequenta. E' una persona eccentrica, simpatica e molto disponibile che si ferma volentieri con lei ed i suoi amici a conversare e firmare autografi, per nulla reso superbo dal successo ottenuto con *Bisogna saper perdere* all'ultimo festival di Sanremo, purtroppo funestato dalla morte del bravo cantautore Luigi Tenco.

A settembre due importanti traguardi vengono tagliati: la famiglia trasloca nel nuovo appartamento di proprietà e Paola, con il suo diploma nuovo fiammante, inizia a lavorare presso la sede centrale di un importante Istituto di credito della città. Due sogni si avverano contemporaneamente!

Nel successivo mese di dicembre una notizia riempie le pagine dei quotidiani: il primo trapianto di cuore effettuato da un chirurgo sudafricano, Christian Barnard. Se ne parla in termini entusiastici per le prospettive future, eppure Luciana riesce solo a pensare al poveretto che ha accettato di sottoporsi ad un esperimento del genere. Quanto avrà sofferto? In effetti, dopo l'incidente automobilistico, vede ogni cosa da una prospettiva diversa perché si è resa conto che *la salute è tutto*, non è un modo di dire, ma una sacrosanta verità. Ora che a causa del deperimento organico è ancora ben lontana da una buona forma fisica, riflette sul fatto che beni inestimabili come salute, pace, libertà, acqua, cibo... sono ben poco apprezzati quando si possiedono e si danno per scontati ma.... scontati non sono.

13

Quotidiani e notiziari sono una continua dimostrazione di quanta sofferenza ci sia nel mondo.

«Quante saranno le rivoluzioni, i colpi di Stato e i conflitti in essere in questo momento?» chiede Paola al babbo.

«È impossibile saperlo. Comunque tantissimi, troppi. Basta considerare quelli di cui ultimamente si parla di più: prosegue la guerra del Vietnam, Israele e i Paesi limitrofi si scontrano di continuo per il possesso della Palestina, in Grecia c'è la dittatura dei colonnelli e in Romania quella di Ceausescu, in Cecoslovacchia si lotta per instaurare il comunismo dal volto umano di Dubcek, per non parlare dei molti Paesi dove la situazione è di perenne instabilità tanto che, anche se pare incredibile, ci sono persone adulte che non sono mai vissute in tempo di pace».

«Assurdo!» esclama Luciana con convinzione dirigendosi nella stanza accanto per studiare.

Come sua abitudine, legge ad alta voce e la nonna Cesira, seduta nella sua poltrona di pelle verde, la ascolta in silenzio.

«Tutto sommato sono fortunata!» mormora a un tratto.

«Perché?» chiede la ragazza sorpresa.

«Se con la mia malattia fossi sola, come farei? Mi accudite, mi aiutate in tutto, mi fate compagnia... Quando ero ricoverata all'ospedale, c'erano delle persone nelle mie condizioni i cui parenti arrivavano di corsa, davano un'occhiata veloce e scappavano via subito. Nessuno dovrebbe essere abbandonato nel momento del bisogno!» spiega a bassa voce.

Luciana la osserva e sente le lacrime salirle agli occhi. Nonostante sia paralizzata e ora, come se non bastasse, anche completamente cieca a causa delle conseguenze del diabete, è una donna invincibile grazie alla sua serenità e alla sua fede. Spesso recita il rosario bisbigliando e muovendo impercettibilmente le labbra. Una volta le ha chiesto:

«Quando preghi, cosa chiedi?».

«Tante cose: che il mondo sia migliore, che non ci siano più guerre, terremoti o alluvioni, che nascano tante persone buone come don Bosco e Padre Pio, che in questa casa ci siano sempre salute ed armonia e non vi succeda niente di male...» le ha risposto semplicemente.

Cara nonna! Tante cause da perorare eppure, nonostante le sue condizioni di salute, niente per se stessa! Come sempre nella sua vita.

La primavera 1968 è alle porte e nei vasi sul balcone giacinti e narcisi si ergono orgogliosi della loro bellezza mentre per radio trasmettono *A whiter shade of pale* dei Procol Harum, canzone che Luciana adora.

«Chi ha vinto?» chiede al babbo.

«Benvenuti. Ha battuto di nuovo Griffith ed è diventato campione mondiale dei pesi medi. Pochi credevano che ci sarebbe riuscito».

«Possibile che ti appassioni tanto veder tirare dei pugni? Se tutti la pensassero come me, il pugilato sarebbe messo al bando come la corrida o la lotta dei galli».

«È uno sport con regole ben precise. È seguito in molti Paesi e ha tolto dalla miseria tanti poveretti. Tra poche settimane Mazzinghi combatterà nella categoria dei pesi medi junior. Potrebbe vincere anche lui» risponde Rino.

«Mah, cosa ci troverai!» insiste lei prendendo un fascio di quotidiani in cui ha sottolineato alcuni articoli.

«Dove vai?» chiede la mamma notando con una stretta al cuore che il tailleur pantalone che le ha confezionato l'inverno precedente, ora le sta molto largo.

«C'è un'assemblea d'istituto per parlare dei problemi della scuola e fare il punto della situazione; dopo gli scontri di Valle Giulia con la polizia, il clima si è invelenito».

«Evita gli scalmanati» si raccomanda Lorena.

«Tranquilla» risponde Luciana dandole un buffetto sulla guancia, mentre la radio trasmette *Canzone per te,* bellissimo brano col quale Sergio Endrigo e Roberto Carlos hanno appena vinto il diciottesimo Festival di Sanremo.

Nelle settimane successive le proteste studentesche continuano a salire di tono e la mamma, ascoltando i notiz
iari

che ogni giorno riportano ampi resoconti su scioperi, cortei e scontri con la polizia, non riesce a nascondere una crescente preoccupazione.

«Non capisco a cosa serva occupare scuole e università. Non sarebbe meglio cercare il dialogo?».

«Certamente, ma bisogna essere in due per farlo. I giovani non vengono ascoltati» obbietta Luciana garbatamente.

«Capisco una ferma presa di posizione contro guerre e discriminazioni razziali ma, oltre a quello, cosa contestate?» insiste Lorena con una nota polemica nella voce.

«Vogliamo cambiare le cose che non funzionano e le mentalità retrograde in modo che siano al passo con i tempi» spiega Luciana, ma lei ribatte:

«Sembra che all'improvviso non vada più bene niente!».

«Ci sono regole, modi di ragionare e comportamenti che forse erano tollerabili un secolo fa, ma ora non lo sono più. Non ti sembra logico cercare di migliorare?».

«In effetti...» ammette la mamma iniziando a seguire il ragionamento senza troppi preconcetti.

«La scuola ha bisogno di una riforma. È giusto che i docenti si comportino con supponenza e s'impongano con l'arma dei voti? Il loro ruolo è delicatissimo e debbono fare un salto di qualità senza limitarsi al nozionismo ma insegnare ai ragazzi a ragionare e trasmettere loro il desiderio di apprendere, di impegnarsi, di mettersi alla prova allo scopo di trasformarli in uomini maturi, laboriosi e responsabili. Il loro non è un lavoro come un altro perché debbono educare coloro che rappresenteranno la società del futuro. Un *prof* senza alcun entusiasmo, che trascorre metà del tempo a leggere il giornale o fuori dell'aula a chiacchierare o a telefonare, fa il suo dovere? Sapessi quanti ce ne sono che non si guadagnano lo stipendio!».

«Hai ragione ma voi studenti contestate tutto e tutti, non solo i prof» commenta Lorena con aria dubbiosa mentre Cesira segue con interesse la conversazione.

Luciana sorride impercettibilmente notando l'abitudine della mamma, acquisita dalle figlie, di troncare le parole.

«Perché ci sono tante cose che non vanno. Pensa ai cattivi

esempi che ci vengono dati. Noi giovani che idea ci possiamo fare della società? Non è da ipocriti giudicare le persone da come sono vestite invece di considerare quanto valgono e come si comportano?».

«Beh...» tentenna Lorena «come primo impatto, se uno si presenta al lavoro con capelli e barba lunghi, jeans e maglietta, a me non fa una bella impressione. Preferisco giacca e cravatta. Spesso la forma è anche sostanza».

«Non generalizzare. I capelli e la barba potrebbero essere curatissimi e maglietta e jeans ben lavati e stirati. Non pensare che tutti i ragazzi siano sciatti, bellicosi e senza voglia di lavorare o che assumano atteggiamenti provocatori solo per attirare l'attenzione. C'è chi crede davvero nella possibilità di avere un mondo migliore» la invita Luciana proseguendo subito dopo nella sua opera di convincimento.

«È tollerabile che le donne siano considerate inferiori nonostante ora studino quanto gli uomini e siano indipendenti ed evolute?».

«Assolutamente no. Fanno bene a reclamare la parità dei sessi e a farsi rispettare» ammette la mamma schierandosi immediatamente dalla parte delle figlie.

«È giusto che agli uomini, anche se sono mediocri, siano assegnati i lavori migliori? Che siano pagati di più? Che siano privilegiati nel fare carriera?» incalza Luciana.

«No. Deve essere premiato chi merita» risponde Lorena con un cipiglio da vera *femminista*.

«Noi ragazze stiamo protestando anche contro queste cose e cerchiamo di cambiarle. Ti sembra che facciamo qualcosa di riprovevole?» chiede Luciana che ormai ha nella mamma una sostenitrice convinta.

«Neanche per sogno! Fate benissimo!».

«Allora» la invita la ragazza «non ripetermi sempre di lasciar perdere e stai tranquilla perché io e le mie amiche non siamo delle invasate e ci teniamo alla larga dai guai».

Lorena, rassicurata, riflette qualche istante ma, pur sapendo che la figlia è una persona equilibrata, non riesce a trattenersi dal commentare:

«A volte sono i guai a cercare noi».

Luciana, dopo aver fatto scherzosamente un gesto scaramantico, consulta il suo piccolo orologio da polso, ricevuto in dono nel giorno della prima Comunione nel rispetto della più rigorosa tradizione, poi si dirige verso la sua camera per accendere la radiolina e ascoltare *Hit parade* del mitico Lelio Luttazzi. Per un'appassionata di musica come lei, è un appuntamento assolutamente imperdibile. Prima di chiudersi la porta alle spalle sente la mamma esclamare con orgoglio:

«Le donne di oggi hanno le idee chiare! Non sono disposte a essere per tutta la vita sottomesse agli uomini e relegate con sufficienza nel ruolo di casalinghe. Non si sentono inferiori, s'interessano di tutto e vogliono esprimere la loro opinione».

«Ci vorrà il resto di questo secolo per cambiare la mentalità degli uomini! Loro occupano tutti i posti di comando e faranno molta resistenza prima di mollarli» commenta la nonna sorprendentemente moderna ma molto realista.

"Ha ragione, ma se non si comincia mai!" pensa Luciana prima di chiudersi la porta alle spalle.

Ora è tempo di relax e distesa sul letto ascolta una dopo l'altra splendide canzoni: *Azzurro, Applausi, Rain and tears, Balla Linda, L'ora dell'amore, Il cielo, Un angelo blu, Hey Jude* e *La bambola,* grande successo dell'avvenente Patty Pravo dietro la quale sbava la maggior parte dei suoi coetanei!

La scuola, solitamente silenziosa e ordinata, durante l'intervallo si rianima: al suono della campanella gli studenti si riversano nei corridoi dove gironzolano chiacchierando e ridendo. C'è chi corre nei bagni fumosi ad aspirare alcuni tiri da una sigaretta bollente che passa di bocca in bocca, chi copia dal quaderno di un compagno il compito che non ha svolto a casa, chi temendo di essere interrogato ripassa velocemente alcuni appunti, chi divora un panino acquistato dai bidelli che hanno iniziato tale attività in sordina, quasi furtivamente, e ora ne hanno fatto un secondo lavoro, molto remunerativo per giunta, considerando le dimensioni del fenomeno e le due fettine di salame o mortadella che inseriscono, di pessima qualità e talmente sottili che *si vede San Luca,* come dicono scherzosamente gli studenti rimandando sempre all'indomani l'intenzione di boicottarli per punire la loro avidità.

A un tratto Luciana scorge Miriam che, particolarmente agitata, viene verso di lei gesticolando e facendosi largo nel corridoio.

«Hai sentito cos'è successo?» le chiede appena a tiro e, senza aspettare la risposta, annuncia: «Hanno sparato a Robert Kennedy, a Los Angeles».

«Anche a lui? Sono trascorsi solo due mesi da quando hanno ucciso Martin Luther King!» esclama Luciana esterrefatta avvertendo un lieve tremore alle gambe.

In pochi istanti la notizia si diffonde: sono stati eliminati due uomini-simbolo della lotta contro le discriminazioni razziali. Gli studenti passano dalla sorpresa, allo sgomento, alla rabbia, all'indignazione. Si formano capannelli ovunque.

«Chi è stato? Hanno arrestato l'assassino? Dov'è successo? Dobbiamo manifestare, indire uno sciopero...» sono le frasi che passano di bocca in bocca.

«Domani ci si trova qui davanti, poi si deciderà cosa fare» dice qualcuno e il passa parola si mette in moto.

Fibrillazione e collera dilagano con un effetto domino inarrestabile. Cuori e pensieri sono vicini a chi ha perso la vita per i suoi ideali, alle vittime di guerre, attentati, ingiustizie e discriminazioni. Giorno dopo giorno, mese dopo mese, la tensione continua a salire, gli scontri con la polizia sono all'ordine del giorno e provocano qualche morto e molti feriti. Facendo di tutta l'erba un fascio, si contesta chiunque detenga il potere o rappresenti l'autorità: partiti e uomini politici, forze dell'ordine, proprietari di aziende, insegnanti... Come spesso succede quando si vuole fare pulizia, si tende a buttare tutto e ogni regola viene mal tollerata. Persino all'interno delle famiglie si perde un po' la bussola e nelle situazioni più esasperate ci sono aspri conflitti generazionali. Degli anziani, chiamati in modo dispregiativo *matusa*, non si apprezza più l'esperienza e non si accettano i consigli. Scuole e università vengono occupate e sono teatro di assemblee infuocate. Spesso gli studenti, sempre più politicizzati, solidarizzano con gli operai che scioperano e sfilano in cortei impressionanti rivendicando migliori condizioni di lavoro e aumenti salariali. I notiziari sembrano un bollettino di guerra.

Luciana ed i suoi amici vivono quegli avvenimenti con sincero trasporto, a volte con preoccupazione, sempre con interesse, mai con fanatismo. Trascorrono ore discutendo di politica e commentando gli avvenimenti.

La musica è cambiata; meno rime tra cuore e amore e ovunque le note graffianti di Jimi Hendrix, Jim Morrison, Otis Redding, Santana, Joe Cocker che trasportano nell'etere rabbia e dissenso. Ci sono canzoni che valgono più che comizi; non conoscono frontiere, superano oceani e montagne, raggiungono gli angoli più remoti e amplificano gli avvenimenti facendosi portavoce della contestazione dilagante e riuscendo a sensibilizzare anche le coscienze più addormentate. Le *canzoni di protesta* rappresentano la colonna sonora di quegli anni.

Luciana e Paola, esattamente come tutti i loro coetanei, vivono i primi amoretti e a fasi alterne gioiscono, soffrono e fanno soffrire. Alla mamma basta niente per captare il loro stato d'animo e le osserva in silenzio mentre aspettano con impazienza una telefonata o si preparano con particolare cura.

È la fase della vita in cui si emozionano per una frase romantica, per uno sguardo insistente, per una passeggiata per mano al ragazzo che sta facendo battere loro il cuore o per un lento ballato con le luci soffuse.

Questi giovani nutrono le stesse emozioni che da sempre fanno girare il mondo eppure, mai come ora, lo strappo con la generazione precedente è evidente. Lorena, che conversa spesso con le figlie e i loro amici, sa che sono bravi ragazzi, sensibili e idealisti. Cerca di capire il loro disagio, dà loro fiducia e non li critica a prescindere, come fa chi sta arroccato sulle sue posizioni e li chiama con disprezzo *contestatori* o *capelloni*.

«La situazione continua a peggiorare. Non c'è giorno che non ci sia uno sciopero!» constata abbassando il volume della radio che ha trasmesso l'ennesimo notiziario.

Il babbo, sempre solidale con chi porta avanti quelle che considera sacrosante rivendicazioni, si sente tirato in causa.

«Che cosa devono fare studenti e lavoratori per farsi ascoltare? Le scuole non funzionano, i contratti sono scaduti e gli stipendi, a causa della svalutazione, hanno perduto potere d'acquisto. Quasi tutti i padroni sfruttano più che possono e non concedono niente se non hanno le spalle al muro. È sempre stato così e sempre sarà. Eppure è talmente evidente che quando c'è benessere e pace sociale, tutti ci guadagnano!».

«Quando si è talmente ricchi da non sapere neppure cosa si possiede, a cosa serve volere ancora di più?» chiede la mamma, più che altro a se stessa.

Rino riflette solo un attimo poi risponde con disprezzo:

«Potere. Ecco cosa vogliono certi personaggi! Si nutrono di ambizione, arroganza e prepotenza. Sono megalomani!».

«Se è così, volano proprio basso! Vogliono essere circondati da adulatori, leccapiedi, profittatori che in realtà li detestano? Se il potere venisse usato per combattere battaglie giuste, come ad esempio aiutare chi muore di fame, potrei capirlo! Inoltre i ricchi dovrebbero avere sempre ben presente che, per mantenere i loro privilegi, non debbono tirare troppo la corda. La storia insegna che il popolo alla fame diventa pericoloso!».

La nonna, che ha ascoltato la conversazione in silenzio, commenta con un filo di voce:

«Certe persone saranno anche potenti ma scommetto che sono sole e infelici perché trascurano la famiglia e si devono guardare continuamente le spalle dai nemici!».

Poi sussurra, con quel pudore che manifesta sempre a proposito della sua indomabile fede:

«Eppure dovrebbero sapere che Nostro Signore vede tutto».

Cara, dolce nonnina! Sembra fragile ma è al di sopra di tutto perché le sue certezze sono inattaccabili. Anche riguardo alle missioni spaziali ha idee ben chiare.

«Non ne abbiamo abbastanza della Terra? Ci sono tanti posti qui da esplorare, conquistare, ammirare. Se Dio avesse voluto che andassimo sulla Luna l'avrebbe messa più vicino e ci avrebbe fornito di ali!».

Coerentemente, nel mese di luglio 1969, ascolta con disapprovazione il babbo che racconta:

«Sono stato alzato tutta la notte per vedere l'allunaggio trasmesso in diretta dalla tivù!».

«È andato tutto bene?» s'informano le ragazze alzando lo sguardo dalla loro colazione a base di pane e Nutella.

«Sì. Neil Armstrong e Buzz Aldrin sono sbarcati nel Mare della Tranquillità a bordo del modulo lunare. È stato emozionante perché per un po' si è interrotto il collegamento e si è temuto il peggio. Michael Collins, il terzo membro della missione, è rimasto a pilotare il Columbia».

«Poverino. Arrivare fin là poi non poter sbarcare! È una beffa!» esclama Luciana ridendo.

«Il suo ruolo non è stato certamente meno importante e tutti gli uomini della missione Apollo 11 sono entrati nella Storia!» puntualizza il babbo con orgoglio, come se fosse stato a bordo con loro.

«A me non la raccontano!» sussurra la nonna scuotendo il capo. «È impossibile che siano arrivati lassù!».

Molte sue coetanee la pensano esattamente come lei.

Del resto è abituata a stare con i piedi per terra e, forse proprio per tale motivo, le piace moltissimo una trasmissione intitolata *Chiamate Roma 3131* nel corso della quale molte persone telefonano per raccontare le loro esperienze, commentare fatti o avere consigli. Ciò la aiuta a non sentirsi sola e a restare in contatto con la realtà. La radio, in effetti, le fa grande compagnia ed è felice quando ascolta la Santa Messa, le commedie e le canzoni di Mino Reitano, Wilma Goich e Claudio Villa.

A volte di pomeriggio Luciana si trova con gli amici. Parcheggiato il suo *Ciao* nero, li raggiunge nel bar di fronte alla scuola. Fumano ascoltando le canzoni selezionate dal jukebox soprattutto quelle dei Pink Floyd.

«Il festival di Woodstock passerà sicuramente alla storia e non credo si vedrà mai più un fenomeno di massa di tali proporzioni, con tanti giovani uniti dagli stessi ideali» commenta Miriam.

«Cosa se ne penserà in futuro? Che era solo un raduno di hippy invasati in sella alle loro moto, alla *easy rider*? Si ricorderanno solo come figli dei fiori, stravaganti e scalzi, che chiedevano la liberalizzazione dell'uso delle droghe e praticavano sesso libero?» chiede Serse.

Luciana risponde di getto.

«Sono certa che resterà il loro messaggio di pace, la voglia di una società senza guerre, ipocrisia, pregiudizi».

«Come si può parlare di pace quando ogni giorno sono perpetrate delle atrocità? È giustificabile che la volontà di popoli interi sia piegata con i carri armati com'è appena successo a Praga?» chiede Nicoletta che vede sempre tutto nero e non solo a causa delle lenti scurissime dei suoi inseparabili occhiali. Sembra che porti tutti i guai del mondo sulle spalle e il suo sconforto è tangibile.

I ragazzi si guardano interdetti, stanchi di cercare motivazioni per l'incomprensibile. Serse, con un gesto di stizza, spegne il mozzicone della sigaretta nel portacenere ed emette un profondo sospiro. Lui è uno degli amici prediletti di Luciana; è abituata ad averlo sempre intorno perché, qualunque cosa faccia, lui si aggrega. E' molto alto di statura, forte e muscoloso, anche perché gioca a pallacanestro e si allena spesso. Ha i capelli biondi, ricci e gli occhi azzurri. È una persona buona, sensibile e leale ma è anche irascibile e impulsivo. È quello che il primo giorno di scuola, quando gli studenti scelgono il banco da occupare durante le lezioni, fa spostare chi inavvertitamente si è seduto dietro a Luciana non considerando che lì ci vuole stare lui. È quello che si accalora durante le partire di calcio e di pallacanestro, che parla spesso a voce alta, che non sa cosa sia la diplomazia... ma è anche quello che difende un amico in pericolo a costo di rimetterci, che presta mille lire a chi è in bolletta, anche se lui stesso non naviga nell'oro, che suggerisce ai compagni interrogati facendosi spesso beccare a causa della sua voce inconfondibile, che vive con partecipazione quest'*autunno caldo*, anzi incandescente. I professori spesso lo richiamano

124

all'ordine perché è molto vivace e chiacchiera continuamente e a volte, per punizione, lo interrogano a sorpresa. Ciò nonostante il suo rendimento è elevato perché è intelligente e ha ottima memoria. Durante le lezioni Luciana è abituata ai suoi colpetti sulla schiena e raddrizza le spalle per ascoltare ciò che ha da dirle, alle sue lievi tirate di capelli quando vuole che sposti di lato il foglio del compito in classe per riuscire a copiare e al suo borbottare se qualcosa lo infastidisce. Quando esagera lo rimprovera ma con lui è particolarmente paziente perché sa che è fatto così. Gli amici, ispirandosi a un cartone animato in programmazione su una tivù privata, lo hanno soprannominato Chopper come il grosso cane bulldog buono, generoso e maldestro che segue e protegge sempre un piccolo papero di nome Iacchi Dudu che nella trasposizione è Luciana. Qualcuno lo adora e qualcuno lo detesta. In ogni caso non è tipo da passare inosservato e ovunque si vada tutti lo conoscono. Serse è Serse.

14

1983

Gli anni trascorrono veloci come minuti e Luciana sempre più ne prende consapevolezza.

Negli *anni Settanta* la sua vita è nettamente cambiata: terminate le scuole superiori, si è iscritta all'università, è entrata nel mondo del lavoro e si è innamorata, fidanzata e il 13 ottobre 1974 si è sposata trasferendosi ad abitare a pochi isolati di distanza dai genitori. Anche Paola, la sorella maggiore, si è sposata e ha avuto una splendida bambina che ha chiamato Silvia. La nonna Cesira è volata in cielo, serenamente come aveva sempre vissuto. Molti avvenimenti e ricordi di quegli anni sono legati a trasmissioni televisive, a films e soprattutto alle stupende canzoni di Lucio Battisti, Marcella e Gianni Bella, Claudio Baglioni, Riccardo Cocciante, Fabrizio De André, Massimo Ranieri, Al Bano, Fausto Leali... dei quali risente spesso le cassette.

Ora Luciana è al culmine della felicità perché è protagonista del più semplice ed entusiasmante miracolo della natura: aspetta un bambino e si sta godendo il periodo di comporto per maternità previsto dalla legge. La stagione primaverile, particolarmente mite, le permette di goderselo appieno. Durante le ore trascorse nella tranquillità della sua casa, a volte ripensa agli anni trascorsi.

Da quando ha terminato gli studi, non ha mai avuto tanto tempo da dedicare a se stessa perché ha iniziato subito a lavorare; prima in una scuola serale ove era molto più giovane degli allievi ai quali insegnava, poi in una famosa industria di ascensori, fino ad approdare alla desiderata banca, come la sorella maggiore. Ricorda come fosse ieri il giorno in cui si presentò nella grande filiale in cui era stata assegnata. Fuori c'era una fila enorme di clienti che aspettavano l'apertura degli sportelli e dentro una dozzina d'impiegati in giacca e cravatta oltre ad una signora di mezza età, con indosso un grembiule nero, che dalla sua postazione di cassa la squadrò da capo a piedi con espressione poco incoraggiante. Fin dai primi mesi Luciana constatò che l'afflusso del pubblico agli sportelli era incessante, la meccanizzazione scarsa e il personale insufficiente, con la conseguenza che raramente si riusciva a rispettare il normale orario di uscita dal lavoro. Nell'ambiente conservatore della banca il Sessantotto stentava a produrre i suoi effetti ed anche l'uguaglianza tra i sessi era pura teoria. Era scontato che i colleghi maschi avessero una corsia preferenziale nei percorsi di carriera perché *avevano una famiglia da mantenere* e che non svolgessero le mansioni di dattilografo, stenografo o centralinista perché *più adatte alle donne*. Nulla però riusciva a scoraggiarla né a minare la felicità che provava nel lavorare presso quell'azienda prestigiosa e secolare, punto di riferimento della sua città. Nel volgere di pochi anni, decise vertenze sindacali portarono a rinnovi contrattuali importanti e al potenziamento dell'organico e s'iniziò a parlare di rotazione delle mansioni, formazione, sicurezza. Luciana, per la prima volta, ebbe la consapevolezza di quanta forza potessero avere i lavoratori se agivano in modo compatto.

"Comunque il miracolo meraviglioso della vita che cresce dentro di sé lo proviamo noi donne e vale più di tutto il resto!" pensa con sguardo sognante mentre, dopo aver svolto i lavori domestici, si reca a casa dei genitori per pranzare. La televisione è sintonizzata su *Pronto Raffaella* condotta da Raffaella Carrà che, assieme a *Il pranzo è servito* con Corrado Mantoni, seguono spesso.

Relax e due risate fanno sempre bene e in tale stato di grazia la gravidanza procede a meraviglia!

Adolfo rincasa verso sera e, golosone com'è, s'infila subito in cucina per vedere cosa la moglie stia cucinando. Oggi dal forno della stufa proviene un aroma penetrante.

«Stai cuocendo un rombo?» chiede sbirciando oltre la sua spalla.

«Sì. Il pesce fa benissimo» risponde accarezzandosi la pancia.

Da quando ha saputo di essere incinta, Luciana ha molta cura di sé: cerca di seguire un regime alimentare equilibrato, si corica presto di sera, fa un po' di ginnastica ogni giorno. Inoltre due volte la settimana si reca all'ospedale ove segue un corso di ginnastica pre-parto, molto ben organizzato, offerto gratuitamente dal Servizio Sanitario Nazionale. Il tutto sembra sortire il suo effetto tanto è vero che l'unico disturbo che ha accusato è stato un'intensa nausea mattutina che si è attenuata dopo i primi mesi. Basta guardarla per accorgersi che è in perfetta forma e da ogni gesto traspaiono serenità ed entusiasmo; un mixer strabiliante considerando il suo carattere ansioso.

Adolfo è rimasto impressionato un anno prima quando, presa la decisione di avere un figlio, la moglie ha smesso di fumare dalla sera alla mattina. Anche lui ci ha provato ma mentre il pacchetto di Luciana rimaneva al solito posto con dentro l'accendino usa e getta e due sigarette che testimoniavano l'irremovibilità della sua decisione, lui continuava a non trovare la volontà per smettere.

«Se ci sono riuscita io, puoi farcela anche tu!» gli diceva per incoraggiarlo, ma non c'era niente da fare. Più si concentrava sull'opportunità di smettere e più il suo pensiero correva al fumo... fino al giorno in cui l'aveva presa persa e aveva smesso di sentirsi in colpa ogni volta che cedeva alla tentazione.

Il caffè a casa dei genitori è un rito al quale le sorelle ed i rispettivi mariti partecipano volentieri al rientro dal lavoro. Silvia, entrata con in mano la sua immancabile Barbie, apostrofa la zia ammiccando:

«Quanto ti manca?».

Non serve specificare ulteriormente per capire a cosa si stia riferendo e Luciana la guarda sorridendo per la sua impazienza.

«Calma, calma. Ho ancora un mesetto da gustarmi in pace. Dopo credo che sarò molto indaffarata. Tu intanto preparati a coccolare la tua cuginetta. Ti sembrerà un bambolotto! A scuola tutto bene?».

La bimba annuisce accomodandosi sul divano accanto al nonno e Paola interviene:

«Ho l'impressione che gli attuali metodi didattici non

forniscano una buona istruzione. Dopo la riforma conseguente alle proteste del *Sessantotto* forse sono state buttate anche cose che sarebbe stato meglio conservare. Il tanto criticato nozionismo da cosa è stato sostituito? Il livello di cultura è salito? Il *sei politico* non mi sembra una conquista e io preferisco un eccellente meccanico ad un medico incompetente che non sa curare gli ammalati».

«Qualunque lavoro è decoroso purché sia svolto al meglio ma per giudicare la riforma della scuola è presto. È innegabile che in molte direzioni siano stati fatti passi in avanti; basta pensare all'istituto del referendum, all'approvazione della legge sul divorzio per la quale si è strenuamente battuto il partito Radicale, alla legge sul divorzio, allo Statuto dei lavoratori, alla riforma del diritto di famiglia... ma tutto è migliorabile. Purtroppo nel Sessantanove la strage di piazza Fontana ha dato il via alla strategia della tensione e ai cosiddetti *anni di piombo*, davvero terribili, per cui si è pensato a ben altro» puntualizza Luciana.

Silvia, dopo aver riflettuto un attimo, chiede al nonno, col quale ha un rapporto bellissimo:

«Era come durante la guerra?».

«Nulla è paragonabile a quella» precisa lui «ma per tutti gli anni Settanta violenza e instabilità politica sono state tragiche e forse non ne siamo ancora fuori del tutto. I vari governi non riuscivano a gestire la situazione e restavano in carica pochi mesi, tanto è vero che si sono succeduti Rumor, Colombo, Andreotti, Moro, Cossiga come Presidenti del Consiglio».

La bambina, giustamente, non nutre grande interesse per la conversazione e dopo alcuni istanti si concentra sulla sua Barbie. Rino prosegue imperterrito rivolto alle figlie.

«Ogni telegiornale sembrava un bollettino di guerra e comunicava notizie di magistrati, politici, giornalisti, commissari, industriali uccisi, gambizzati o sequestrati. Alcuni sono scomparsi nel nulla. Furono compiuti tanti attentati, rivendicati di volta in volta da anarchici o da estremisti di destra o di sinistra e persino un tentativo di golpe ed era frequente sentir parlare dei volantini delle Brigate Rosse o di altre organizzazioni e imbattersi in posti di blocco di carabinieri e poliziotti con i mitra spianati! Poi ci sono stati scandali a non finire, come quello del Sifar che spiava migliaia di personalità; del resto in quegli anni le intercettazioni telefoniche erano di moda tanto è vero che negli Stati Uniti, a causa del *Watergate,* il presidente Nixon dovette dimettersi».

«Ci furono crimini efferati. Ricordo come ora l'attentato di piazza della Loggia a Brescia e quello al treno Italicus a San Benedetto Val di Sambro con moltissimi morti e feriti» mormora Luciana notando che Silvia è sgattaiolata in salotto a guardare la tivù.

«Forse le cose avrebbero preso una piega diversa se per fronteggiare l'emergenza si fosse imboccata la strada del *compromesso storico* tra comunisti e democristiani, proposta da Berlinguer, che era allora segretario del PCI. Sarebbe stata un'alleanza fortissima, in grado di governare gli eventi, invece di subirli ma solo dopo il sequestro e l'assassinio di Aldo Moro si formò un Governo di solidarietà nazionale. Non dimenticherò mai l'immagine di quel povero corpo abbandonato nel bagagliaio dell'auto! Anche l'omicidio dell'avvocato Ambrosoli destò molto scalpore; pare stesse indagando su Sindona» ricorda Paola.

«Avete notato che restano sempre più impressi nella mente gli avvenimenti brutti rispetto a quelli belli?» interviene la mamma con un sospiro tentando di sviare la conversazione. «Eppure negli anni Settanta iniziò la politica di apertura verso i Paesi dell'Est e USA e URSS sottoscrissero accordi per diminuire le armi atomiche».

Paola prosegue ignorandola:

«All'estero non stavano molto meglio; erano gli anni degli scontri tra cattolici e protestanti in Irlanda del Nord, della dittatura in Argentina, dell'attacco di terroristi palestinesi alle Olimpiadi di Monaco, della guerra del Kippur in Medio Oriente, della guerra civile in Libano, dell'intervento sovietico in Afghanistan...».

Luciana è tentata di andarsene mentre il babbo prosegue:

«Anche gli anni Ottanta sono iniziati veramente male. Basta pensare alla guerra tra Iran e Iraq, alla tragedia di Ustica, all'attentato alla stazione di Bologna, a quello subito da papa

Giovanni Paolo II, agli assassinii del Presidente della Regione Sicilia Piersanti Mattarella, del generale Dalla Chiesa, del Presidente egiziano Sadat ...».

Giusto il tempo per accendere una sigaretta poi il babbo prosegue. Pare un fiume in piena.

«Lo scandalo della Loggia P2 causò un vero terremoto politico e finanziario che costrinse persino alle dimissioni il presidente del Consiglio Forlani e portò all'arresto di Roberto Calvi, poi ritrovato impiccato sotto un ponte del Tamigi. Ricordo che la borsa stette chiusa per eccesso di ribasso per un'intera settimana e Tina Anselmi, la prima donna ministro italiano, fu messa a capo della commissione d'inchiesta per indagare. Emersero scenari davvero allarmanti: finalità sovversive, diramazioni insospettabili anche internazionali, affiliati potentissimi elencati nella *lista* che tanto ha fatto parlare e che pare riportare nomi di spicco di politica, esercito, servizi segreti, economia, giornalismo, spettacolo».

«L'attentato alla nostra stazione mi ha turbato moltissimo» interviene Paola con la voce che trema per l'emozione. «Ricordo che ero in ufficio e ho sentito una terribile deflagrazione poi, per ore ed ore, un susseguirsi incessante di sirene di autoambulanze, polizia e vigili del fuoco. Per trasportare i feriti son stati usati persino taxi ed autobus ed un'intera corsia dei viali di circonvallazione è stata riservata ai mezzi di soccorso. I miei colleghi ed io abbiamo acceso la radio per avere notizie, alcuni sono andati alla stazione per unirsi ai soccorritori. Abbiamo provato un orrore ed un'angoscia indescrivibili».

La mamma e Luciana hanno gli occhi lucidi al ricordo di quella strage che ha causato ottantacinque morti ed oltre duecento feriti ed invalidi, un colpo terribile inferto a persone indifese e alla loro amatissima città.

«Purtroppo è una delle tante inchieste ancora aperte ed avvolte nel mistero e chissà quanto altro è successo senza che sia trapelato» riprende Paola. «Persino lo sport, che dovrebbe essere basato su capacità e lealtà è marcio! Lo scandalo del *calcio scommesse* è recente e sta ancora destando polemiche. Neppure la conquista della coppa del mondo ha attenuato il malumore dei tifosi, anche se abbiamo tutti nel cuore l'immagine del presidente Pertini che manifesta la sua gioia sulla tribuna d'onore, di fianco a re Juan Carlos di Spagna».

«Intanto» ribatte Rino «continua la giostra dei governi che non riescono ad arrivare alla fine dei mandati, con presidenti del Consiglio che, pur rappresentando la storia del Paese, come Spadolini e Fanfani, non hanno consensi sufficienti per gestire la situazione. I cittadini sono sdegnati e vorrebbero volti nuovi!».

La mamma, dopo aver scambiato con Luciana l'ennesimo sguardo infastidito, interviene con decisione:

«Possiamo parlare d'altro? Non se ne può più di guerre, attentati, scandali, congiure. Oltretutto non si trovano mai i colpevoli! Anche i giornalisti cavalcano le notizie facendo edizioni speciali, approfondimenti, congetture poi, da un giorno all'altro, dirottano l'attenzione su altri argomenti. Pare pensino solo a fare spettacolo ed ascolti alti».

«Al *Maurizio Costanzo Show* succede la stessa cosa, eppure non ne perdi uno!» commenta Paola.

«Quello non è un telegiornale o una trasmissione politica con doveri d'informazione ben precisi. È un *talk show* e comunque Costanzo è bravissimo, scava dentro i fatti e non si tira indietro neppure quando si tratta di attaccare la mafia. Ha dato spazio a ospiti scomodi» ribatte la mamma.

«Nonna, non è più Mike il tuo idolo?» la stuzzica Silvia appena rientrata nella stanza.

«Lui è il re del quiz, non è in discussione e Rischiatutto mi piaceva moltissimo ma anche *Domenica in* e gli spettacoli del sabato sera come *Canzonissima,* ad esempio, hanno avuto presentatori che rappresentano la storia della televisione come Pippo Baudo, Corrado, Alighiero Noschese, Loretta Goggi, Raimondo Vianello, Walter Chiari, la Carrà...» risponde Lorena con convinzione.

«A me è rimasta impressa l'edizione di Montesano con le sue caricature della signorina inglese e del pensionato Torquato. Si chiamava *Quantunque io!* Era il 1977, l'anno in cui la televisione introdusse il colore. Di simili professionisti temo si sia perso lo stampino!» esclama Paola rivolgendosi poi alla sorella: «Anche per i programmi musicali ci sono conduttori eccellenti. Ne sappiamo qualcosa, vero?».

«Puoi dirlo! Arbore e Boncompagni sono mitici. Ricorderò sempre *Bandiera gialla*, *Per voi giovani*, *Alto gradimento...*».

«Io preferisco programmi scientifici e di approfondimento come quelli di Minoli e Angela. *Mixer* e *Quark* sono veri fiori all'occhiello ma ammetto che ogni tanto fa bene farsi due sane risate. La vera differenza è tra programmi ben fatti e programmi mediocri perché è la qualità che conta» ribatte Rino mentre sullo schermo il tenente Colombo gironzola sul luogo di un delitto indossando il suo impermeabile sgualcito.

«Persino gli spot pubblicitari erano *chicche*. Ricordate *Carosello* con Calimero, l'Omino con i baffi, Riccardone...e il sorriso di Virna Lisi? Adesso, purtroppo, ci sono troppe interruzioni e spot spesso privi di classe, buongusto e originalità, persino volgari. Io, appena iniziano, cambio canale o tolgo il volume» interviene Luciana.

«Le tivù commerciali hanno necessità di quegli introiti ma dovrebbero trasmettere meno pubblicità e farla pagare di più ma mancano leggi che regolamentino la materia» si lamenta Rino che, notando l'espressione di totale condivisione, si alza soddisfatto per andare a fare il suo sonnellino pomeridiano.

Emittenza privata, scandali, lista degli iscritti alla P2... Luciana ha evitato di commentare perché è stanca di sentire gli stessi discorsi ed è delusa dalla politica. Non ha preconcetti verso destra, sinistra o centro ma vorrebbe che il Governo, qualunque Governo, facesse programmi seri e li rispettasse, cosa che sistematicamente non avviene. Poche persone destano in lei ammirazione e fiducia. Uno di questi è il presidente della Repubblica Alessandro Pertini, uomo dai solidi ideali sulla cui integrità metterebbe la mano sul fuoco.

«Zia, giochi a Monopoli?» chiede Silvia aspettando con trepidazione la risposta. «La mamma e la nonna hanno già detto di sì, ma in quattro è più divertente».

Come rifiutare? Dopo aver fatto un cenno di assenso col capo, inizia ad aiutare la nipotina a distribuire case, alberghi e facsimili di banconote.

15

Rino, col passare degli anni, si è addolcito parecchio ed è un padre e un nonno molto premuroso e disponibile. Quando Luciana e Paola erano piccole, era cagionevole di salute e sul suo comodino era sempre presente, oltre alla sveglia, la scatola gialla contenente le compresse di Roter, la sua medicina. Figlio dei suoi tempi, da giovane era piuttosto maschilista e geloso, specialmente nei confronti della moglie. Lei, a dire il vero, bella e prosperosa com'era, attirava molti sguardi quando era *in alta uniforme* cioè ben vestita, pettinata e truccata, cosa che peraltro avveniva di rado perché amava la vita domestica e stava giorni interi senza uscire.

«Il babbo incuteva soggezione a causa della sua riservatezza ma è sempre stato educato, gentile e disponibile ad aiutare chi avesse bisogno. Conoscendolo bene si potevano apprezzare la sua ironia e la sua simpatia, ma ora è più espansivo. Sarà l'età!» commentano spesso le figlie.

Fatto indiscutibile è che con Silvia, la sua prima nipotina, si scioglie letteralmente. Quando Luciana li osserva giocare, guardare i cartoni animati, fare puzzle o leggere libri di favole, le pare che non sia più lo stesso uomo. Ora che è in pensione, le dedica gran parte della giornata con un amore e una pazienza fuori del comune. Sicuramente si comporterà allo stesso modo anche con la seconda nipotina, quella in arrivo.

Con questo e con altri mille rosei pensieri, Luciana trascorre le giornate acquistando tutine e bavaglini e pulendo più accuratamente del solito in modo da essere più libera quando arriverà il suo *tesoro*, atteso per fine maggio. Spesso si sofferma a osservare la grande libreria bianca piena di volumi e di soprammobili, molti dei quali acquistati durante i numerosi viaggi, i divani di camoscio blu disposti ad angolo, le tende fantasia bianche e turchesi della sala, poi passa in camera e rimira l'armadio di palissandro con i pannelli di pannolenci giallo, lo specchio alto fino al soffitto, il letto con la testata imbottita. In questi giorni ha scelto i mobili, di legno chiaro, per la camera del nascituro. Tutto è veramente pronto, anche una ventiquattro ore da prendere all'ospedale quando sarà ora.

A volte *Tesoro* scalcia parecchio; in quei momenti Luciana si siede qualche minuto in poltrona, in silenzio, e accarezza lentamente la pancia. Il resto del mondo non esiste. Realizza che fin dal primo istante in cui è iniziata la gravidanza non si è mai sentita sola.

"Che scoperta. Adesso non sono mai sola nel senso più vero del termine!" si è subito detta.

In effetti, prima ancora di effettuare il test di gravidanza, ha percepito dentro di sé un cambiamento, un movimento lieve, come ali di farfalla. Ha spiegato questa sensazione alla mamma Lorena con pudore, temendo di sentirsi dire che era in preda alla suggestione, invece lei le ha risposto di sapere esattamente di cosa stesse parlando. Come sempre, si è sentita compresa da lei, in perfetta sintonia.

Il giorno della prima ecografia è stato indimenticabile; lì, nello schermo, c'era la sua creatura che si muoveva, pulsava, respirava. Immediatamente l'ha sentita sua, l'ha amata, ha avvertito forte il desiderio di proteggerla, per sempre. Adolfo era emozionato quanto lei e le ha stretto la mano, in silenzio.

Spesso si sente dire con noncuranza che la gravidanza è il fatto più *naturale* del mondo.

"È vero. E allora?" riflette Luciana. "Ciò non toglie il fatto che sia un evento stupefacente, magico non meno degli altri fenomeni naturali: il sole che sorge squarciando il buio, la marea che si alza e ricopre lembi di spiaggia, un prato che improvvisamente si ricopre di viole...".

Mai come adesso è consapevole del fatto che, per quanto l'uomo possa fare e disfare, non raggiungerà mai la magnificenza della natura: un bimbo che nasce è un miracolo eppure, nel mondo, c'è così poco rispetto per la vita! Specialmente per quella di donne e bambini.

Ora che sta per diventare mamma, sente ancor più vicini i suoi genitori. In realtà li ha sempre avuti accanto, pronti ad aiutarla, consigliarla, incoraggiarla, consolarla... In ogni attimo della sua vita sono sempre stati presenti, anche quando lei non se n'è resa conto perché distratta da altri interessi. Sui loro visi sono passati all'ennesima potenza ogni sua gioia, speranza, dispiacere, preoccupazione. A volte ha notato le loro emozioni, a volte no. A volte, pur conoscendole, le ha ignorate, ha discusso, ha bisticciato, ma solo per breve tempo e anche in quelle rare occasioni senza mai trascendere. Loro sono sempre rimasti lì, sul piedistallo dell'amore, il suo punto fermo, la sua bussola, il porto nel quale rifugiarsi per trovare acque tranquille. Lei cercherà di trasmettere la stessa certezza a Eleonora.

«Eleonora, Eleonora, Eleonora...».

Col marito ha da poco deciso che quello sarà il nome della bambina e se lo ripete. Suona bene e piace a entrambi.

Riascoltando le *cassette* con le sue canzoni preferite Luciana prosegue a riordinare la casa. Ha sistemato in due grossi album un centinaio di mini assegni emessi da varie Banche negli anni Settanta per supplire alla carenza di monete. Al vicino asilo di suore ha regalato la collezione di cartoline mentre alcuni vecchi abiti da cui non si è voluta separare hanno trovato posto in un baule. Sono stati confezionati dalla mamma e le ricordano periodi diversi della sua vita. Dei numerosi fumetti, "Topolino", "Il Monello", "Tex" e "Diabolik" non ha trovato traccia. Chissà dove sono finiti? Nello stesso baule ha riposto il cubo di Rubik, Camilla, la bambola con la quale ha condiviso tante ore spensierate, una serie di vecchi tegamini di metallo, un po' ammaccati, un libro intitolato *I racconti delle fate* con data di stampa 1957, un altro con la copertina rossa riportante a caratteri cubitali la scritta *Pinocchio*, meravigliosa storia che a suo parere dovrebbe essere adottata come testo scolastico per i tanti insegnamenti che contiene, e uno con la copertina gialla su cui spiccano il disegno di un bambino intento a correre e la scritta *Gian Burrasca*. Sono libri che ha letto e riletto mille volte. Lì ha riposto anche alcuni oggetti appartenuti alla nonna Cesira: uno scialle fatto con l'uncinetto, un tegame pieno di monete di rame, un vecchio rosario di perline bianche di madreperla e alcune foto, in bianco e nero, un po' ingiallite dal tempo. Mentre li riponeva con cura, le sono tornati alla mente i suoi racconti, alcuni proverbi che lei ripeteva spesso e le tante risate che le hanno fatte sentire complici e amiche. La rivede come fosse oggi, ancora in salute, nella sua poltrona, con i capelli candidi, sferruzzare con gomitoli di lana intenta a fare sciarpe e berretti o ricamare tovaglie e lenzuoli o leggere giornali e riviste. Cresciuta in un periodo difficilissimo per l'Italia e in una società arretrata fatta di miseria e analfabetismo, ha poi avuto una vita agiata e una casetta decorosa, ha viaggiato in automobile facendosi accompagnare al mare dove, dopo una vita trascorsa tra il verde delle colline e il grigio della città, è rimasta senza parole al cospetto di tanta azzurra immensità, ha visto la città espandersi e riempirsi di industrie, automobili, supermercati e grattacieli, ha accolto con stupore ed entusiasmo l'avvento di radio, televisione, telefono e altre infinite *diavolerie*. Donna dalla mente aperta e dall'intelligenza vivace, ha assistito a cambiamenti epocali senza mai mettere in discussione i suoi valori! La sua generazione, nata a cavallo tra l'Ottocento e il Novecento, si è guadagnata ogni tozzo di pane con fatica e sudore adesso inimmaginabili, svolgendo i lavori più ingrati nelle miniere della Germania e del Belgio, in Africa e persino nella lontana America, ha combattuto guerre poco sentite, è sopravvissuta a epidemie di tifo, tubercolosi e colera, ha costruito strade e case con le mani nude... eppure non si è mai arresa ed è stata tanto forte da crescere ed educare la generazione degli anni Venti e Trenta, quella che, un passo dopo l'altro, con l'esempio, la determinazione e i sani principi ereditati dai genitori, ha contribuito in modo decisivo a creare le condizioni per il boom dell'Italia degli anni Sessanta.

«Oggi ho cominciato a riordinare le fotografie» dice Luciana mostrando al marito la pila degli album che ha sistemato su una mensola della libreria.

Lui si accomoda sul divano poi ne prende alcuni ed inizia a sfogliarli lentamente mentre la radio trasmette le canzoni dell'ultimo festival di Sanremo, quello del 1983: *Sarà quel che sarà, Vacanze romane, Vita spericolata*....

«Qui avrò avuto due anni. Ero sul calessino e in questa ero

sulla Balilla di mio babbo. Mi spiace che non possa conoscere la sua nipotina. Sarebbe impazzito dalla gioia» mormora a un certo punto osservando l'immagine del padre Marcellino deceduto tre anni prima. «Quando andavo a trovarlo a Sparvo, ogni sabato mattina, si illuminava. Ed anche per me era una festa. Ora non è più la stessa cosa anche se ci sono Mafalda che mi accoglie a braccia aperte e Barbara che ogni volta mi corre incontro per vedere quale regalino le ho portato. Lui mi manca molto».

Luciana gli fa una carezza e ricorda la voce pacata dello suocero che non si stancava mai di raccontare la sua giovinezza e di quando, trentenne, scappò assieme ad un amico da un campo di concentramento della Polonia e, superando sterminate pianure, aspre montagne e fiumi tumultuosi, tornò a casa a piedi portando a termine una vera impresa. Il lieve fruscio delle pagine sfogliate accompagna i ricordi e, a tratti, fa inumidire gli occhi.

Adolfo va in cucina a bere un bicchiere di acqua e torna dopo aver vinto la commozione. Altri minuti, altre foto, un tuffo a fine anni sessanta. Ora è Luciana a commentare:

«Quanto mi sono divertita! I miei compagni di scuola ed io formavamo un gruppo affiatato e stavamo sempre insieme; facevamo passeggiate, andavamo a pattinare sul ghiaccio nella pista del Piccolo Paradiso, a giocare a bowling in via Lame e, dulcis in fundo, ogni sabato pomeriggio ci trovavamo allo Sporting Club ove ballavamo cinque ore senza fermarci un attimo! Era il periodo d'oro dei complessi ed io conoscevo a memoria tutte le canzoni di Nomadi, Equipe 84, Camaleonti, Dik Dik, Pooh... Se una volta uno di noi era in bolletta, si faceva la colletta per pagare il biglietto di entrata. I giovani sono ancora così generosi e affiatati? » si chiede prima di proseguire «Con mia sorella ed i suoi amici, invece, frequentavo soprattutto l'Osteria delle Dame, il club 37 e alcuni locali nei dintorni di San Luca.».

«Ve la spassavate proprio! Come hai conosciuto Donato Battaglia, il chitarrista dei Pooh?».

«Abitavamo a pochi isolati di distanza ed abbiamo frequentato la stessa scuola elementare. Ad ogni saggio scolastico si esibiva suonando la fisarmonica. Lui e mia sorella hanno avuto in comune l'insegnante di musica. L'ho rivisto recentemente nel giardinetto del Centro Gallia ma non gli ho detto nulla perché con tutte le persone che ha conosciuto, sicuramente non si ricorda di me» risponde Luciana rivolgendo un'occhiata distratta alla televisione mentre il marito, che sta facendo zapping col telecomando, si blocca su *Un borghese piccolo piccolo*. Le emittenti sono decine e trasmettono continuamente i films recitati dai mostri sacri Vittorio De Sica, Ugo Tognazzi, Vittorio Gassman, Nino Manfredi, Marcello Mastroianni, Sophia Loren, Gina Lollobrigida, Monica Vitti e da attori più giovani come Giuliano Gemma, Franco Nero, Fabio Testi, Giancarlo Giannini, Mariangela Melato....

«Sordi è magistrale e a me piace moltissimo il filone dei film denuncia!» esclama Adolfo.

«Fanno presa sul pubblico perché s'ispirano alle problematiche più sentite: mafia, delinquenza metropolitana, intrighi politici, spionaggio, disastri ambientali, difficoltà nei rapporti familiari... Alcuni sono entrati nella storia della cinematografia come la trilogia de *Il Padrino, Arancia meccanica, I tre giorni del Condor, Tutti gli uomini del Presidente, Sindrome cinese, Kramer contro Kramer...* Anche sul conflitto del Vietnam ne sono stati fatti a dozzine e, in effetti, ogni genere ha i suoi capolavori, basta pensare ai thriller di Dario Argento o, per ciò che riguarda il filone della fantascienza, a *2001 Odissea nello spazio,* alla serie di *Guerre stellari* o *Il signore degli anelli...* Comunque in questo periodo io preferisco i film allegri. Nei giorni scorsi ho rivisto *A qualcuno piace caldo, Frankenstein Junior* e *Hollywood Party* e mi sono fatta un sacco di risate!» esclama Luciana continuando a sfogliare gli album con le foto.

«Guarda queste. Come eravamo carini ed eleganti! E quanti invitati!» la interrompe il marito riferendosi ad immagini relative al loro matrimonio.

Altri minuti trascorrono in pieno relax.

«Qui ci sono foto recenti. Queste le abbiamo scattate al concerto *Banana Republic* di Dalla e De Gregori. Che spettacolo stupendo! Tra i musicisti c'erano anche Ron e

Gaetano Curreri... Credo fosse il 1979. Altrettanto mi è piaciuto quello di Renato Zero, interprete coinvolgente e sensibile, un vero poeta. Alcune sue canzoni come ad esempio *Amico* mi fanno persino commuovere! Anche l'ultimo concerto cui siamo andati, quello di Claudio Baglioni, non è stato da meno. *Avrai,* secondo me è la sua canzone più bella. Non credi?».

Non ricevendo alcuna risposta, Luciana si volta verso il marito che, come spesso succede, si è addormentato. Lo osserva con tenerezza. Lui è quello che si definisce una brava persona, lavoratore e con la testa sulle spalle. È semplice, essenziale, sensibile, generoso e molto innamorato. Per lui la famiglia è tutto. I suoceri lo adorano e Lorena, che come lui è una buongustaia, spesso gli prepara manicaretti che lo fanno impazzire ed anche al ristorante è sempre solidale con lui. Quando Luciana lo richiama all'ordine dicendo *almeno non mangiare il pane!* oppure *il dolce no, ha troppe calorie!* la mamma immancabilmente interviene:

«Lascialo stare, ha appetito! Non è come te che non mangeresti mai!».

E lui, goloso com'è, ne approfitta.

In realtà da quando lo conosce, cioè da quando erano entrambi pulcini grandi così, lo ha sentito parlare di dieta. Lui è la tipica persona che cala qualche chilo poi, appena abbassa la guardia, lo riprende con gli interessi. Esattamente come non si dovrebbe fare e lei da sempre, inutilmente, lo sprona ad andare dal dietologo, cerca di convincerlo a seguire un'alimentazione più sana, a frequentare la palestra... Una persona così, di che segno zodiacale potrebbe mai essere? Della bilancia. È ovvio!

Oggi Luciana è davvero furiosa. Adolfo, uscito per recarsi al lavoro, dopo pochi minuti è rientrato.

«Hai dimenticato qualcosa?» gli ha chiesto.

«No. La macchina non va» ha risposto in tono enigmatico.

Luciana intuisce che c'è sotto qualcosa ed insiste.

«Cioè? Non va in moto?»

«Beh, no... hanno rubato le ruote».

Ecco, lo ha detto.... e Luciana immediatamente prende fuoco esattamente come pochi anni prima quando i ladri le hanno svaligiato la casa.

«La delinquenza metropolitana è una vera piaga sociale eppure nessuno prende provvedimenti risolutivi! Chi si meraviglia più per furti, rapine, scippi? Anche le truffe, specialmente ai danni degli anziani, sono all'ordine del giorno. La legge non dovrebbe tutelare chi si comporta bene? È assurdo che i delinquenti circolino tranquillamente ed i cittadini onesti siano costretti a vivere barricati dietro a sistemi di allarme e a porte e finestre blindate! È segno di civiltà? Non punire i criminali equivale a dire *ok, fai pure* e ciò, oltre ad essere ingiusto, è diseducativo! Dove andremo a finire?».

«Ci vorrebbero leggi più severe ma purtroppo lo Stato investe poco in sicurezza e le forze dell'ordine sono demotivate perché hanno a disposizione mezzi inadeguati ma non serve a nulla innervosirsi e noi abbiamo cose ben più importanti e belle a cui pensare» ribatte Adolfo cercando di tranquillizzarla.

E' la voce della saggezza ma Luciana fatica a ritrovare la calma e, nera in volto, inserisce nel nuovissimo lettore un CD dei Qeen mentre il marito si reca a sporgere denuncia. Quando ritorna, la ritrova intenta a stirare e si guarda bene dal tornare sull'argomento auto.

«Bello questo pezzo» commenta addentando una mela.

«È *Thriller* di Michael Jackson. Canta e balla divinamente. Sapersi muovere rappresenta una marcia in più per un cantante. Pensa a Elvis Presley o a John Travolta. Chi non ricorda *La febbre del sabato sera* e *Grease*?» risponde Luciana.

«Cantare in inglese aiuta molto» commenta Adolfo.

«Sì, però qualche italiano è riuscito ugualmente ad ottenere un successo internazionale. Sai che *Nel blu dipinto di blu* e *Quando quando quando* sono tra i 45 giri più venduti in tutto il mondo? Per non parlare della fama dei cantanti lirici partendo da Enrico Caruso, Beniamino Gigli, Giuseppe Di Stefano, Mario Del Monaco, Renata Tebaldi, fino ad arrivare a Maria Callas e Luciano Pavarotti e delle colonne sonore da Oscar di

Ennio Morricone, Nino Rota e Nicola Piovani».

Lui la guarda sorridendo per il suo inguaribile campanilismo mentre lei prosegue imperterrita:

«E quale Stato può vantare tanti pittori, scultori, poeti, inventori, scienziati, esploratori di prima grandezza quanto l'Italia? Chi ha avuto un Dante, un Michelangelo, un Leonardo da Vinci? A nominarne alcuni, si fa torto a decine di altri. E la grandezza dell'Impero Romano? Nel mondo destano ancora ammirazione le opere grandiose costruite durante il suo dominio. Senza contare i tanti premi Nobel ricevuti. Insomma, l'Italia è piccolina, un puntino sul mappamondo come ce ne sono tanti altri, ma ha sempre dato i natali a grandi uomini».

«Eppure molti di noi sono esterofili» ribatte il marito «A me ad esempio piacciono molto la musica e i films americani».

«Non c'è nulla di male purché non dimentichiamo le eccellenze di casa nostra!».

Quella notte Luciana sogna una folla eterogenea in cui spiccano i volti di Robert Redford, Al Pacino, Dustin Hoffman, Clint Eastwood, Richard Gere, Harrison Ford, Michael Douglas, Meryl Streep, Sylvester Stallone, Kevin Costner...e, su tutti, i negozianti della strada di periferia in cui è cresciuta. Tutti ammiccano e sorridono nella sua direzione poi cedono il passo a Rossella O'Hara che la saluta con la mano ed esclama:

«Domani è un altro giorno!».

Strano: è raggiante e non seria com'era nel film *Via col vento*.

Premonizione? Mah!

16

Il 18 maggio 1983 è nata Eleonora. Pesa tre chili e settecentocinquanta grammi, è lunga cinquantadue centimetri ed è piena di capelli marrone scuro. Si è presentata verso le ore diciotto urlando a più non posso e il medico ha esclamato: «È proprio una bella bambina!».

Luciana, esausta ma felice, è scoppiata a piangere per l'emozione mentre Adolfo, di fianco a lei, ha riacquistato un po' di colore ma è rimasto a lungo a corto di parole.

In effetti gli è capitato un bello scherzetto perché, pur non avendo alcuna intenzione di assistere al parto, nella concitazione del momento, è stato sospinto da un'infermiera che, vedendolo titubante sulla soglia della porta, gli ha intimato con tono imperioso:

«Avanti, avanti, non c'è tempo da perdere!».

Poco dopo, notando il suo pallore, lo ha redarguito:

«Non vorrà svenire?! È venuto qua per sostenere sua moglie o per farla preoccupare?».

La puerpera sul momento, avendo ben altro su cui concentrare l'attenzione, non ci ha fatto caso ma ora, distesa nel suo letto di ospedale con la neonata nella culla accanto, non può trattenersi dal sorridere ricordando l'episodio.

Adesso il neo-orgoglioso-frastornato papà se n'è andato e, dopo la breve visita dei parenti più stretti che le hanno portato mazzi di fiori e piccoli doni, la neo mamma si rilassa e cova con gli occhi il suo tesoro, una femminuccia che dorme tranquillamente. Passa in rassegna i suoi occhini chiusi, le ciglia incurvate, le sopracciglia rade, il nasino un po' schiacciato, le labbra rosa, le guance paffutelle, il mento un po' a punta, le manine da bambolotto... poi le sue palpebre si abbassano lentamente e, con gli occhi e il cuore traboccanti d'amore e di tenerezza, si addormenta felice.

Il ritorno a casa è diverso da tutti gli altri. A Luciana fa uno strano effetto vedere il nastro a quadrettini bianchi e rosa appeso fuori della porta e soprattutto varcare la soglia in tre, anche se ha avuto nove mesi di tempo per abituarsi all'idea.

Ora è impaziente di vivere la sua nuova serena quotidianità. Serena? Serena? È quasi un delirio! Eleonora non dorme mai per più di due ore consecutivamente e i genitori, inesperti e imbranati, sono al limite delle forze. Di notte girano per casa, con aria sconsolata, cullando a turno la neonata che urla come se la stessero scuoiando e di giorno, appena possibile, cercano di schiacciare un pisolino per rifarsi del sonno perduto. Persino la casa, prima sempre tirata a lucido, ha cambiato immediatamente aspetto e si è animata di nuovi rumori e odori; ci sono sacchetti di pannolini, barattoli di talco, cremine, ciucci, biberon, sonaglini, un manuale di puericultura... La lavatrice lavora incessantemente e la carrozzina è parcheggiata nel corridoio. Di sera Luciana, nel tentativo di far addormentare la neonata, intona ninne nanne che immancabilmente hanno effetto immediato sul papà esausto.

«Assomiglia a te. Dormivi pochissimo!» le ripete Lorena quando si lamenta. Sarà anche vero, ma ciò non la consola.

Nonostante le notti insonni Luciana e Adolfo vivono su una nuvoletta rosa e non sono mai stati tanto felici ed appagati. Tutto ruota attorno a Eleonora e il tempo vola festeggiando un *compimese* dopo l'altro, cercando le somiglianze, sciogliendosi per il primo sorrisino, confrontandosi con altri genitori, recandosi dal pediatra per i controlli periodici e le prime vaccinazioni. Sempre meno maldestri, vedono ciò che li circonda con gli occhi della bimba che osserva, annusa, palpeggia, ascolta.

Sono mesi faticosi ma entusiasmanti, tra bagnetti con pesci e papere di plastica che galleggiano nella vaschetta rossa, spruzzi di pappe poco apprezzate con relative macchie sugli abiti e l'odore inconfondibile di talco, latte e ben altro.

Ogni progresso è divulgato in tempo reale e, in effetti, la linea telefonica con la nonna Lorena è rovente:

«Ha dormito un po' di più. Ha sorriso. Ha il culetto rosso. Ha fatto la cacca tenera. Non ha fatto la cacca».

Eh sì, perché quella è fondamentale. Quanto il ruttino dopo mangiato, anzi di più.

Ogni giorno è caratterizzato da una scoperta, da una conquista: il cambio di alimentazione con il graduale svezzamento, il miglior coordinamento nei movimenti, un viso, una voce, un suono o un oggetto riconosciuti prontamente. Poi i primi vocalizzi.

«Cosa dirà prima?» chiede Adolfo speranzoso sillabando lentamente:

«Pa-pà, pa-pà, pa-pà».

Luciana, un po' per gioco, quando sono sole le ripete lentamente:

«Mammmma, mammmma, mammmma».

Nessuno dei due la spunta ma è ugualmente un avvenimento quando dalle sue labbra esce all'improvviso quella che sembra una parolina:

«Da, da, da, da, dada, dada».

Pur dormendo poco, la bimba continua a crescere bene e ha molta energia. Adolfo e Luciana recuperano un po' le forze quando inizia a stare nel box con i suoi giochini di gomma, coloratissimi, ma la pacchia dura poco perché lei, quasi subito, fa capire che preferisce perlustrare la casa stando in braccio a mamma o a papà.

In men che non si dica inizia la fase delle sue prime scorrerie a gattoni, mentre loro cercano di individuare ogni fonte di pericolo, vedono come nemico ogni spigolo, guardano con sospetto qualsiasi cosa che possa essere ingerita, mettono al sicuro gli oggetti fragili. È la fase in cui Eleonora entra veramente in contatto con tutto ciò che la circonda.

I primi passi sono un avvenimento, con i genitori uno di fronte all'altro che la sollecitano a raggiungerli finché si stacca e inizia a camminare traballando. Si sa, per imparare bene si deve fare pratica, quindi è tempo di passeggiate nel lungo corridoio di casa e fuori, sotto i portici, con loro che la tengono per mano e arrivano a sera con la schiena a pezzi. In poche settimane i movimenti sono meno incerti, la bimba prende confidenza e si fa più ardita. Inevitabilmente arrivano le prime cadute e i primi bernoccoli che fanno ben più male a mamma e papà che a lei.

È risaputo che i bambini hanno antenne attivissime e imparano molto in fretta come si fa a ottenere ciò che desiderano e se da qualcuno ricevono un rifiuto, provano con chi è più malleabile. Eleonora non è da meno e ha immediatamente capito che quando fa i capricci papà capitola molto prima della mamma, in sostanza subito, e agisce di conseguenza. Se non vuole camminare, si mette davanti a lui e dice *pancina, pancina* e lui la prende in braccio. Se non vuole dormire, dice *su, su* e lui la accontenta senza neppure provare a convincerla che di notte si fa la nanna. Se non vuole mangiare la verdura, dice *no, no* e lui le offre altro, convenendo che in effetti ci sono cibi migliori. Se desidera un giocattolo, si blocca davanti alla vetrina del negozio e supplica *papà, papà* e rincasa con l'ennesimo pacchetto.

Luciana, che ritiene diseducativo essere troppo condiscendenti, vorrebbe mettere qualche paletto, protesta e discute con Adolfo.

«Credi di fare il suo bene? Si deve abituare fin da piccola che è indispensabile accettare determinate regole. Ti ringrazierà se da adulta sarà obesa grazie a tutte le schifezze che le concedi invece di abituarla a un sano regime alimentare?» ripete spesso, ma è fiato sprecato.

Lui da quell'orecchio non ci sente e il risultato è scontato: se c'è papà lei vuole stare solo con lui che, pur essendone orgoglioso, paga dazio e quando finalmente va a letto crolla esausto. La mamma, in compenso, soffre d'insonnia e schiuma di rabbia a causa dell'impossibilità di educare la bambina nel modo che ritiene più sensato.

Col passare del tempo la casa prende sempre più l'impronta di Ellina ed ogni cosa parla di lei, persino il muro della cucina, dietro alla porta, dove aumentano i segnetti, tracciati con la matita, che indicano la sua statura.

L'inverno 1984 è arrivato e le giornate sono rigide ma, appena spunta un raggio di sole, si va al parco sempre animato dai sorrisi dei bambini, dalle loro grida gioiose e, a volte, dai loro pianti. Qua e là ci sono gruppetti di babbi che discutono del Governo pentapartito con Craxi presidente del Consiglio, del presidente della Repubblica Cossiga, del PCI all'opposizione, ormai orfano di Enrico Berlinguer ma molto forte, della politica conservatrice del presidente statunitense Ronald Regan, della lady di ferro Margaret Thatcher, della rivolta contro l'apartheid in Sudafrica, dell'assassinio di Indira Gandhi in India, di mafia, nucleare, carovita, sport e programmi televisivi tra i quali particolare attenzione destano le provocanti protagoniste di *Drive In.* Le mamme non nascondono la loro vena romantica e, dopo aver parlato per mesi degli Ewing di *Dallas* e dell'affascinante padre Ralph di *Uccelli di Rovo*, l'avvincente saga della famiglia Cleary, ora seguono con partecipazione le vicende delle famiglie Carrington e Colby di *Dinasty*.

Nelle sale cinematografiche continuano a spopolare *ET*, che ha riscosso un successo mondiale, Tognazzi che recita nella saga di *Amici miei*, il fantozziano Villaggio, l'imbranato Pozzetto, i giovani Verdone, Troisi e Benigni. Loro sono i benemeriti della risata che, come dimostra la medicina, agisce favorevolmente sul corpo e sulla mente e, di qualcuno che risollevi il morale, c'è davvero bisogno.

«Hai seguito *La Piovra* con Michele Placido?» chiede Luciana al babbo.

Rino solleva lo sguardo dallo schema di parole incrociate, scuote il capo in segno di assenso ma non commenta.

Per radio stanno trasmettendo *Oro* di Mango.

«Speriamo che la situazione non sia davvero così grave.» insiste lei.

«Temo che la realtà superi qualsiasi immaginazione!».

«Secondo me dipende anche dai cittadini. C'è troppa omertà» interviene Paola.

«Si fa presto a dire, ma esporsi costa la vita! Mafia, camorra e 'ndrangheta riescono a insinuarsi dappertutto. Le istituzioni, se vogliono sgominarle, devono fornire risposte concrete ai problemi dei cittadini, tutelarli, garantire lavoro e legalità» risponde il babbo amareggiato.

«I fatti parlano da soli, purtroppo! Inoltre è allarmante constatare quante persone indagate o coinvolte negli scandali siano nei vari partiti ed occupino posti di potere. Significherà qualcosa o no?» mormora Paola con aria sconsolata, portandosi una ciocca di capelli dietro all'orecchio.

Rino emette un sospiro e lascia cadere il discorso.

Anche sul posto di lavoro, in banca, si affrontano gli argomenti più svariati infatti i rapporti con i colleghi sono generalmente molto buoni; ci si conosce tutti, si trascorre insieme la pausa pranzo e ogni promozione, assunzione o pensionamento è il pretesto per organizzare cene.

Nell'ufficio in cui lavora Luciana gli argomenti preferiti sono viaggi, musica e cinema. Nella filiale in cui opera Adolfo, invece, si parla molto di sport con picchi per le varie discipline in concomitanza con i successi di grandi campioni. Negli anni Settanta molti seguivano e praticavano il nuoto ed il tennis stimolati rispettivamente dalla strepitosa Novella Calligaris e dai quattro moschettieri Panatta, Bertolucci, Barazzutti e Zugarelli, alcuni si erano appassionati ai tuffi seguendo Dibiasi e Cagnotto ed altri stravedevano per Mennea, che aveva conseguito il record mondiale dei duecento metri piani.

Ora, grazie ai risultati esaltanti di Moser e della *valanga azzurra* costituita da Gros, Thoni, Stricker, Schmalzl e Pietrogiovanna, ciclismo e sci hanno schiere di praticanti che attendono con impazienza gli uni giornate serene e gli altri le prime nevicate. Il calcio mantiene costanti schiere di tifosi e la *schedina* giocata in società è un ulteriore motivo di coesione.

Eleonora è un tipetto da compagnia e non ama né giocare né guardare la tivù da sola, come fanno molti altri bambini. Poche cose riescono a distrarla a lungo e a lasciarla senza parole, tanto che simili episodi sono da annotare sul calendario. La prima neve che ha visto quando aveva circa diciotto mesi, ad esempio, l'ha incantata, reazione comprensibile se si considera che si era coricata con gli alberi verdi, la strada grigia e il pavimento marrone della grande terrazza e al suo risveglio tutto era colorato di bianco. Quella mattina è rimasta a lungo con il naso premuto contro i vetri della portafinestra a osservare il panorama. Anche l'albero di

Natale l'affascina molto; è piccolino, argentato. Sotto ci sono vari doni, impacchettati con carte e nastri coloratissimi, che saranno aperti come tradizione la sera della Vigilia quando i parenti verranno per il cenone. Eleonora rimira l'alberello da tutte le angolazioni, sfiora le piccole sfere colorate, accarezza i pacchettini, ne solleva alcuni delicatamente, li annusa, li soppesa... Insomma, senza rendersene conto è entrata nella magia del Natale. Fuori viene buio presto, poco dopo le sedici, ma in qualunque direzione si volga lo sguardo ci sono suggestivi giochi di luce e colori grazie alle luminarie di varie forme e dimensioni. E' il trionfo del consumismo ed i negozi con le vetrine addobbate a festa sono presi d'assalto da chi fa gli ultimi acquisti e sotto ai portici c'è un via vai incessante di persone con sporte e pacchi di ogni tipo. Per televisione illustrano le ricette tipiche delle varie località, profondono consigli su come apparecchiare la tavola, trasmettono le immagini delle principali città stipate di turisti, diffondono i dati relativi alla vendita dei prodotti tipici, forniscono aggiornamenti sul traffico stradale e ferroviario, intensissimo anche a causa dei treni che riportano in famiglia chi lavora lontano.

Ci si aspettano solo buone notizie e cuori traboccanti d'amore eppure il Male è in agguato. Il 23/12/1984 la notizia dell'ennesimo attentato, quello al Rapido 904 su cui esplode una bomba mentre percorre la lunga galleria nei pressi della stazione di San Benedetto Val di Sambro, entra nelle case e tutti assistono attoniti alle immagini di morti, feriti e soccorritori. Lorena è indignata e mentre prepara il brodo con manzo e gallina in cui cuocere i tradizionali tortellini bolognesi, sbotta:

«Ogni volta pare che si sia toccato il fondo, invece... Non se ne può più! Quante famiglie distrutte! Com'è possibile che degli esseri umani mettano una bomba sapendo ciò che provocherà? Come si può essere tanto feroci? Non pensano che morti e feriti sono mamme e papà, figli e figlie, sorelle e fratelli, nonni e nonne, proprio come loro? Possibile che riescano a considerarli solo nomi e cognomi da scrivere sulle lapidi? Questi terroristi credono di migliorare il mondo uccidendo degli innocenti? Non è più costruttivo impegnarsi in cose utili come fanno Rita Levi di Montalcini o il professor

Veronesi o il professor Pannuti, che dedicano la loro vita ad aiutare chi soffre?».

Luciana non replica. Non ha voglia di spendere parole sull'argomento. Una cosa è sicura: dalla fine degli anni Sessanta in poi, stragi, attentati, omicidi, sequestri sono stati troppo frequenti e a certe atrocità, non si fa mai l'abitudine.

Gli animi sono feriti. La ferocia contrasta in modo insopportabile con i buoni sentimenti che si respirano nell'aria. Nessuno ha il diritto di infrangere i sogni dei bambini e le emittenti televisive trasmettono i colossal su Gesù, le favole con un Babbo Natale panciuto che vola sulla slitta trainata dalle renne, i cartoni animati con Cip e Ciop che fanno i dispetti a un Paperino impegnato ad addobbare l'abete o a spalare enormi montagne di neve. Quei programmi da sempre incantano i piccini e sono parte integrante delle Festività. A Natale non possono mancare.

Trascorrono altri mesi e tutto indica che Ellina cresce bene. Attorno ai due anni i bambini sono davvero adorabili e lei non fa eccezione. Ogni tanto resta qualche ora con la tata Ornella, una signora dolce e affettuosa che mentre stira le racconta tante storie avvincenti ma, per lo più, quando i genitori sono al lavoro, resta con i nonni. La vengono a prendere per portarla a casa loro, non senza aver fatto prima una passeggiata nel parco o, se piove, sotto i portici. In quel caso, passando davanti ai negozi, la bimbetta si blocca immancabilmente davanti alla vetrina del *paradiso dei bambini*, piena di giocattoli. A volte entra in pasticceria a comprare una pastina alla frutta e, tra le risate generali, chiama la proprietaria *pasticciona*. È molto estroversa ed espansiva, chiacchiera di continuo e saluta tutti quelli che incontra, dispensando gioiosi *ciao* e sorrisi accattivanti.

Nel primo pomeriggio, quando rincasa la mamma, giocano con un'infinità di bambole e pupazzi prendendoli da un enorme cesto di vimini che nulla ha da invidiare al cilindro di un prestigiatore. Un giorno dopo l'altro fingono di essere al ristorante e cucinano piatti prelibati o dalla parrucchiera e lavano e spazzolano capelli o a scuola e assegnano compiti e lezioni da studiare. Anche giocare a bottegaia è molto divertente, con bilancia e vettovaglie di plastica colorata. Poi ci sono il pupazzo Rockfeller, grande quasi quanto lei e la Barbie con la sua casetta, i mobili e gli abitini, in pratica una fonte d'ispirazione inesauribile.

Quando Adolfo torna dal lavoro, lei è pronta per uscire. Al parco vicino a casa ci sono dondoli e giostre e, soprattutto, le sue amichette predilette Sabrina e Alessandra. Non serve darsi appuntamento e ogni giorno, alla stessa ora, arrivano ostentando con orgoglio l'ultimo giocattolo. Ora è la volta di Carlotta e Pompeo.

Socializzare ha anche risvolti negativi, infatti malattie esantematiche e pandemie influenzali sono in agguato, così accade che per intere settimane i papà, ormai amici, s'incontrino al parco senza i rispettivi pargoli.

Quando non si sente bene, Eleonora vuole stare esclusivamente con la mamma. Evidentemente le trasmette sicurezza. In effetti, in quelle circostanze, Luciana è decisamente meno imbranata di Adolfo. Il numero di telefono della pediatra è sempre a portata di mano ma solitamente sono sufficienti qualche antipiretico, un po' di riposo e una dieta leggera oltre, naturalmente, a ciò che a qualsiasi bambino del mondo non dovrebbe mai mancare: tanto amore e serenità. In quei giorni, ancora più spesso di quanto faccia di solito, la mamma la coccola e le sussurra *ti amoro* e subito dopo, con le labbra appoggiate sulla sua fronte, controlla se scotta.

Le cuginette Silvia ed Eleonora si vedono quotidianamente, per lo più in casa dei nonni, saldo anello di congiunzione tra le loro famiglie. Si vogliono molto bene anche se, considerando i nove anni di età che le separano, raramente giocano insieme.

La figlia di Paola, cresciuta mentre imperversavano più che mai Barbie e cartoni animati robotico-spaziali, è una bimbetta molto affettuosa e sensibile ed è inseparabile dal suo cane, un meticcio nero di nome Ciopper. Con la mamma e il papà legge libri di avventure e compone enormi puzzle. Ama nuotare, pattinare e guardare la televisione, come la maggior parte dei ragazzi della sua generazione. Le piacciono in particolar modo i disegni animati di Heidi, Remì, la dolce Creamy e Lamù, ma da un po' ha iniziato a seguire anche i telefilm di *Happy days* che descrivono la vita di Fonzie e della famiglia Cunningham.

Ogni anno, a giugno, si soggiorna sulla riviera romagnola, di solito a Rimini o Cesenatico, tutti nello stesso albergo. Mentre Silvia perlopiù alterna nuoto e lettura, Eleonora trascorre le assolate giornate giocando in spiaggia con secchielli, palette e stampini. Entrambe adorano stare col nonno Rino, che costruisce ineguagliabili castelli di sabbia e traccia piste su cui far scivolare biglie colorate. Sotto l'ombrellone Lorena, Paola e Luciana godono della reciproca compagnia, conversano e sfogliano quotidiani e settimanali di *gossip*, sempre più diffusi anche se pochi ammettono di acquistarli.

Negli anni sessanta e settanta primeggiavano le notizie riguardanti la famiglia Kennedy, l'armatore greco Onassis, l'Aga Kan frequentatore abituale della Sardegna e le storie d'amore dello scià di Persia e Soraya, del principe Ranieri e Grace Kelly, di Elizabeth Taylor e Richard Burton, di Ingrid Bergman e Rossellini, di Ava Gardner e Frank Sinatra, di Sophia Loren e Carlo Ponti, di Giorgio Albertazzi ed Anna Proclemer, di Umberto Orsini ed Ellen Kessler, di Adriano Celentano e Claudia Mori, di Mina e Corrado Pani, dei sex symbol Brigitte Bardot, Alain Delon, Jean Paul Belmondo...

Ora, a metà anni Ottanta, si continua a scrivere di alcuni di loro ma soprattutto della giovane Diana Spencer, andata sposa al principe Carlo d'Inghilterra con una cerimonia sontuosa ed emozionante trasmessa in diretta televisiva in tutto il mondo, di Christina Onassis, erede dell'enorme impero del padre Aristotele, della relazione tra Mia Farrow e il geniale Woody Allen, dei successi internazionali di Franco Zeffirelli, di cantanti e attori famosi, dei rampolli delle famiglie reali...

Il massimo della curiosità viene destata dagli scandali riguardanti politici, industriali e grandi manager come Bill Gates creatore di Microsoft, Giovanni Agnelli l'uomo simbolo della Fiat, Silvio Berlusconi re indiscusso delle emittenti televisive private, Raul Gardini, Carlo De Benedetti, Marco Tronchetti Provera... o produttori e registi cinematografici come Bertolucci, Monicelli, Antonioni, Cecchi Gori, De Laurentis, Lattuada, Leone..., Si consumano fiumi d'inchiostro anche per stilisti come Armani, Valentino, Versace, Gucci, Trussardi e Missoni che hanno fatto conoscere la moda italiana nel mondo, per atleti messisi in luce in importanti competizioni, per scienziati, ricercatori, scrittori, pittori... Crescente interesse gravita attorno a talent scout e discografici dal fiuto infallibile come Tony Renis, Paolo Limiti, Bibi Ballandi, Caterina Caselli, Claudio Cecchetto, Mario Lavezzi... Altra fonte di ispirazione sono i *salotti bene* di Roma e Milano, frequentati da nobili, ricconi e intellettuali, ove si gonfiano e si sgonfiano scandali e si parla con grande disinvoltura di divorzi, aborti, coppie di fatto, droga, omosessualità, figli naturali, anticoncezionali, AIDS... argomenti che fino a pochi anni prima nessuno avrebbe osato affrontare. Di pari passo col diffondersi dell'obesità, si scrive sempre più spesso di alimentazione e di diete; c'è quella delle calorie, quella del fantino, quella dissociata, quella a base di tisane, quella della settimana, quella senza grassi, quella senza proteine, quella senza cereali, quella del digiuno pressoché totale... criticate immancabilmente dai nutrizionisti che raccomandano un regime alimentare vario, comprendente ogni sostanza di cui il fisico ha bisogno, con l'unico consiglio di ridurre le quantità. Tutti concordano sul fatto che la vera panacea sia l'attività fisica e, in effetti, le palestre si moltiplicano ma, mentre dilaga la fissazione per fisici scolpiti e supermuscoli simili a quelli esibiti da Schwarzenegger e Stallone, si parla anche con insistenza di anoressia e bulimia in quanto c'è chi riversa sul cibo il suo disagio interiore.

Per ciò che riguarda la *cronaca nera*, domina le prime pagine dei quotidiani il caso del mostro di Firenze che continua a mietere vittime tra le coppiette.

Intanto gli altoparlanti della spiaggia trasmettono a ripetizione gli ultimi successi: *We are the world*, la canzone scritta per l'Africa da Michael Jackson e Lionel Richie, *Se m'innamoro* dei Ricchi e Poveri, *L'estate sta finendo* dei

Righeira, che stanno ripetendo l'ottimo risultato di *Vamos a la playa, Una storia importante* del giovanissimo Ramazzotti, *Questione di feeling* in cui duettano Mina e Cocciante e tanti altri successi firmati da autori del calibro di Mogol, Cutugno, Bigazzi, Bella, Bardotti...

Sono giorni in cui la mente si ritempra quanto il corpo vezzeggiato da attività all'aria aperta, sole, iodio e relax.

Di sera tutta la comitiva passeggia sui marciapiedi affollati all'inverosimile e gusta un ottimo gelato; fra il trionfo di creme che terminano con coreografici ciuffi, spicca il gusto *puffo*, blu come i simpatici ometti nativi di Bruxelles che appassionano i bambini. Immancabili ogni anno e graditi a tutta la famiglia, gli appuntamenti con Fiabilandia, il delfinario e il mini golf.

In agosto si continua ad andare a Sparvo, nella casa natale di Adolfo. In paese abitano ancora alcuni parenti, prima tra tutti sua zia Mafalda, affettuosa e simpatica, alla quale sono molto legati. Lei li accoglie sempre con entusiasmo e spesso li invita a mangiare crescentine o funghi, cibi di cui sono ghiotti. Ellina trascorre le giornate a giocare all'aria aperta con le sue amiche del cuore, Erica e Sara. Naturalmente conosce quasi tutti gli abitanti del paese e quando si torna in città, per mesi, sollecita i genitori a cantare la filastrocca con i nomi dei componenti delle varie famiglie e sta ben attenta che nessuno venga dimenticato.

«... ci sono Erica e Sara, Mafalda e Barbara, Rosina e Tonino, Catia e Paola, Luca e Cristina, Giacomo e Ilaria, Marco e Luca, Andrea e Cristian, Giulia e Claudia...».

Luciana e Adolfo si ritrovano con gli amici di sempre ed è un tuffo nel passato quando ogni anno, dopo la chiusura delle scuole, il gruppetto si riformava. C'erano *quelli del posto* come Adolfo, Loretta, Gianpaolo, Luisa, Luciano, Giorgio, Renzo, Fabrizio, Massimo... ed *i villeggianti* cioè Cesare, Fabio, Mario, Mimmo, Paola S., Enzo, Lalla, Sauro, Stefano, MariaGiuliana, Franchino, Marina e tanti altri che, come Luciana e Paola, arrivavano dalle vicine città, Bologna, Firenze e Prato, per trascorrere i mesi estivi dai parenti. Poi c'erano *i villeggianti più villeggianti di tutti*, perché arrivavano addirittura dalla Germania: Celsa ed Enrico, con i figli e la nipote Edda che, a volte, portava con sé un'amica, per la gioia dei maschietti. Ora, un po' appesantiti, stempiati e con i primi capelli bianchi, trascorrono i pomeriggi tra gag e risate a ricordare gli anni Sessanta che, col passare del tempo, appaiono sempre più mitici. I rispettivi consorti, accolti nel gruppo, ascoltano divertiti.

«Ricordate quella volta che disseminammo il paese di cartelli segnaletici? Via *giù di lì*, via *su di qua*, *Periscopio street*, piazza *32 agosto*...?» chiede Sauro.

E tutti a ridere.

«E quando ci improvvisammo poeti e componemmo quella filastrocca descrivendo tutti gli abitanti? Ne avevamo per tutti. Come faceva pure? Era veramente carina!» ricorda Giampi, mentre qualcuno comincia a cantarne un pezzetto.

«Ogni mattina percorrevamo chilometri a piedi per raggiungere i paesi vicini, di pomeriggio spesso andavamo al fiume a fare il bagno e di sera passeggiavamo lungo la strada buia, che chiamavamo *Terra Santa*, ascoltando il mangiadischi che diffondeva le note dei successi del momento e cantando a voce spiegata. Eravamo instancabili!» commenta Luciana intonando il ritornello di *Canzone* del bravissimo Don Backy.

«Strano che non te ne sia venuta in mente una di Morandi!» commenta Lalla ridendo.

«È vero!» esclama Loretta portandosi una mano alla fronte. «Suonavi i suoi dischi a tutte le ore, avevi le sue foto dappertutto e sapevi a memoria i suoi musicarelli».

Lei scoppia a ridere e lanciando un'occhiata a Luisa che ha condiviso la sua passione, ribatte:

« Era il mio idolo anche perché è di Bologna. Beh, quasi. In realtà è di Monghidoro... Tenevo la sua foto tra le pagine dei libri di scuola. Comunque, oltre alla musica, avevo altri passatempi. Ad esempio adoravo pattinare e andare in bici».

«Anche giocare a carte. Ricordo interminabili partite a *giaguaro* e a *scala quaranta* nei tavolini all'aperto del bar di Eva e di Brunino!» esclama Paola.

«Perbacco, come ci divertivamo! Non c'era ancora l'acqua corrente nelle case e i bicchieri venivano lavati immergendoli un attimo in un secchio. Una sciacquata e via. Tipo saloon del far west!» ricorda Franchino, che rivendica invano il diritto di essere chiamato Franco, generando l'ilarità generale.

Il dialogo prosegue con batti e ribatti.

«Quanti ghiaccioli mangiavamo! In alcuni stecchini si trovava scritto *premio* e se ne vinceva un altro! Considerando la bolletta che avevamo, era una cuccagna» ammette Stefano, lanciando un'occhiata a Mario.

«E le feste nel *buco*? Ci accontentavamo di una cantina come sala da ballo. Lì sono nati tanti amoretti!» sospira Paola S. provocando in alcuni un'ondata di nostalgia ben presto superata dalle battute successive.

«Noi ragazzi abbiamo sempre avuto il pallino del calcio e voi megere vi divertivate un sacco a prenderci in giro da bordo campo anche se, a essere onesti, spesso ci avete difeso quando bisticciavamo con i giocatori delle squadre avversarie durante i tornei!» conviene Fabio che, più di una volta, ha rischiato di buscarle sonoramente.

Tale ricordo provoca l'ennesimo scoppio di risate.

«Abbiamo sempre seguito anche i Mondiali tifando per l'Italia e dividendoci tra fan di Rivera e di Mazzola. Era il tempo dell'ineguagliabile Pelè» commenta Adolfo interrotto da Fabio, che puntualizza:

«Seguivamo anche le corse di Formula Uno con la mitica Ferrari e quelle motociclistiche con Giacomo Agostini che vinceva tutto».

Cesare sorride compiaciuto guardando l'amico.

«A fine anni Sessanta molti di noi presero la patente e cominciammo a usare l'auto. Viaggiavamo stipati come sardine nella tua 500 e in quella di Luciano e nell'850 di Mario. Tu Adolfo usavi la 1100 familiare bianca e blu di tuo padre».

Stefano, lisciandosi la barba in un gesto che gli è abituale, ricorda:

«C'erano molti bar col jukebox e trattorie dove, spendendo poco, ci abbuffavamo di prosciutto, salame, cipolle sotto aceto e pane toscano!».

"Al bar Follia gustavamo gelati mega e frappé deliziosi. Ne sono sempre stato ghiotto" confessa Fabrizio.

«E le serate al Ponte, al Nazionale e ai Tre pini? Ospitavano spesso concerti di cantanti e complessi famosi. Quanto ci siamo divertiti! In zona c'erano molti ritrovi. Erano gli anni del boom ed anche i lavori per la costruzione dell'Autostrada del Sole avevano portato posti di lavoro e dato impulso alle attività commerciali, specialmente in prossimità dei caselli» riflette Paola interrotta dalla risata della sorella.

«Sto pensando alle tue lotte col gallo della signora Piera!».

Arrossisce lievemente mentre gli sguardi degli amici confluiscono su di lei. Dopo una lieve esitazione ammette:

«Avevo paura. Razzolava continuamente davanti a casa e appena mi vedeva mi correva incontro per beccarmi!».

«Se una volta tu gli avessi dato un calcio, avrebbe imparato subito la lezione» ribatte Luciana.

L'ennesima risata accomuna gli amici come se il tempo non fosse trascorso.

Al ritorno in città ci si ritrova nel solito parco. Affievolitasi la passione per i bebè col ciuccio, Eleonora e le sue amichette arrivano spingendo la carrozzina della loro bambola preferita o tenendo tra le braccia i pupazzi del momento. In rapida successione arriva il periodo della palla e del triciclo, che spesso affidano ai rispettivi genitori per essere libere di correre o di salire su giostra e dondolo. S'imitano in tutto e non è raro vederle in fila, vestite con tutine e scarpe dell'identica marca e con mollettine simili nei capelli, acquistare al bar le stesse leccornie: sacchetti di patatine, popcorn, gelati alla fragola o al puffo... Crescendo, passano contemporaneamente ai pattini, alla bicicletta con le ruotine nella ruota posteriore, alle figurine da collezionare e ai giornaletti da colorare appoggiandosi al basso muro di mattoni, a lato del prato.

Come sempre i genitori fanno capannello nelle vicinanze. Gli argomenti all'ordine del giorno si adeguano tempo per tempo alla cronaca, così si commentano le indagini e i processi riguardanti attentati e scandali degli anni passati ed eventi più recenti, come il sequestro della Achille Lauro.

Il campionato di calcio continua ad appassionare molto e si vedono, qua e là, papà con la radiolina attaccata alle orecchie che di tanto in tanto si scambiano commenti e si ripromettono di verificare episodi controversi alla moviola nel corso della *Domenica sportiva* e del *Processo di Biscardi*.

Luciana, alla quale interessa sapere solo se il suo adorato Bologna abbia vinto, si gusta *Quelli della notte,* un nuovo originale programma di Renzo Arbore.

Nella primavera del 1986, quando Ellina ha quasi tre anni, due avvenimenti calamitano l'attenzione del mondo intero: la crescente tensione tra USA e Libia del colonnello Gheddafi, sfociata nella guerra del Golfo della Sirte e nel bombardamento di Tripoli e lo scoppio del reattore nucleare di Chernobyl, in Ucraina, con la conseguente diffusione di radiazioni. E' una catastrofe dalle conseguenze non quantificabili ma sicuramente terribili e i telegiornali per mesi trasmettono immagini impressionanti, da vera apocalisse; in conseguenza di ciò si diffonde un'ondata di contrarietà verso la costruzione delle centrali nucleari, confermata poco dopo da un referendum popolare che in Italia ne bloccherà la costruzione, nonostante alcuni le ritengano l'unica risposta possibile al crescente fabbisogno energetico.

Intanto si tiene il maxiprocesso contro la mafia, blindatissimo. Si parla quotidianamente di nomi eccellenti e di magistrati coraggiosi, come Giovanni Falcone e Paolo Borsellino che operano tra enormi difficoltà, sprezzanti del pericolo.

Nonostante tutto, si avverte più che mai il desiderio di svagarsi e si seguono gli appuntamenti fissi come lo show del sabato sera collegato alla *lotteria di Capodanno*, il concorso di bellezza *Miss Italia* che spalanca le porte del mondo dello spettacolo a decine di concorrenti, il *Festival cinematografico di Venezia*, il cui premio, il Leone d'Oro, è ambito almeno quanto la Palma d'oro del Festival di Cannes e l'Orso d'oro di quello di Berlino. La vittoria o un successo di pubblico al *Festival di Sanremo* corona la carriera di ogni artista affermato o dà notorietà a giovani talenti. La manifestazione, apprezzata anche a livello internazionale, pur destando a volte polemiche, continua a suscitare curiosità e ad ospitare stelle nazionali ed internazionali. L'edizione 1986, è stata vinta dal giovanissimo Eros Ramazzotti con *Adesso tu* che sta ripetendo il successo di *Terra promessa* con la quale si era aggiudicato la sezione giovani del 1984.

Per gli appassionati di musica, altri appuntamenti imperdibili e collaudati da anni sono il *Festivalbar, il Cantagiro, Un disco per l'estate, Discoring* che si avvale di disk jockey travolgenti quali il talentuoso Claudio Cecchetto e il neonato *Pinky* di Red Ronnie, che ha ottenuto un buon successo anche con lo spettacolo *Bandiera gialla*....

17

2007

Sdraiata sul soffice telo da mare color turchese, Luciana avverte un calore sempre più intenso e il sudore che inizia a bagnarle la pelle abbronzata. La lieve brezza non riesce a recarle sollievo. Apre gli occhi rimanendo per un attimo abbagliata, si mette seduta e si riappropria degli occhiali da sole sulle cui stanghette spicca un'enorme C tempestata di brillantini. Da una radiolina le arrivano le note di *Minuetto*, stupenda canzone cantata da Mia Martini, interprete eccezionale alla quale è dedicata la sezione *premio della critica* del Festival di Sanremo, istituita nel 1982, edizione vinta da Riccardo Fogli con il brano *Storie di tutti i giorni*.

Nel lettino di fianco al suo, all'ombra dell'ombrellone, è languidamente distesa Eleonora. Pare assopita invece:

«Ho caldo» mormora nella sua direzione muovendosi impercettibilmente.

«Vado al bar. Tu vuoi qualcosa?» le chiede.

La figlia sbadiglia portandosi una mano davanti alla bocca poi guarda l'orologio, controlla il cellulare in cerca di eventuali messaggi pervenuti e si aggiusta il succinto costume nero prima di rispondere:

«Berrei volentieri un succo di frutta. Vado io se vuoi. Va bene anche per te?».

Luciana non se lo fa ripetere e assente col capo. Prende il portafoglio dalla borsa da spiaggia, glielo porge e resta a osservarla mentre si dirige verso il bar camminando sulla punta dei piedi per aderire il meno possibile alla sabbia rovente.

"È un anno di svolta, questo 2007!" riflette tra sé e sé. "Lei si è laureata e presto inizierà a lavorare ed io sono appena andata in pensione, anzi nel *fondo esuberi*!".

Mentre con lo sguardo abbraccia la spiaggia, le scorrono davanti agli occhi visi amatissimi, risente frammenti di frasi e di risate, riassapora sensazioni.

"Quante volte sono venuta a trascorrere le ferie sulla riviera romagnola con i miei genitori!".

Un senso di vuoto l'assale a tradimento, un nodo alla gola le impedisce di deglutire e gli occhi s'inumidiscono. È un attimo, poi reagisce.

"Eh, no! Sono qui con la mia donnina e farò del mio meglio perché questa settimana sia rilassante e divertente".

Elli, che da sempre ha l'abitudine di trascorrere qualche giorno di vacanza da sola con la mamma, sta già tornando verso di lei con una buffa espressione sul viso, concentrata com'è per non rovesciare il succo arancione che arriva fino all'orlo dei due bicchieroni di carta. Gliene porge uno.

«Grazie. Ci voleva!» esclama Luciana assaporando una lunga sorsata.

La ragazza la imita guardandosi attorno con espressione soddisfatta.

«Avevo proprio voglia di *staccare!* Il tempo è bellissimo e non c'è troppa ressa. Facciamo una passeggiata?».

La risposta è scontata. Detto, fatto. Si dirigono verso l'acqua con un incedere agile e tranquillo. In mano un piccolo borsello con portafoglio e cellulare.

«Da che parte andiamo? Verso il porto?» chiede Elli che, avuto l'assenso, si dirige verso sinistra.

Entrambe adorano camminare lungo il bagnasciuga ove il caldo è meno intenso e le onde lambiscono, a tratti, i piedi. Ascoltando il rumore del mare e il canto dei gabbiani cercano di evitare le conchiglie taglienti.

Una signora di mezza età cammina a poca distanza da loro ed Eleonora prende a fissarla, distogliendo lo sguardo appena lei la osserva. E' un gioco che la mamma ben conosce e basta un'occhiata per renderla sua complice.

«Non cominciare» sussurra, ma *il dado è tratto* e la povera vittima, accortasi di aver destato l'attenzione, con finta indifferenza inizia a guardarsi le gambe, sistema lo slip del costume, poi il reggiseno... Puntualmente mamma e figlia, che hanno proseguito la loro passeggiata tenendola d'occhio, scoppiano in una inarrestabile risata. Sono allegre e rilassate e di tanto in tanto si spostano dove l'acqua arriva ai fianchi e un po' più a fatica continuano ad avanzare parallelamente alla spiaggia. Le prime ore del mattino e il pomeriggio inoltrato sono gli orari che prediligono.

«L'acqua sembra abbastanza pulita!» osserva Eleonora.

«È vero. Certo che la mucillagine di fine anni Ottanta fu un disastro. Era disgustosa da vedere e maleodorante. La ricordi?» chiede Luciana ansimando leggermente.

«Vagamente. Di quelle prime vacanze al mare mi sono rimasti impressi soprattutto i giochi sulla sabbia e il luna park».

«Già. Ci andavamo quasi ogni sera e immancabilmente salivamo sui vagoncini del Bruco Mela. Poi c'erano gli autoscontri, i giochi dove tu e il babbo provavate a vincere un pupazzetto con i tappi, con le freccette o con la canna da pesca... Avreste speso meno a comprarli direttamente nei negozi!» replica la mamma.

Anche Eleonora sorride guardando distrattamente le orme impresse sulla sabbia umida.

«Più tardi cominciammo ad andare a Fiabilandia. Quanto mi divertivo sulle giostre, gli scivoli, la barchetta e il trenino del far west!... Ci andrei volentieri anche adesso».

«Chi ce lo vieta?» chiede la mamma alzando le spalle.

«Che vergogna! Alla mia età farei ridere!» esclama lei compresa nel suo stato di giovane donna.

Luciana la guarda con tenerezza e la rivede varcare la soglia dell'asilo Walt Disney, una costruzione abbastanza nuova e ben tenuta, con ampie finestre, mobili bassi di un tenue color verde, tanti giocattoli variopinti e un giardino disseminato di alberi e panchine... Ha un cestino di pelle lucida azzurra e rossa, nel quale trovano posto i piattini ed il bicchiere con impresse le immagini di personaggi dei cartoni animati. A volte, passando dal parco, la osserva al di là della recinzione, muoversi senza sosta, indaffarata a giocare con le sue amichette. È molto socievole, partecipa con entusiasmo alle varie attività e chiacchiera di continuo. Le sembra uno dei tanti uccellini che in primavera volano da un ramo all'altro cinguettando allegramente.

«Sei sempre stata molto vivace ma ubbidiente e giudiziosa» mormora quasi tra sé.

Eleonora le lancia uno sguardo divertito e afferma puntando

l'indice verso di lei:

«Io ero più buona di te e non ho mai combinato grosse marachelle. Anche a scuola ero più brava».

«Questa poi! Come fai a dirlo?».

«I nonni mi raccontavano spesso di quando eri piccola e mi hanno fatto vedere le tue pagelle. Eri bravina, ma io lo ero di più anche se, a dire il vero, dicono tutti che la scuola ai tuoi tempi fosse un'altra cosa» insiste con orgoglio prima di osservare: «Quest'anno ci sono ancor più *vù cumprà*».

Luciana guarda distrattamente la distesa di borse, portafogli e cinture adagiata su un telo dal colore incerto.

«Ciao Maria. Vuoi? Guarda, guarda Maria. Costa poco» l'apostrofa immediatamente un giovane nordafricano indicando la sua mercanzia.

Lei fa un cenno di diniego col capo e procede spedita. Intanto commenta:

«E' tutta merce *tarocca* che fa una concorrenza sleale a chi opera alla luce del sole e paga tasse salate. Anche sotto all'ombrellone non ci si salva e non si riesce neppure a schiacciare un pisolino in pace! Sono tutti clandestini».

«Che cosa devono fare poveretti? Nei loro Paesi probabilmente c'è la guerra oppure la miseria più nera! Grazie alla televisione, ai cellulari e a internet si sono resi conto che altrove si vive meglio e tentano la sorte, spesso dopo viaggi da incubo. Tu non lo faresti?».

«In effetti fanno pena» mormora Luciana intenerita al pensiero di tanta sofferenza, poi riprende «ma la realtà è che l'Italia, per la sua posizione strategica, è presa d'assalto! Successe la stessa cosa con gli albanesi all'inizio degli anni Novanta ma era un fenomeno circoscritto; adesso la popolazione di interi Stati si vuole spostare altrove; come si farà a dare a tutti cibo, alloggio, assistenza sanitaria, lavoro, istruzione...? Non ce ne sono a sufficienza neppure per noi! Servono progetti e risorse internazionali per aiutarli in modo strutturale nei loro Paesi invece ci si limita a tentare di gestire alla meno peggio l'emergenza. Cosa stanno a fare i Politici? Che la situazione diventi completamente ingestibile? L'illegalità è già diventata la regola!».

«Di certo questo esodo di massa non terminerà fino a quando ci sarà chi vive in condizioni disumane e, purtroppo, certi Paesi sono stati sfruttati per secoli e continuano ad esserlo. Non è assurdo che spesso esistano enormi sacche di miseria e arretratezza proprio dove c'è abbondanza di risorse naturali, come giacimenti petroliferi, miniere d'oro e diamanti? Purtroppo l'economia detta le regole mentre al primo posto dovrebbero esserci gli esseri umani e l'ambiente. Se solo ci fosse più altruismo!» esclama Eleonora schivando una bottiglia di plastica abbandonata sull'arenile.

Luciana ascolta con un pizzico di orgoglio le parole piene di buonsenso della figlia. Continua a camminare assorta poi ribatte:

«E' ovvio che tutti dovremmo avere l'essenziale e che combattere la fame è un dovere ma non a discapito di chi ha già poco e magari se lo è guadagnato con i sacrifici di tutta una vita di lavoro. Spero che il Vaticano, che è uno degli Stati più ricchi del mondo, venda qualcuno dei suoi tesori e metta a disposizione dei bisognosi conventi, abbazie ed altri suoi immobili... Ne ha ovunque!».

«Lo fa sicuramente perché aiutare i poveri è la ragione del suo esistere» ribatte la ragazza chinandosi per calzare le infradito e salire i gradini di cemento che conducono alla darsena.

L'attenzione della mamma viene catturata dalle decine d'imbarcazioni e dall'intensa attività dei pescherecci che rientrano dalla pesca notturna. I marinai, muniti di grossi stivali di gomma, sono perfettamente organizzati; suddividono il pesce secondo il tipo e le dimensioni, gli tolgono le interiora, lo sistemano in grandi cassette di plastica che, ricoperte di ghiaccio, vengono disposte sul molo in alte pile pronte per la vendita. Al termine di tale operazione già qualcuno ha pulito l'imbarcazione con un potente getto di acqua. Poco più in là motoscafi e panfili da diporto, bellissimi, attraccano e salpano incessantemente. Molti anziani, alcuni dall'aspetto di ex lupi di mare, tutti in fila ma un po' distanziati, pescano in silenzio con un cestino di vimini di fianco. Poi c'è chi passeggia, curiosa, osserva, ammira, commenta... come loro.

Il ritorno in hotel è solitamente più faticoso a causa del sole alto ma una rinfrescante doccia tiepida rimette in sesto le donne che poi scendono nella sala ristorante. Sedute al loro tavolo si scambiano un sorriso complice guardando i reciproci piatti traboccanti di antipasti di cui si sono servite al buffet.

«Appena torno a casa inizio la dieta!» annuncia Eleonora.

«Non ne hai bisogno. Voi ragazze credete che due o tre chili in meno facciano la differenza? Siete davvero convinte di essere più belle se assomigliate alle scheletriche indossatrici che sfilano sulle passerelle e sembrano manici di scopa? Le donne floride sono molto più belle, pensa alla Ferilli, alla Bellucci, alla Arcuri, alla Marini e alla soddisfazione di gustarsi ciò che si mangia senza sensi di colpa. Vuoi giocarti la salute per entrare nella taglia trentotto? È sicuramente giusto curare l'alimentazione ed evitare di diventare obesi ma non si deve neppure esagerare nell'altro senso. Si danneggia il fisico e si cade nelle trappole micidiali di depressione e disturbi alimentari!».

«Certo che tu non corri quel rischio, vero?» la canzona Eleonora dandole un buffetto su una mano.

«Quando ero magra come un'acciuga non stavo in piedi e mi girava spesso la testa! Adesso mi sento benissimo» risponde lei toccandosi i fianchi torniti con un largo sorriso stampato sulle labbra. Dopo aver vuotato in un baleno il contenuto del suo piatto, guarda verso il lungo tavolo del buffet ma resiste alla tentazione di servirsi nuovamente e ben presto si consola gustando un'abbondante razione di ottime lasagne.

Per alcuni minuti regna il silenzio poi, dopo aver pulito le labbra col tovagliolo, riprende il discorso.

«Una volta c'erano meno tentazioni! Senza contare che si fanno campagne per illustrare i danni provocati da obesità, trigliceridi e glicemia alti, ipertensione e contemporaneamente si pubblicizza ogni sorta di schifezza piena di calorie, zuccheri e grassi. È assurdo!».

Eleonora, alle prese con un'orata cosparsa di prezzemolo tritato, non risponde così anche lei si concentra sulla sua porzione di pesce al forno. Niente male, anche se nulla a che vedere con il fritto misto del tavolo accanto che emana un profumo irresistibile.

"Domani non me lo lascio scappare" pensa tra sé e sé affondando il cucchiaino in una coppa di macedonia.

Come ogni giorno, dopo aver pranzato, si dirigono verso uno dei tanti bar vicini all'hotel per bere un espresso. I negozi si susseguono uno dopo l'altro mettendo in mostra la loro mercanzia in espositori stracolmi che attirano l'attenzione dei turisti. Dall'interno arriva la voce di Gigi D'Alessio che intona *Tu che ne sai*.

«Guarda. C'è la collezione dei Puffi. A casa ne ho uno zaino pieno zeppo assieme alle sorpresine degli ovini di cioccolato!» esclama Eleonora.

«Nella latteria di fronte alla scuola compravamo anche le merendine con dentro le gomme da collezione e una ciambella morbida, striata che ti piaceva tanto» rammenta Luciana.

«Impazzivo anche per una merendina con sopra un soldino di cioccolato e per le torte che tu cucinavi ogni sabato mattina, specialmente quella alla frutta. Spesso ci fermavamo anche a mangiare in pizzeria. Ero proprio golosa e non ho perduto l'abitudine! Chissà a chi assomiglio?» scherza Eleonora.

La mamma ignora la battuta e lei prosegue.

«Quanti pupazzi e bambolotti avevo! E i lungometraggi di disegni animati? Appena ne usciva uno nuovo, correvamo a comprarlo. Sapevo tutti i dialoghi a memoria!».

Luciana sorride mentre ribatte:

«Per tivù non ci perdevamo una puntata di Sara, Bum Bum, Lady Oscar, Willy Fog, Mila e Shiro. Ti entusiasmavi per le loro avventure e ti commuovevi per le disgrazie di cui erano vittime. Chissà perché i protagonisti delle storie sono sempre bambini sfortunati, orfani, poverissimi e in balia di persone malvagie?! Ti piacevano moltissimo anche Sbirulino, il pagliaccio impersonato da Sandra Mondaini e il festival dello *Zecchino d'Oro* con Mago Zurlì e Mariele Ventre».

«Quando avevo circa dieci anni iniziammo a guardare *Scherzi a parte* e il *Karaoke* con Fiorello» ricorda Eleonora.

«Sì. Negli anni successivi si è rivelato un artista davvero

versatile in quanto canta, balla, intrattiene e fa tutto in modo magistrale...un po' come Massimo Ranieri che, tra l'altro, è un interprete eccezionale della *canzone napoletana*» commenta la mamma interrotta da Eleonora che riprende.

«Cantavamo insieme ai concorrenti e ridevamo talmente tanto che il babbo a volte veniva a vedere cosa combinavamo! Mi comperaste anche il gioco con il microfono e i testi delle canzoni ma l'ho usato poco».

«Per forza. Avevi troppo di tutto, come la maggior parte dei bambini della tua generazione! Già allora eri un po' spendacciona, ma c'è chi ha difetti ben peggiori! Del resto lo shopping è rilassante» commenta la mamma divertita.

«Il consumismo porta a desiderare continuamente qualcosa, tanto che acquistare di tutto e di più diventa un vizio vero e proprio, una dipendenza. Si riempie la casa di cose inutili, non si gusta ciò che si ha e si sperpera denaro. La realtà è che siamo tutti vanitosi e vogliamo esibire l'abito firmato, l'ultimo modello di cellulare...» ammette Eleonora.

Luciana emette un sospiro mentre riflette su quanto sia arduo educare i figli. Come si fa a convincerli che la sostanza conta ben più che l'apparenza dal momento che la società offre pessimi esempi e la pubblicità esegue un incessante lavaggio del cervello? Persino lei, che è adulta, ci casca!

Poco dopo si rivolge nuovamente alla figlia.

«Questa è davvero la società delle contraddizioni. Ci si lamenta che gli stipendi sono bassi, poi si acquista roba che non serve. D'altro canto appena i consumi subiscono una flessione, le industrie parlano di produzione in calo, recessione, crisi e licenziano i dipendenti. Con la stessa incoerenza si denuncia l'inquinamento del traffico poi ci si lamenta appena la vendita di auto cala un po', si lanciano allarmi per la scarsità dell'acqua potabile poi non si fa nulla per raccoglierla e depurarla, si parla di crisi energetica e di pericoli del nucleare poi s'investe pochissimo in energia pulita. Eppure la tutela dell'ambiente è fondamentale!».

Eleonora, che passeggia accanto a lei sul marciapiede assolato, la ascolta con attenzione mentre prosegue.

«Si dovrebbe consumare meno invece, da decenni, tutte le

scelte sono condizionate dallo strapotere di *colossi* che pensano all'utile di bilancio senza tenere in alcuna considerazione etica ed ecosistema. Quanto si può andare avanti senza una gestione oculata delle risorse del pianeta? Il rispetto per le persone e per l'ambiente dovrebbe essere inculcato in ogni individuo fin dalla nascita, come l'amore per la famiglia e il senso del dovere. Il protocollo di Kyoto, sottoscritto dieci anni fa per diminuire l'effetto serra, sarà stato rispettato? Io credo di no. Se poi penso ai disastri ambientali provocati dalle perdite di greggio nelle piattaforme petrolifere o dalle navi in avaria, mi vengono i brividi. Ho ancora in mente le immagini delle chiazze nell'oceano e delle migliaia di pesci e uccelli morti quando si verificarono gli incidenti dell'Exxon Valdez nelle acque dell'Alaska, della Erika a nord est delle coste francesi, della Jessika nell'arcipelago delle Galapagos. L'incidente più grave in acque italiane fu quello della Haven al largo di Genova. Era il 1991. Lo ricordo bene perché il giorno precedente si era verificata la tragedia del traghetto Moby Prince nel quale ci furono centinaia di morti».

La voce della mamma s'incrina qualche istante per la commozione poi riprende.

«Per non parlare delle fughe di gas tossici. Solo il disastro di Bhopal in India, provocato da un'industria di pesticidi, fece ventimila morti oltre ad un numero enorme di feriti e malati cronici. Seveso, tristemente famosa per la fuga di diossina, è stata la nostra Bhopal. La realtà è che abbiamo trasformato il nostro pianeta in un enorme immondezzaio».

«Hai usato il termine giusto! Pensa ai rifiuti!» la interrompe Eleonora «Si arriva persino a venderli ad altri Paesi, a nasconderli e a sotterrarli invece di affrontare il problema in modo strutturale partendo dal ridurne drasticamente la produzione, fare una capillare raccolta differenziata e riciclarli il più possibile. E' ormai risaputo che sarebbero una risorsa, non un costo e di inutilizzabile resterebbe ben poco»

«Che cosa succederà quando la maggior parte dei terreni e delle falde acquifere saranno intrisi di veleni? Quando l'acqua potabile sarà razionata in tutto il mondo e la desertificazione avrà reso inabitabili e improduttive zone enormi ora densamente popolate? E quando l'aria sarà irrespirabile ogni giorno dell'anno? Già adesso, in alcune città, le persone indossano sempre la mascherina. Nel frattempo la temperatura del pianeta continua a salire, i ghiacciai si sciolgono e aumentano i fenomeni atmosferici estremi» mormora Luciana con aria sconsolata.

«Non c'è da meravigliarsi dal momento che i politici sprecano tempo a bisticciare tra loro e sono sempre indietro rispetto ai problemi mentre invece dovrebbero prevenirli! Pensano solo ad aumentarsi compensi e privilegi, a mantenere le poltrone... Sono proprio una manica di...» sbotta Eleonora.

«Non generalizziamo! Qualche persona onesta c'è, anche se pare evidente che la maggior parte degli italiani è migliore di chi la rappresenta. Però adesso basta parlare di queste cose!» la interrompe la mamma.

Il caldo è intenso e dopo un po' le donne si accomodano sedute accanto ad uno dei tanti tavolini rotondi posti all'ombra di un'enorme tenda beige di un noto bar. Lì, gustando un ottimo gelato, fanno riposare i piedi dolenti e osservano le persone, dall'etnia più varia, che transitano davanti a loro, sul largo marciapiede.

Lo *stereo* del barista offre un gradito sottofondo musicale con *Meravigliosa creatura* di Gianna Nannini, *Je so' pazzo* di Pino Daniele, *Così celeste* di Zucchero, *L'emozione non ha voce* di Adriano Celentano, *Sognami* di Biagio Antonacci, *Angelo* di Francesco Renga ...

«Ci voleva proprio! Quando io ero piccola, negli anni Cinquanta, le gelaterie rimanevano aperte solamente nei mesi estivi» esclama Luciana soddisfatta.

«Non esistevano i gelati confezionati?» le chiede Eleonora, incuriosita esattamente come accadeva a lei tanti anni prima quando pendeva dalle labbra della mamma Lorena e della nonna Cesira.

«No. Si sono diffusi negli anni Sessanta cioè quando sono entrati in commercio freezer e congelatori. Prima c'erano solamente i frigoriferi con una celletta per la produzione del ghiaccio».

«E gli altri elettrodomestici?» le chiede ancora la ragazza.

«Sempre in quel decennio si sono diffusi lucidatrice, aspirapolvere e lavatrice. La lavastoviglie è arrivata per ultima» spiega lei.

«E il telefono fisso?».

«Negli anni Cinquanta era quasi esclusivamente negli uffici pubblici, nelle banche e negli ospedali e solo negli anni Sessanta si è diffuso in modo capillare. Era considerato un vero lusso e ricordo bene quando i miei lo fecero installare: era un *duplex*, grande, nero, a parete. Era gestito dalla SIP. Da allora ne è stata fatta di strada ma la vera svolta è stata provocata dall'informatica. Pensa che solo negli anni Ottanta sono arrivati i primi computer, i videoregistratori e i CD. Internet, invece, si è diffusa negli anni Novanta, più o meno contemporaneamente ai cellulari».

«Vi mancavano molte cose utili e divertenti!» esclama Eleonora.

«Quando una cosa non esiste, non se ne sente la mancanza eppure dopo ci si chiede come fosse possibile farne a meno» ammette la mamma.

Un *bip* annuncia l'arrivo dell'ennesimo SMS del babbo che chiede loro notizie. Eleonora digita immediatamente la risposta poi chiede:

«Pensi che gli dispiaccia essere a casa da solo?».

«No. Anzi. È un topino nel formaggio. Organizzarsi a proprio piacimento, ogni tanto, è piacevole. Poi, quando sei a casa, lo coccoli di continuo. Siete sempre stati molto uniti».

«Però da piccola, quando non stavo bene volevo solo te. Ricordi quando mi ruppi il braccio cadendo dal dondolo?».

Luciana rivede quella scena come fosse oggi.

«Entrasti in casa mogia mogia e quando ti chiesi cosa fosse successo, scoppiasti in un pianto dirotto. Una volta che ti fosti calmata, guardai il braccio e ti portai all'ospedale. Stavi incollata a me, fiduciosa e tranquilla. Stranamente non sentivi male. Poi ti fecero i raggi e t'ingessarono».

«Andavo fiera del mio gesso e le amiche facevano a gara per scriverci sopra!» confessa Eleonora con tenerezza, come se parlasse di un'altra bambina.

«Ti comportavi come Pollyanna che vedeva sempre il lato

positivo di ogni cosa. In effetti, era poco più di un'incrinatura» commenta la mamma accarezzandole i capelli.

Ogni sera, dopo aver cenato in hotel, passeggiano sul largo viale parallelo alla spiaggia e nel centro di Rimini. Le strade sono affollate di villeggianti e ben illuminate. I negozi, tutti aperti, espongono la loro mercanzia, i tavolini davanti ai ristoranti sono ben apparecchiati, le gelaterie hanno in bella mostra liste lunghissime in cui elencano le loro invitanti specialità. Il vociare sommesso, internazionale, è continuamente interrotto da una frase in dialetto romagnolo, da una risata, da un saluto caloroso, dalle note di una canzone, dall'abbaiare di un cane. Qua e là crocchi di persone ammirano gli artisti di strada, spesso vestiti da pagliacci per attirare l'attenzione dei bambini. I venditori ambulanti propongono oggetti che, se comprati, saranno dimenticati ancor prima del rientro a casa. L'odore caratteristico del mare si mescola agli aromi di pesce, pizza e piadina. Ce n'è per tutti i gusti! Questa è la Rimini di sempre: vitale, allegra, ingegnosa, affascinante, nottambula. È anche la Rimini inquietante e insidiosa a causa di spacciatori, sfruttatori, truffatori e borseggiatori mescolati alla folla, inevitabilmente attirati dall'enorme movimento di denaro.
Mamma e figlia osservano, conversano, commentano, ridono, stando ben attente alla borsetta. Quando sono stanche di camminare si siedono al tavolo di uno dei tantissimi locali con piano bar, all'aperto, a prendere il fresco. Ogni sera vengono suonati gli ultimi successi ed anche le romantiche evergreen che rendono magica qualunque atmosfera, pezzi forti di coloro che piacciono in modo trasversale a tutte le generazioni. Luciana immancabilmente chiede che eseguano Con te partirò di Andrea Bocelli, Caruso di Lucio Dalla e Imagine di John Lennon mentre i turisti stranieri impazziscono per canzoni molto allegre ed orecchiabili come Romagna mia di Casadei, l'italiano di Toto Cutugno, Gloria di Umberto Tozzi, Felicità di Al Bano e Romina Power, Sarà perché ti amo dei Ricchi e Poveri... che ben esprimono l'allegra atmosfera di questa terra ospitale e ruffiana. C'è chi tiene il tempo battendo

le mani o accompagna il cantante   suscitando le risate generali quando stona in modo esagerato.

Luciana aspira lentamente la sua granita dalla cannuccia di plastica mentre Eleonora sorseggia il caffè freddo su cui galleggia una schiuma densa e invitante. I loro sguardi si incrociano; sono in perfetta sintonia e momenti come quelli, stando nell'ambito delle canzoni, fanno esclamare *Che fantastica storia è la vita!* come canta da anni Antonello Venditti.

18

«Sei già sveglia? Che ore sono?» chiede Eleonora con la voce impastata di sonno.

«Le otto. Io mi alzerei. Più tardi potremmo fare un giretto al mercato, se ti va» propone Luciana, sempre mattiniera, mentre spalanca la portafinestra ed esce in balcone a scrutare il cielo..

La ragazza s'infila le ciabatte sbadigliando sonoramente e si appropria del bagno.

Nell'aria c'è un delizioso aroma di brioche e torte appena sfornate, simile a quello che avvertiva da piccola in casa della nonna Cesira. Quel ricordo le è rimasto impresso nella mente in modo indelebile tanto che ogni volta che percepisce quel *profumo di buono* pensa automaticamente a lei e a quanto fosse abile a cucinare, quasi una maga perché da niente, come diceva la mamma, riusciva a ottenere vivande prelibate.

Una decina di minuti sono sufficienti per rendersi presentabili e scendere nel ristorante dell'hotel. Il tavolo del buffet è un trionfo di aromi e colori e Luciana si dirige verso la zona dei cibi dolci ove fanno bella mostra di sé marmellate, miele, cioccolato spalmabile, brioche, biscotti, torte e crostate. È indecisa. Prende un piatto e si serve di burro e marmellata e di un panino morbidissimo. Eleonora è già seduta al loro tavolo e la sta attendendo prima di iniziare a mangiare yogurt e cereali. Un bicchiere di succo di frutta di arancia rossa trasuda freschezza.

«Mi sembra un pappone da galline!» esclama la mamma indicando la sua ciotola di vetro.

«Invece è buonissimo ed è un cibo sano» ribatte lei portandone alla bocca un cucchiaio colmo.

Per qualche minuto domina il silenzio poi entrambe si dirigono nuovamente verso il buffet per tornare subito dopo. Mamma e figlia, sedendosi, si scambiano uno sguardo complice prima di scoppiare in un'allegra risata.

«Questi cornetti ripieni di cioccolato sono troppo invitanti per non assaggiarli!» esclama Eleonora con una buffa espressione stampata sul viso mentre la mamma, soddisfatta, dopo aver sorseggiato metà del suo cappuccino, addenta un'abbondante fetta di crostata.

La vita di spiaggia, alla lunga, può essere monotona; non per loro che, rimanendo una sola settimana, se la gustano appieno. Anche questa è una bellissima giornata con il mare tranquillo e un cielo da cartolina. Il sole è ancora basso e l'aria è tiepida. Lungo il bagnasciuga numerose persone di tutte le età camminano o corrono; molte indossano la tuta ed hanno un cane. La maggior parte degli ombrelloni è ancora chiusa e madre e figlia si sdraiano al sole, sul lettino sul quale hanno disteso il loro telo da bagno. Eleonora chiude gli occhi con l'intenzione di dormire un po' mentre da una radiolina arrivano le voci inconfondibili di Luciano Pavarotti e Zucchero che cantano *Miserere* seguiti da Giorgia e Andrea Bocelli, che intonano *Vivo per lei*. Luciana scruta l'orizzonte e pregusta la nuova giornata appena iniziata. È rilassata, felice di essere lì eppure in lei, all'improvviso, emerge una nostalgia alla quale non sa resistere. La conosce bene. Ha imparato a conviverci e la mente vola lontano nel tempo, ma vicino nel cuore.

Gli *anni Novanta* sono stati terribili per la sua famiglia; sono iniziati con la morte improvvisa dello zio Giacci, che ha lasciato la moglie e due figli adolescenti, e sono finiti con le malattie della mamma e del babbo, che li hanno portati alla tomba a distanza di un mese l'uno dall'altro.
Anche Adolfo ha subito un grave lutto, quello della zia Mafalda, che gli ha fatto da mamma sostituendo in ciò la sorella, morta di parto nel darlo alla luce.
Nei momenti di maggior sconforto Luciana si è ripetuta spesso uno dei proverbi che citava la nonna Cesira: *buon tempo e mal tempo, non dura tutto il tempo*. Quando le sembrava che le crollasse tutto il mondo addosso ha dubitato di quelle parole eppure persino dolori così lancinanti si attenuano e giorno dopo giorno, senza rendersene conto, si riprende a guardare avanti. È la legge della vita.
Adolfo ed Eleonora le sono stati molto vicino, le hanno fatto

sentire il loro amore e le hanno trasmesso la voglia di reagire. Anche i rapporti con la sorella Paola, che meglio di chiunque altro può capirla, si sono fatti più saldi. Ora il sereno è ritornato e riesce a ripensare a quel periodo senza perdere la calma.

Quando morì suo fratello, Lorena fu travolta dal dolore. Piangeva, parlava continuamente di lui, usciva esclusivamente per recarsi al cimitero, mangiava pochissimo e aveva perduto interesse per ciò che la circondava. Anche quando taceva, la sua espressione disperata stringeva il cuore.

Si dice che i grandi dolori provochino un drastico abbassamento delle difese immunitarie. Sicuramente è così e, in alcune persone in modo più accentuato, inducono un'apatia che indebolisce il fisico e lo rende più vulnerabile. Da quell'evento, anche se a volte non sembrava, Lorena non si è mai più ripresa del tutto. In lei si sono spenti la voglia di vivere, l'entusiasmo e l'allegria e anche il babbo ne ha subito le conseguenze.

Un anno dopo quel lutto Luciana si trasferì a vivere nello stesso stabile dei genitori, ove già abitava Paola con la sua famiglia. Ciò fu loro di grande conforto specialmente grazie ad Eleonora che li coinvolgeva e li rallegrava con il candore e l'entusiasmo dei suoi otto anni. Ogni giorno Rino la andava a prendere all'uscita della scuola e spesso usciva con lei a passeggiare e a fare piccoli acquisti. Luciana ha ben impressa nella mente l'immagine del padre con la sporta della spesa in una mano e la nipotina nell'altra mentre chiacchierano serenamente. Pochi anni dopo, quando Rino ebbe un leggero ictus, la memoria cominciò a tradirlo e l'incedere divenne più incerto, le parti s'invertirono. Eleonora, divenuta ormai una ragazzina dolcissima e responsabile, teneva la sporta in una mano e il nonno sottobraccio. Con lui, gomito a gomito sul divano, guardava spesso i programmi per i ragazzi; *Solletico* era stato a lungo un loro appuntamento fisso.

Anche con la nonna c'era un rapporto speciale fatto d'amore, di tenerezza e di complicità. Lorena, che di solito restava in casa, adorava chiacchierare e giocare a carte con lei oppure ascoltarla leggere a voce alta. A volte la mandava dal tabaccaio sotto casa a comperare alcuni gratta e vinci, una novità per quei tempi, e si divertiva a raschiare la patina dorata. Fatto è che, come sempre succede alle persone anziane, la vicinanza dei propri cari aveva avuto un effetto terapeutico ben più benefico che qualunque medicinale e Lorena, lentamente, aveva smesso di piangere.

«Cocco. Cocco bello. Chi vuole cocco?».

Luciana, richiamata bruscamente alla realtà, trasale leggermente mentre Eleonora, portandosi una mano sulla fronte per non essere abbagliata dalla luce intensa, segue con lo sguardo una giovane donna che si offre di fare massaggi.

«Chissà da dove viene?» si chiede la mamma prima di proseguire «sembra incredibile ma in alcune parti del mondo la maggioranza delle donne vive in condizione di totale sottomissione agli uomini e non ha alcun diritto.».

«Anche in questi tempi?»

«Sicuro. Non l'hai studiato a scuola?»

«I miei testi di storia» confessa la ragazza seguendola lungo il bagnasciuga «parlavano ben poco della condizione delle donne nel mondo e, comunque, si fermavano alla fine degli *anni Ottanta* con la Perestrojka di Gorbacev, il disastro nucleare di Chernobyl, la rivoluzione di piazza Tien An Men in Cina, la caduta del muro di Berlino... Gli avvenimenti degli anni Novanta erano solo accennati. Vuoi parlamene?».

Luciana è ben felice di accontentarla e spiega:

«Con Gorbacev, che fu insignito del premio Nobel per la Pace, si arrestò la corsa al nucleare e terminò la guerra fredda con gli USA. Lui avviò nel suo Paese un deciso processo di rinnovamento e di trasparenza, che mirava a concedere più libertà e favorire lo sviluppo dell'economia. Nel 1990 fu eletto *presidente* ma aveva molti nemici ed oppositori e l'anno successivo ci fu un tentativo di colpo di Stato e rassegnò le dimissioni. Il trattato di Viskulia sancì la dissoluzione dell'Impero Sovietico, dalle cui macerie nacquero varie repubbliche autonome. Come puoi immaginare» prosegue la mamma «lo sconvolgimento è stato epocale. Molti Stati, non solo quelli dell'ex Patto di Varsavia, hanno dovuto trovare nuovi assetti politici, sociali ed economici e i rapporti internazionali sono cambiati perché si sono rotti gli equilibri che esistevano quando c'era la divisione nei due grandi blocchi, USA e URSS, con sfere d'influenza ben definite.».

Quanti ricordi! Luciana rivede come fosse ora una giovane Lilli Gruber, in posa di tre quarti, che espone le ultime notizie riguardanti quei Paesi e lancia filmati con carri armati, manifestazioni popolari, comizi elettorali, persone disperate o festanti a seconda dei luoghi e delle occasioni. Ricorda i servizi riguardanti il crollo del comunismo in Romania, Cecoslovacchia, Polonia, Ungheria. Altre immagini si sovrappongono a quelle. Riguardano soprattutto la prima guerra del Golfo con i terribili bombardamenti, seguiti spesso in diretta televisiva dalla CNN, delle forze ONU sull'Iraq di Saddam Hussein e gli orrori della violentissima guerra civile in Bosnia-Erzegovina. Pochissimo si era parlato invece del genocidio perpetrato in Rwanda dagli Hutu contro la minoranza Tutsi. Circa un milione di vittime tra l'indifferenza di tutti. Sempre in quegli anni, in Italia, la cronaca nera aveva riportato notizie relative ai crimini poi alla cattura della banda della Uno bianca, che aveva provocato il terrore nel bolognese per quasi un decennio, e alle gesta di Una Bomber, l'attentatore seriale che seminava ordigni esplosivi nel nord-est. La fisionomia di un riccioluto Enrico Mentana, dalla parlata velocissima mentre presenta il TG5, si sovrappone nei ricordi a quella di altri validi giornalisti televisivi e della carta stampata di quegli anni, alcuni dei quali scomparsi o ormai in pensione da tempo: Andrea Barbato, Giorgio Bocca, Angela Buttiglione, Emilio Fede, Paolo Frajese, Carmen Lasorella, Indro Montanelli, Italo Moretti, Ruggero Orlando, Mario Pastore, David Sassoli, Bruno Vespa, Ugo Zatterin, Sergio Zavoli... e il mitico Enzo Biagi, che Luciana ha sempre apprezzato. Di lui ha letto molto e seguito quasi tutte le trasmissioni televisive a partire da *Dicono di lei* fino a *Il fatto*, caratterizzate da storiche interviste. Anche nei riguardi di Mino Damato nutre grande ammirazione perché, smessi gli abiti del giornalista, si è dedicato al volontariato facendo dei bambini orfani e ammalati il suo motivo di esistere, battaglia condivisa anche dal simpatico Lino Banfi, ambasciatore dell'UNICEF. Un flash le riporta le immagini angoscianti dell'assassinio di Ilaria Alpi, la giovane giornalista uccisa in Somalia dove pare stesse indagando su un traffico internazionale di armi e rifiuti tossici.

«Che cosa è successo in Russia dopo il crollo del comunismo?» chiede Eleonora per l'ennesima volta.

Luciana ritorna a fatica alla realtà.

«Il Paese è precipitato nel caos ed è scoppiata la lotta tra lo Stato e gli Oligarchi, uomini d'affari potentissimi che gestivano i settori dell'economia più importanti e redditizi » spiega Luciana.

«Cioè? Avevano il monopolio? Erano mafiosi?» sintetizza Eleonora.

«Da quello che hanno riportato i media, suppongo che possano definirsi così; di certo l'Impero sovietico collassò. Per televisione trasmisero servizi in cui si vedeva il popolo alla fame e al freddo che faceva interminabili file per ottenere qualcosa da mangiare» ricorda Luciana.

«Il presidente era Eltsin, vero?».

«Sì. Era succeduto a Gorbacev».

«Mmm» mormora Eleonora «a volte critichiamo l'Italia ma mi sa che, tutto sommato, questo sia davvero il *Bel Paese*!».

Il silenzio della mamma è eloquente.

«Non sei d'accordo? Qui cos'è successo in quel periodo?».

«Purtroppo non sono mancati gli scandali: quello delle carceri d'oro, quello delle ferrovie, quello della sanità, quello del caso Gladio, quello di Tangentopoli...».

«Di questi fatti mi ricordo. Se n'è parlato a lungo e il nonno seguiva varie trasmissioni e le fasi di alcuni processi» la interrompe Eleonora facendole poi cenno di continuare.

«Il pool di *mani pulite* con vari magistrati tra i quali Antonio Di Pietro indagò su faccendieri e politici corrotti che incassavano tangenti in cambio di appalti per lavori pubblici, permessi edilizi e via dicendo. L'opinione pubblica era sdegnata, il Governo costituito da DC, PLI e PSI, con Craxi presidente del Consiglio, cadde e le Camere furono sciolte anticipatamente. Fu creato un Governo tecnico e i partiti all'opposizione raccolsero grandi consensi. Sempre all'inizio degli anni Novanta Achille Occhetto, che era il segretario del

PCI, ritenne che servisse una svolta, forse per non essere travolti dal crollo degli altri regimi comunisti e in seguito al XX Congresso tenutosi a Rimini, il PCI si trasformò in PDS. In breve gli uomini di punta divennero Veltroni, D'Alema e Fassino, mentre dal vecchio partito uscirono dei dissenzienti, anche nomi storici come Cossutta e Bertinotti, che costituirono Rifondazione Comunista. Intanto la Lega Nord si radicava nel nord-est al grido di *Roma ladrona*, l'MSI diventava Alleanza Nazionale e molti politici anche di spicco uscivano dalla scena spesso travolti da scandali e coinvolti in processi. Bettino Craxi, che negli anni precedenti era stato molto potente, si rifugiò in Tunisia e non fece più ritorno in Patria».

«Ricordo che ammise di aver ricevuto finanziamenti per il PSI e dichiarò che era prassi consolidata in tutti i partiti» la interrompe Eleonora.

«Sì e come puoi immaginare attorno a lui si fece il vuoto. Forse la Storia, tra qualche decennio, ci dirà che era uno statista abile e lungimirante. Di sicuro aveva molti nemici anche a causa del suo carattere decisionista e poco malleabile. Mah!» mormora la mamma perplessa prima di riprendere la spiegazione con rinnovato vigore «Intanto la mafia continuava a spadroneggiare nonostante la creazione della Procura Nazionale Antimafia. Furono enormi il clamore e lo sdegno suscitati dall'assassinio dei giudici Giovanni Falcone e Paolo Borsellino» la voce di Luciana trema ripensando a quegli episodi tremendi poi riprende il racconto, lentamente: «A metà anni Novanta nacque Forza Italia che, alleandosi con Lega Nord, Alleanza Nazionale e Centro Cristiano Democratico, costituì il Polo della Libertà e vinse le elezioni. Silvio Berlusconi, leader indiscusso, ottenne enorme consenso e divenne Presidente del Consiglio dominando la scena politica sostenuto dai suoi alleati Bossi, Fini e Casini. S'iniziò a parlare di Seconda Repubblica».

«Mi sembra di ricordare che anche la nuova coalizione non abbia portato quella stabilità di cui c'era tanto bisogno!» esclama Eleonora che all'epoca aveva undici anni.

«Tieni presente che il periodo era oggettivamente difficile ma, in effetti, quel Governo presentò una Finanziaria con tagli a pensioni e sanità e soprattutto un decreto legge, detto *salva tangente*, per diminuire le pene comminate per reati di corruzione e concussione. Fu un suicidio politico e la Lega Nord abbandonò la maggioranza. Seguì un Governo tecnico» risponde la mamma.

«Poi fu la volta di Romano Prodi. Vero?» chiede Eleonora.

«Esatto. Era a capo della coalizione di centro-sinistra chiamata Ulivo. L'Italia centrò gli obiettivi fissati dal trattato di Maastricht ed entrò nella *zona euro*, eppure anche quel Governo durò poco e cadde per un solo voto. Gli successe il Governo D'Alema. Intanto il PDS era divenuto DS. E siamo arrivati alla fine del ventesimo secolo».

«In quel periodo negli USA c'era Bill Clinton?»..

«Sì. È stato presidente tra George Bush padre e George Bush figlio. In Russia c'era Vladimir Putin, in Inghilterra la regina Elisabetta II con Tony Blair primo ministro, in Germania il cancelliere Schroder, in Francia il presidente Jacques Chirac e in Spagna re Juan Carlos I di Borbone aveva come primo ministro José Maria Aznar» spiega la mamma con l'indice destro sulla fronte, quasi la aiutasse a ricordare meglio.

Eleonora, che l'ha ascoltata con attenzione, commenta:

«Da noi i Governi non arrivano mai alla fine del mandato. Ci riuscirà questo?».

«Mah!» risponde la mamma dubbiosa prima di commentare: «La cosa preoccupante è che più la situazione è difficile e più le persone si estraniano dalla politica invece, almeno voi giovani, dovreste far sentire la vostra voce, senza violenza, perché quella non è mai giustificabile, ma con determinazione. Tanto per cominciare, esercitate il diritto di voto perché con l'assenteismo lasciate campo libero a chi vuole decidere al posto vostro!».

Mentre continuano a camminare, l'altoparlante trasmette musica, pubblicità e gli immancabili avvisi di bambini e anziani che si sono perduti. Il caldo è intenso anche se dal mare arriva una brezza leggera. La sabbia è ormai rovente. Un signore di mezza età, arzillo ed impettito, passa a poca distanza e loro, ripetendo il solito gioco, lo fissano con insistenza salvo poi distogliere lo sguardo fingendosi imbarazzate e scoppiare a ridere subito dopo. Immancabilmente lui esamina il suo corpo tentando di capirne il motivo, si sistema il costume... Altra persona, stessa scena, altre risate... fino ad avere il mal di stomaco.

«Sei più discola di me!» esclama Eleonora.

Luciana notando il suo viso arrossato, esamina le braccia e le spalle.

«Ci siamo bruciate. Eppure abbiamo usato la crema!».

«Ci converrebbe non tornare in spiaggia dopo la siesta. Potremmo fare un po' di shopping» propone la ragazza ammiccando e al cenno di assenso della mamma si sfrega le mani soddisfatta.

Dopo un ottimo pranzetto, Luciana si rilassa sul dondolo nel giardino ombroso dell'hotel. Mentre guarda distrattamente la figlia che ascolta musica dalle cuffie dell'iPod, ricordi e pensieri si accavallano nella sua mente.

L'intensa attività sindacale che ha svolto nell'ultimo decennio l'ha fatta crescere umanamente e diventare molto sensibile verso le problematiche riguardanti il mondo del lavoro. Rivede i visi dei colleghi che le hanno chiesto aiuto o esternato i loro disagi derivanti da ritmi di lavoro troppo sostenuti, carenza di organico, un trasferimento indesiderato, il mancato accoglimento di una richiesta di part-time... I più non si lamentavano del fatto che lo stipendio, specialmente dopo l'avvento dell'euro, avesse perduto potere d'acquisto. Realtà indiscutibile. Le donne, in particolar modo, chiedevano di godere di condizioni che consentissero loro di conciliare casa e lavoro perché, nonostante il Sessantotto, tante chiacchiere e tavole rotonde, erano impegnate su tutti i fronti nel ruolo di lavoratrici dipendenti e, nello stesso tempo, di madri, mogli, figlie, casalinghe, badanti... e, tra un'operazione di cassa e l'altra, pensavano a cosa cucinare per cena, alla montagna di biancheria da stirare, alla febbre del figlioletto, al ricevimento dei professori. Le donne, alcune delle quali amiche carissime, spesso dovevano dimostrare il doppio per avere gli stessi incarichi e le stesse soddisfazioni dei loro omologhi maschi. Loro, pilastro della famiglia e della società, a casa, a volte, non avevano solo i figli che le adoravano e le abbracciavano strette strette chiamandole mammina, ma anche un marito manesco che sfogava su di loro la sua incapacità di affrontare responsabilità ed insuccessi. Più di una volta una collega aveva sollevato la manica del maglioncino per mostrarle un livido. Le si gonfiava il cuore e le dava l'unico consiglio possibile:

«Non scusarlo, non coprirlo. Se ne approfitterà sempre di più. Parlane ai tuoi genitori. Denuncialo».

«È preoccupato perché teme di perdere il lavoro. È depresso e nervoso ma non è cattivo. Ha detto che non lo farà più. Questa volta gli credo. Mi ha portato il ghiaccio da mettere sul livido. Era pentito» si sentiva rispondere sovente.

«Non c'è motivazione che regga. Dagli lo stop» insisteva lei.

«Scusa se ti ho disturbato. Immagino che succeda ad altre ma, per carità, che nessuno lo sappia!» tagliava corto la collega già pentita per essersi sfogata.

Luciana se ne andava frustrata, arrabbiata, lei pure ferita chiedendosi a cosa servissero le leggi contro i maltrattamenti, sulle pari opportunità, sullo stalking e i numeri verdi cui rivolgersi. A casa a volte ne parlava al marito e ad Eleonora.

«La violenza in famiglia è più frequente di quanto si creda e, per quanto sembri impossibile, a volte sono proprio le vittime a permetterla perché la minimizzano e la tollerano per troppo amore o perché si vergognano a confessarla o perché credono di non avere scelta. Tali uomini sono abili nel manipolare e fanno di tutto per isolare la donna da parenti e amici, in modo da averla in loro potere. Avete presente i documentari sugli animali feroci quando vanno a caccia? Usano la stessa strategia: separano la preda dal branco per poi sopraffarla».

«Bisogna essere autolesioniste per subire!» esclamava Eleonora turbata e la mamma spiegava:

«Quello che stupisce è che spesso le vittime sono donne istruite, economicamente indipendenti, piacenti e in apparenza equilibrate. In realtà sono insicure, influenzabili, temono la solitudine e credono che, facendosi sottomettere, l'uomo non le lascerà mai. Arrivano persino a convincersi di meritare i maltrattamenti o che una scenata di gelosia, anche se trascende nella violenza, sia una dimostrazione di amore».

«Non capiscono che hanno a che fare con uomini malvagi?» chiedeva Eleonora.

«Tieni presente che c'è chi subisce senza neppure rendersene conto, almeno all'inizio, perché di solito tutto inizia con la sottomissione psicologica che mina la sicurezza della persona, la capacità di giudizio, la volontà di reagire e di farsi valere» spiegava la mamma. «L'uomo che la attua è falso, subdolo e spesso si atteggia a vittima. Senza averne l'aria, ma anzi fingendosi addirittura premuroso, controlla la compagna di continuo, magari per mezzo del cellulare e persino del suo estratto conto bancario, pretende che sia sempre a sua disposizione e vuole sapere sempre cosa fa, dove va, chi vede, a chi telefona, quanto spende e la manipola in modo che faccia solo ciò che vuole lui, esegue metodicamente un vero e proprio lavaggio del cervello che la rende succube e convinta di non essere in grado di affrontare da sola neppure le situazioni più semplici. Lui, nel contempo, però, esige la massima libertà, fa tutto ciò che gli pare e mette in risalto sé stesso valorizzando ciò che fa o, meglio, ciò che dice di fare».

«È un po' come essere ipnotizzate, plagiate, stregate! A me non succederà mai» commentava immancabilmente Eleonora e la mamma di rimando:

«Lo spero bene. Non devi permettere a nessuno di manovrarti e di ragionare al posto tuo né, ovviamente, di frapporsi tra te e la tua famiglia».

L'attività sindacale si era rivelata più stressante e faticosa di quanto Luciana si sarebbe aspettata perché il mondo del lavoro stava cambiando radicalmente, in peggio; il taglio dei costi era l'imperativo generale e si parlava con sempre maggiore insistenza di esuberi, flessibilità e produttività. Nel settore del credito si dovevano fare i conti con crisi delle borse, concorrenza straniera, parametri europei da rispettare, aggregazioni. Come se non bastasse, furono introdotte norme restrittive riguardanti il diritto di sciopero e nuovi tipi di contratti di lavoro che spalancavano le porte alla precarietà. Gli anni più impegnativi e stressanti furono quelli in cui la sua azienda entrò a far parte di un grande *gruppo bancario* poi di un altro, poi di un altro ancora. Luciana era sempre stata scettica riguardo alle fusioni, iniziate in Italia con i colossi delle telecomunicazioni e poi divenute fenomeno inarrestabile e diffusissimo in tutti i settori. Tali operazioni, che il sindacato non poteva impedire ma solo tentare di gestire limitando i danni, promettevano vantaggi a favore di azionisti, clientela e dipendenti ma presentavano aspetti negativi enormi: esuberi di personale, trasferimenti, esternalizzazioni, peggioramento delle condizioni di lavoro per i dipendenti oberati da responsabilità e budget assurdi... Salvaguardia dei posti di lavoro e omogeneizzazione dei contratti erano state le massime priorità, impresa ardua vista l'indisponibilità delle aziende a migliorare chi stava peggio e quella del sindacato a peggiorare chi stava meglio. Intanto il divario tra i compensi dei vertici e quelli della base continuava ad aumentare!

Luciana si recava in altre città per partecipare a riunioni interminabili e ad estenuanti trattative e più la situazione era difficile, più lei si sentiva coinvolta. Non contava più gli scontri che aveva dovuto affrontare e le notti insonni in cui aveva avuto la sensazione di dover scegliere il male minore per il bene dei colleghi. Sempre aveva cercato di tutelarli al meglio, anche se probabilmente a volte non ci era riuscita. Negli ultimi anni aveva accusato la fatica e lo stress nonostante loro, specialmente quelli che la conoscevano meglio, non le avessero mai fatto mancare il loro sostegno. Eppure...

«Io so che sei onesta e che t'impegni ma molti, specialmente i giovani, hanno una scarsissima considerazione per i sindacalisti» le confidava la figlia.

«È un male che le persone, per colpa di alcune mele marce, perdano fiducia però le capisco perché si tende a generalizzare! La realtà è che la perfezione non esiste, in nessun contesto» ribatteva Luciana con apparente indifferenza, eppure la feriva che la figlia preferisse glissare con gli amici sulla sua attuale attività mentre, invece, avrebbe desiderato che ne fosse orgogliosa.

In quel periodo Eleonora qualche volta rimaneva a casa col papà. Luciana le telefonava spesso cercando di farle sentire la sua presenza in mille modi. Lei era una ragazza sensibile e responsabile, una brava studentessa e, come tutte le sue coetanee, stringeva nuove amicizie, viveva i primi amoretti, iniziava a frequentare le discoteche. Finito il precedente periodo in cui indossava gli enormi pullover del babbo, ora faceva man bassa tra gli abiti, le borse e i cosmetici della mamma, forse per sentirla più vicina quando non c'era. Le pagine dei suoi diari in quegli anni erano piene di cuoricini, stelline, pensieri, brevi poesie, testi di SMS, episodi che l'avevano in qualche modo colpita, liste di nomi con relativi recapiti telefonici, ritagli di giornale dell'adorato Roberto Baggio col suo inconfondibile codino. Sulla scrivania accanto a libri e quaderni c'erano ninnoli e pile di CD. Era il periodo in cui impazziva per Thake That, Spice Girls, Madonna, Michael Jackson, Anastacia, David Bowie, Ricky Martin, Enrique Iglesias, Oasis, Vasco Rossi, Gianna Nannini, Luciano Ligabue, Laura Pausini, Tiziano Ferro, Jovanotti...

Madre e figlia non avevano perduto l'abitudine di conversare specialmente durante le loro lunghe passeggiate che le conducevano immancabilmente nel bellissimo centro storico della città per osservare i capi esposti nelle vetrine dei negozi di abbigliamento con tappe obbligate in Galleria Cavour, Pavaglione, via Farini, via D'Azeglio, via dell'Indipendenza... Per *TV* sceglievano programmi rilassanti e divertenti come quelli condotti dai *numeri uno* Pippo Baudo, Carlo Conti, Fiorello, Gerry Scotti, Fabio Fazio, Paolo Bonolis, Antonella Clerici, Milly Carlucci, Simona Ventura, Fabrizio Frizzi, Amadeus…, *Striscia la notizia* con gli esilaranti Greggio e Iacchetti e le puntate, in precedenza registrate, di *Beautiful*, così come avevano fatto negli anni Novanta con quelle della soap *Santa Barbara*. Eleonora aveva una vera predilezione per Maria De Filippi e seguiva le sue trasmissioni *Uomini e donne* ed *Amici*.

Quando la figlia si ritirava in camera sua, Adolfo e Luciana chiacchieravano a lungo e guardavano film o documentari ma anche trasmissioni più fuori dalle righe come quelle di Michele

Santoro, Giovanni Floris e Gad Lerner col risultato che, immancabilmente, s'indignavano per gli scandali e le ingiustizie di cui venivano a conoscenza. In seconda serata seguivano *Porta a Porta* condotta da Bruno Vespa che, con tono pacato e indiscutibile professionalità, spaziava dalla politica all'economia a fatti di cronaca nera agghiaccianti seguito, più tardi, dal garbato Gigi Marzullo, il signor *si faccia una domanda e si dia una risposta*. Era anche il periodo del boom dei programmi di cucina e Luciana, quando poteva, seguiva *La prova del cuoco,* condotto dalla frizzante Clerici.

Adolfo continuava a seguire lo sport in dosi massicce e così come negli anni Novanta si era appassionato alle imprese memorabili dei campionissimi Marco Pantani, Alberto Tomba e Debora Compagnoni, negli anni Duemila, rivolgeva la sua attenzione soprattutto alle corse in moto, tifando per un invincibile Valentino Rossi, e a quelle automobilistiche che davano enormi soddisfazioni con la rossa Ferrari, vero orgoglio nazionale, pilotata da uno strepitoso Michael Schumacher. Il campionato di calcio restava un punto fermo con un debole per la squadra del Cagliari, risalente ai tempi del goleador Gigi Riva, e l'abbonamento per il Bologna, amatissimo ma spesso deludente. Tale passione aveva contagiato Eleonora così, padre e figlia, abbonati alla squadra cittadina, si recavano insieme allo stadio e seguivano abitualmente programmi sportivi come *Quelli che il calcio.*

Luciana optava per l'*Arena,* condotta da Massimo Giletti e, durante le accurate pulizie del fine settimana, non si stancava di riascoltare i suoi cantanti preferiti tra i quali svettavano il fantastico Andrea Bocelli, dalla voce potente e aggraziata, messaggero del bel canto italiano in tutto il mondo, Eros Ramazzotti, l'imbronciato ragazzo di periferia che una canzone dopo l'altra aveva conquistato schiere di ammiratori e la *Grande, grande, grande* Mina.

19

Ieri Luciana ha pensato molto agli ultimi dieci anni trascorsi. È difficile fare bilanci. Nel sindacato si è buttata a capofitto dopo quel terribile periodo in cui la mamma aveva manifestato i primi sintomi della malattia e in tre mesi era deceduta. Il babbo, colpito da un nuovo ictus, l'aveva raggiunta soltanto un mese dopo. Quanto si era disperata! Quanto aveva pianto, di notte, nel suo letto e in quelli dei numerosi alberghi in cui aveva pernottato quando era in altre città per partecipare a difficili trattative! Un profondo sospiro le sfugge dalle labbra socchiuse mentre guarda Eleonora che dorme distesa, nel lettino di fianco al suo. La spiaggia non è molto affollata e il sole le riscalda la pelle. Ciò nonostante un brivido attraversa il suo corpo mentre risente la voce della mamma.

«Faccio fatica a digerire e il male alla schiena non mi dà tregua. Poi mi sento stanchissima».
«Cos'ha detto il medico?» s'informano le figlie.
Lorena versa il caffè nelle tazzine e risponde mestamente:
«Mi ha prescritto un'ecografia. L'ho già prenotata».
Intanto osserva il marito seduto sul divano. Rino, che ha appena terminato la riabilitazione dopo la frattura del femore, ascolta con lo sguardo smarrito. È sempre più smemorato ed incapace di fornirle aiuto e sostegno. Anzi, ne ha bisogno lui.
«Non preoccuparti. Sarà una sciocchezza» la rassicura Paola e per sdrammatizzare prende a parlare di cose futili.

«Spero che non sia nulla di grave» confessa alcuni giorni dopo Luciana al marito non riuscendo a nascondere l'ansia che la pervade. Adolfo abbassa il volume della televisione, distogliendo lo sguardo da una esuberante Mara Venier e tenta di rassicurarla: «Non essere pessimista».
«Mia mamma non è tipo da dare peso a un semplice malessere. Non l'ho mai vista ammalata e non l'ho mai sentita lamentarsi per la salute! Se dice che sta poco bene, sta davvero male. Ha detto che non si sente neppure di venire a

Sparvo. Non è mai successo. Mai»

Adolfo chiede incredulo:

«Non vengono su con noi?».

Al cenno di diniego di Luciana anche la sua espressione diventa seria.

Le vacanze a Sparvo, quell'anno, sono diverse da tutte le altre senza le mattinate trascorse in giardino a conversare, le solite visite ai parenti, le allegre mangiate tutti insieme... Luciana avverte la mancanza dei genitori e della sorella ed è in ansia. Varie volte al giorno telefona alla mamma:

«Come stai?» s'informa.

«Ho dormito pochissimo perché avevo male alla schiena. Poi non digerisco nulla» è la sua risposta, sempre uguale.

«Hai l'esito degli esami?» s'informa Luciana.

«Sì, non vanno bene e debbo farne altri» mormora mestamente.

Luciana non vede l'ora di tornare in città per esserle vicina, vederla di persona ed aiutarla e il rientro viene anticipato.

Alcuni giorni dopo muore la principessa Diana Spencer coinvolta in un incidente d'auto avvenuto a Parigi. Non si parla d'altro; tutti i telegiornali trasmettono filmati e interviste, si fanno ricostruzioni, congetture e illazioni. Poi il funerale, solenne, molto partecipato, con inquadrature commoventi ai figlioletti. In settembre muore Madre Teresa di Calcutta, che per tutta la vita ha aiutato poveri e sofferenti. Luciana versa un mare di lacrime, non sa bene perché ma sente il bisogno di piangere, mentre avverte un'enorme tristezza, una disperazione crescente non ancora avvallata dai responsi ufficiali dei medici ma... è questione di pochi giorni. Altri esami in regime di day hospital poi Lorena è ricoverata in ospedale per nuovi accertamenti e arriva il responso. Netto, inappellabile.

«Ha tre mesi di vita» sentenzia il professore al quale Luciana e Paola si sono rivolte.

«Tre mesi!? Non c'è nulla da fare? Nessuna cura, un intervento chirurgico? Neppure all'estero?» chiedono incredule, scoppiando in lacrime.

«Non ve lo aspettavate? Nessuno vi aveva accennato la gravità delle sue condizioni?» chiede cortesemente lui.

«No» confermano le sorelle. «Avevamo timori, sospetti, ma nessuna evenienza del genere ci è stata comunicata dai medici che l'hanno visitata finora».

È il 20 di settembre ed il ritorno a casa è molto mesto.

Con la mamma non c'è bisogno di parole crudeli che la farebbero soffrire ancora di più. Lei non pone domande e loro preferiscono comportarsi con naturalezza, per quanto possibile. Hanno spesso gli occhi rossi e lei finge di credere che ciò sia dovuto all'uso del computer ma si sa che alle mamme nulla sfugge. Chi ci conosce meglio di loro?

Ogni mattina prima di recarsi al lavoro passano da lei. È ancora autosufficiente quanto basta per alzarsi qualche ora il giorno e cucinare per il marito e per sé. Mangia pochissimo perché ogni cosa ha un sapore orribile. Il babbo, non certamente per sua colpa, non si rende conto della situazione e si lamenta perché lo ha lasciato una settimana a casa da solo. Luciana gli ha spiegato che Lorena è stata ricoverata all'ospedale ma lui, dopo un po', ricomincia a brontolare e a rimproverarla perché sta a letto più del solito. La mamma sospira e lo lascia dire.

La radio ha fornito l'ennesimo aggiornamento riguardante il terremoto di Marche ed Umbria poi trasmette un'intervista a Luciano Pavarotti, orgoglio della lirica italiana, che spesso si esibisce con Placido Domingo e José Carreras. Il Maestro, famoso in tutto il mondo, da tempo organizza la manifestazione benefica *Pavarotti and Friends*, alla quale partecipano i più famosi cantanti mondiali, accompagnati da orchestrali eccellenti diretti da personaggi del calibro di Zubin Mehta e Riccardo Muti.

«Luciana devo chiederti una cosa» sussurra Lorena con espressione seria, guardandola diritta negli occhi.

Sono sole. Il cuore fa una capriola, perde un battito ma la voce, quasi non le appartenesse, risponde prontamente:

«Dimmi mamma».

«Tienimi a casa, se ce la farai. Ho il terrore degli ospedali.

L'ho sempre avuto».

Non aggiunge altro. Non dice *quando peggiorerò* o *quando starò per morire* ma aspetta la risposta trattenendo il respiro.

Il lieve ticchettio dell'orologio a muro sembra essere assordante e Luciana, colta alla sprovvista, scoppia in lacrime. Non l'ha mai fatto di fronte a lei ma non riesce a trattenersi. La mamma aspetta che si calmi e intanto cerca di consolarla.

«Non disperarti. È normale veder morire i genitori. Il contrario sarebbe contro natura».

Lentamente i singhiozzi si diradano e a Luciana torna la voce quanto basta per pronunciare la promessa più sacra di tutta la sua vita:

«Stai tranquilla».

Tanto basta. Lorena è sollevata e da quel giorno dalla sua bocca non uscirà mai né un rimprovero, né un lamento. Si fida completamente delle figlie ben sapendo che faranno tutto quanto in loro potere per alleviarle sofferenze e preoccupazioni. È consapevole, lucida e vigile ed ha la tranquillità della rassegnazione. Persino in quella circostanza si annulla e pensa a loro. Luciana è colpita da tanto altruismo e dignità e si chiede:

«Com' è possibile che ogni giorno ci siano persone che si uccidono o uccidono altri esseri umani dimostrando così poco rispetto per la vita?».

Le sorelle, alternandosi, restano tutto il giorno con lei e notano con dolore ogni cambiamento. Nel giro di un mese non si alza più dal letto. Da seduta, con due cuscini dietro alle spalle, manda giù a fatica poche cucchiaiate di pastina in brodo. Poi neppure quella.

Il telefono suona spesso. Sono parenti che la cercano ma lei si fa negare. Non ha voglia di dare spiegazioni e trascorre le giornate fissando il vuoto.

Luciana vorrebbe chiederle: "A cosa stai pensando?" ma si trattiene sia perché teme la riposta sia perché non vuole metterla nella condizione di mentire.

In realtà per lei la mamma è un libro aperto.

Le sue condizioni peggiorano ancora e iniziano ad

assisterla i volontari dell'ANT. Ogni mattino un medico o un'infermiera arriva puntuale, premuroso ed offre la sua professionalità. La visita, le somministra i medicinali, cerca di incoraggiarla con modi e parole gentili. Senza di loro probabilmente Luciana non riuscirebbe a mantenere la promessa fatta specialmente ora che Lorena non può stare sola neppure un attimo. Dorme con lei. Dorme, per la verità, è un eufemismo. Risponde al vero, invece, dire che si corica di fianco a lei nel lettone e resta così, al buio, con le orecchie tese ad ascoltare il suo respiro, allarmandosi sia se è troppo forte sia se è flebile. Poi ci sono notti da incubo in cui la mamma trema e batte i denti per il freddo. Luciana le fa bere un po' di tè caldo, la massaggia, la riscalda con il phon. Poi, finalmente, il tremore si attenua e si appisola per brevi periodi. Non ha dolore. Almeno questo!

Anche Rino peggiora a vista d'occhio. È frastornato, agitato, confuso e, a volte, se la prende con i medici perché, a suo dire, non la curano in modo adeguato. Di notte va a dormire nell'appartamento sottostante, nella camera degli ospiti di Luciana. È ormai impossibile assistere la mamma e contemporaneamente accudire adeguatamente lui per cui la decisione è inevitabile: il babbo è portato provvisoriamente in una casa di cura. È vicina a casa e ogni giorno vanno a trovarlo.

Dopo una settimana Lorena non si mette neppure più seduta nel letto. Un cucchiaio d'acqua ogni tanto, giusto per inumidire la bocca e flebo interminabili per alimentarla e somministrarle i medicinali. È sempre perfettamente lucida. Una vera crudeltà!

Luciana è distrutta sia per la tensione continua, che per la mancanza di sonno, che per il dolore. A volte, di pomeriggio, Silvia la sostituisce due orette e lei ne approfitta per far compagnia ad Eleonora e sbrigare qualche faccenda domestica. Di sera arriva Paola dal lavoro e resta con la mamma qualche ora.

A metà dicembre, vedendo la moglie prostrata, Adolfo s'impone:

«Almeno di notte vai nel tuo letto e cerca di dormire un po'.

Restiamo qui tua sorella ed io».

Luciana si lascia convincere e, anche se quando sta lontana dalla mamma è ancora più in apprensione di quando le sta vicina, riesce a riposare un po'. In compenso di giorno ora è un vero inferno. La mamma inizia ad avere emorragie copiose, a volte perde conoscenza e comincia a essere addolorata. Il medico le prescrive la morfina e due notti dopo...

«Devi farti coraggio» la voce del marito scoppia nella sua mente nonostante sia particolarmente flebile e dolce.

«No. NO!». Tutto il suo essere grida no. Eppure il momento è arrivato. Corre su con il cuore in tumulto e irrompe nella camera dove la mamma giace sul suo letto. Così vicina eppure tanto lontana. Irraggiungibile. Per sempre. Tre mesi avevano detto e tre mesi esatti sono stati. È Natale ma non è Natale. Non lo sarà mai più, per lei.

Il mese seguente è dedicato completamente al babbo.

Nella casa di cura si trova benino ma desidera tornare a casa e Luciana si mette in cerca di una badante. Gli è stato detto, con tatto, che la mamma è morta. Ha capito perché gli è scesa qualche lacrima, ha preso fuori il fazzoletto e si è soffiato il naso. Luciana è intenerita. Solo due anni prima era volitivo ed energico. Ora è tanto vulnerabile!

Il giorno successivo torna da lui. È adirato.

«Come mai tua madre non viene mai a trovarmi?».

Luciana ha un tuffo al cuore.

«Non ricordi che è morta?».

Anche solo pronunciare quelle parole è una tortura.

«Ah, già. Mi ero dimenticato» sussurra e il mento gli trema per la commozione.

Il medico non è incoraggiante.

«Signora, è impossibile portarlo a casa adesso. Aspetti almeno di vedere gli effetti della cura che gli stiamo facendo!».

La telefonata arriva all'improvviso e annuncia il suo decesso. Luciana ha netta la sensazione che lui, pur con la mente annebbiata, non avesse alcuna voglia di proseguire il suo cammino senza la moglie. Le sorelle sono distrutte. È accaduto tutto troppo in fretta!

Luciana ci ha messo anni per riuscire a pensare a quei giorni senza sentire il cuore scoppiarle nel petto, per riuscire a parlarne senza piangere. E' un misto di dolore e rabbia. Ogni discorso, ogni silenzio, ogni sguardo, ogni sospiro, ogni fremito sono scolpiti nella sua mente e nel suo cuore. Il sentimento profondo di vera riconoscenza per i volontari dell'ANT non l'abbandonerà più.

L'incanto del mare questa notte non sortisce alcun effetto e Luciana non riesce a prendere sonno.

"Ricordare quel periodo terribile mi ha fatto agitare!" si dice rigirandosi per l'ennesima volta nel letto mentre la musica martellante della vicina discoteca invade la camera attraversando i vetri della portafinestra.

"È mai possibile che si debba tenere il volume così alto? Quei ragazzi, quando escono, inevitabilmente sono storditi e un po' più sordi di quando sono entrati! Poi ci si meraviglia delle stragi del sabato sera! Ci vuole tanto a promulgare una legge che stabilisca limiti più accettabili? Per il loro bene, prima di tutto!" sbotta tra sé e sé innervosendosi sempre di più man mano che trascorrono i minuti.

Eleonora dorme saporitamente accanto a lei.

"E l'orario?" si chiede dopo avere guardato per l'ennesima volta le lancette fosforescenti dell'orologio. "Ti pare che le discoteche debbano aprire all'una di notte e chiudere a giorno fatto? Ci vorrebbe tanto a fissare l'apertura alle dieci e la chiusura alle due, com'era una volta? Già, ma i padroni di bar e pub sarebbero contrari perché, così facendo, i ragazzi non andrebbero prima a spendere da loro! Fatto è che quando arrivano a ballare sono già stanchi e un po' brilli! Poi lo Stato fa le campagne anti-alcool. Ma chi prende in giro? Io imporrei di distribuire bottigliette di acqua minerale, comprese nel prezzo del biglietto di entrata, invece i ragazzi che hanno sete sono costretti a bere solo intrugli dannosi".

Luciana è sempre più sveglia.

Zzzz, Zzzz, Zzzz. Tende l'orecchio.

"Una zanzara? Ci mancava anche questa! No. Non è possibile. C'è l'aria condizionata accesa e con quella non si muovono" tenta di rassicurarsi.

Zzzz, zzzz, zzzz.

"Accidenti! Quasi quasi accendo la luce e la stendo" pensa con gli occhi sbarrati nel buio della stanza, ma quando la mano sta per premere il pulsante si blocca: "No. Altrimenti sveglio Elli. Riproviamo a dormire".

L'intenzione c'è ma la mente non intende assecondarla e continua a rimuginare:

"Per non parlare della droga. Un ragazzetto la prova, magari per curiosità o per leggerezza, poi va in coma o si ritrova tossicodipendente e la sua vita e quella dei suoi famigliari sono distrutte. Hanno un bel da impegnarsi i vari don Mazzi, don Ciotti, don Gallo per recuperarli. E' una lotta impari. Lo Stato dovrebbe provvedere. Poche storie! Ogni cittadino ha diritto di essere tutelato e difeso dai delinquenti, specialmente se è minorenne. Invece è lasciato in balia degli eventi e i genitori si prendono immancabilmente la colpa. Ma cosa possono fare, poveretti? È imputabile a loro se l'alcool scorre a fiumi? Se ovunque ti giri ci sono spacciatori? Cosa possono fare oltre che ripetere le stesse raccomandazioni fino alla noia? Loro sono a letto e magari, per la preoccupazione, non riescono neppure a chiudere occhio poi, ogni tanto, qualcuno riceve una telefonata o la visita della polizia e gli piomba il mondo addosso".

Luciana è sempre più angosciata e non riesce a stare ferma.

"Perché devo avere certi pensieri? Eleonora non si droga, non beve alcolici, è assennata... Sì, ma qualche auto impazzita guidata da uno *fatto*, ogni tanto piomba su chi non c'entra! Che ansia!".

Si gira di nuovo sull'altro fianco.

"Forse mi è rimasto qualcosa sullo stomaco" ipotizza mentre riprova a chiudere gli occhi.

Zzzz, zzzz, zzzz.

"Per la miseria!" brontola tra sé e sé.

La luce comincia a filtrare ai lati delle pesanti tende oscuranti mentre la città inizia a svegliarsi: lei si concentra sul rumore del camion della nettezza urbana che svuota i cassonetti, sulle voci dei ragazzi che escono dalla discoteca e sbattono gli sportelli delle auto, prima di mettere in moto e sgommare...

"Dio, fa che non succeda loro niente di male. Nella vita ci vuole anche fortuna! C'è chi si comporta sempre bene poi, magari per colpa di un altro...".

Le lancette dell'orologio segnano le sei.

"Finalmente. Tra poco sarà giorno e mi potrò alzare senza disturbare nessuno" pensa esausta tentando di rilassarsi.

«Mamma. Mamma». La voce di Eleonora arriva da lontano. «Sei proprio una dormigliona! Sveglia. Sono già le otto. Ti stai abituando bene. Vero?» la sollecita rivolgendole uno sguardo indulgente.

Luciana apre gli occhi con circospezione e si stira lentamente. I cattivi pensieri sono stati spazzati via ma ha un leggero mal di testa.

«Sono uno straccio. Non ho dormito niente. Vuol dire che mi rifarò in spiaggia» bofonchia infilandosi le ciabatte.

A volte, come oggi, Eleonora ha una chiacchiera più incontenibile del solito quindi di schiacciare un sonnellino non se ne parla. Ciò nonostante Luciana si gusta appieno la compagnia della sua donnina. Ora il lavoro è il suo chiodo fisso.

«Appena torniamo a casa consulto i concorsi cui posso partecipare, in modo da non perdere tempo. Alcuni compagni di università mi hanno detto che ci sono banche che stanno assumendo» sta dicendo.

«Non c'è fretta. Fai passare l'estate» consiglia la mamma.

«Io non vedo l'ora di cominciare e di avere un mio stipendio» ribatte la ragazza celando a stento l'euforia.

Luciana non vuole spegnere il suo entusiasmo ma non riesce a trattenersi dall'esclamare:

«Non è più come una volta».

Eleonora è interdetta e la sua certezza vacilla.

«Tu e papà siete sempre stati orgogliosi di lavorare in banca. Anche Silvia mi pare contenta».

«Già» mormora la mamma mentre da lontano arrivano le

note di *Uomini soli* dei Pooh.

«Mi avete sempre raccontato che l'ambiente è buono e lo stipendio discreto» insiste la ragazza.

«Il fatto è che si è perduto il senso di appartenenza, c'è molta competitività e i rapporti umani si sono deteriorati, anzi spesso non esistono proprio. Sarà perché una volta il lavoro era *per tutta la vita* mentre adesso si cambia spesso azienda e non si conosce neppure chi siede nella scrivania accanto. Nonostante si enfatizzi il gioco di squadra, in realtà spesso si arriva in ufficio, si accende il computer, si eseguono le istruzioni ricevute tramite e-mail e, a volte, si esce senza aver scambiato una parola con nessuno. Anche il rapporto con i clienti è limitato a causa della diffusione di posta elettronica, fax, bancomat, cassa continua, carte di credito, home banking. Di fatto si è solo numeri di matricola. Considerando anche la crisi della famiglia e il numero crescente di single, temo si vada verso una società alienante, fatta di solitudine. Ci si comporta sempre più da robot mentre c'è bisogno di calore umano! E non ci si può neppure consolare con lo stipendio perché negli ultimi anni ha perduto potere d'acquisto».

Eleonora è colpita dalle sue parole ma dopo qualche momento di silenzio il suo sano ottimismo prevale.

«È questione di carattere! Sono certa che io mi farò tanti amici. Di sicuro mi sento molto umana. Sarà per questo che ho una sete bestiale. Vado al bar. Tu cosa vuoi?» chiede sorridendo.

«Quello che scegli tu va bene» risponde Luciana sistemandosi sotto l'ombrellone.

Il tempo perché lei torni con la bibita fresca le è sufficiente per addormentarsi. La figlia l'osserva con tenerezza aspirando dalla cannuccia la sua Coca Cola poi prende a sbocconcellare la fetta di limone infilata sul bordo del bicchiere.

Il caldo è intenso e la spiaggia affollata.

"Berrò anche questo. Altrimenti diventa caldo" si dice poi osservando il succo di ananas destinato alla mamma.

«La passeggiata serale è sempre piacevole e rigenerante!»

esclama Eleonora compiaciuta.

«Peccato che ovunque ci siano le *signorine*. Almeno potrebbero *esercitare* in luoghi più appartati!» mormora Luciana guardando distrattamente due giovani donne di colore truccate e svestite all'inverosimile che stazionano in una stradina laterale.

Eleonora sorride impercettibilmente notando un ragazzo tutto naso e brufoli che le divora con gli occhi. La mamma segue il suo sguardo e sbotta:

«Avrà ricevuto un'adeguata educazione sessuale? Saprà esattamente cosa s'intende per *prendere precauzioni*?».

«A scuola non se ne parla! Invece si dovrebbe» ammette la figlia lievemente a disagio.

«Direi proprio! Il preservativo non serve solamente come contraccettivo, ma anche per non contrarre l'AIDS e altre malattie veneree subdole e pericolose» spiega la mamma che di fronte al silenzio della figlia prosegue: «Sai che ce ne sono di asintomatiche che causano persino la sterilità?».

«Ciononostante la Chiesa è contraria ai contraccettivi» osserva Eleonora.

«Ora mi sembra meno drastica e i fatti dimostrano che è indispensabile praticare un sesso consapevole e guardare in faccia la realtà: il problema esiste e va affrontato senza ipocrisia partendo da una capillare educazione sessuale nelle scuole, dalla distribuzione gratuita di profilattici e da una rigida regolamentazione della prostituzione con posti dedicati e controlli sanitari. Tra l'altro lo Stato ne trarrebbe un enorme introito perché potrebbe tassarle ed evitare di spremere sempre le stesse persone!» puntualizza la mamma entrando nell'accogliente e luminoso atrio del cinema ove questa sera ripropongono *Il vento del perdono*.

«Al clima vacanziero si adatterebbe meglio un film allegro, come quelli di Boldi, Christian De Sica, Verdone, Pieraccioni, Panariello o Salemme, ma Robert Redford lo vedo sempre volentieri. Tutti i suoi film sono di qualità e fanno riflettere».

«Da giovane era un vero schianto! Certo che per arrivare al Richard Gere di *Pretty woman* ce ne vuole!» ribatte Eleonora entrando nella sala in penombra.

«Quello è un film del genere *favola romantica*, così come *Ghost* con Demi Moore e Patrick Swayze e *Un giorno per caso* con Michelle Pfeiffer e George Clooney. Sono films gradevoli ma mi rimangono più impressi quelli che affrontano temi importanti; il cinema è uno strumento eccezionale per sensibilizzare le persone e va sfruttato! Pensa a come Roberto Benigni è riuscito a descrivere l'Olocausto col suo capolavoro *La vita è bella*. Ha strameritato i tre Oscar che ha vinto nel 1997. Ricordo con quanta enfasi lo chiamò sul palco Sophia Loren!».

«Anche *Titanic* in quell'anno ha fatto incetta di statuette. E' uno dei miei films preferiti... poi adoro Leonardo DiCaprio» commenta la ragazza con aria sognante.

20

«Con questo pesce prelibato non si rimpiange assolutamente la carne!» esclama Eleonora di fronte ad un invitante fritto misto con contorno di patatine.

«Concordo pienamente, eppure quando si diffuse il morbo della mucca pazza e furono introdotte norme restrittive per il consumo della carne bovina, gli amanti delle fiorentine ne fecero un dramma» ricorda Luciana imboccando una seppiolina dorata.

«Fu un provvedimento preso a livello comunitario, vero?».

«Sì. L'Europa esisteva da poco. È sorta nel 1995, anche se il *trattato di Maastricht* che ne ha sancito la nascita risale al 1992. Precedentemente era stato sottoscritto *l'accordo di Schengen* per facilitare la circolazione di persone e cose tra i vari Stati. È grazie a quello se all'interno dei Paesi dell'Unione Europea e di quelli scandinavi non serve più il passaporto. La moneta unica invece è entrata in vigore nel 2002» spiega la mamma.

«Lo ricordo bene. Gli anziani ebbero difficoltà ad abituarsi all'euro. I giovani no perché hanno la mente fresca e sono aperti alle novità».

«Non tutti. Alcuni fanno i saccenti ma a malapena conoscono le tabelline» ribatte la mamma piccata.

Eleonora le rivolge uno sguardo sornione prima di commentare:

«Non intendevo offendere gli anziani anche perché, in effetti, alcuni danno davvero dei numeri a noi giovani!».

Luciana si addolcisce immediatamente.

«Per rallentare l'invecchiamento del cervello è importante praticare una vita sana e mantenere la mente allenata esattamente come si fa con la ginnastica per rafforzare i muscoli. Rimanere ore ed ore imbambolati davanti a videogiochi e tivù, ad esempio, danneggia le sinapsi».

«Io la guardo poco» puntualizza Elli.

«Meglio, anche perché a volte è diseducativa e grossolana con gente che urla, dice parolacce, offende ed è affollata da una pletora di persone che fanno gli *ospiti di professione* ed esprimono pareri su cose di cui spesso sanno poco! È un peccato che abbia abbandonato il suo ruolo educativo. Ultimamente poi, sembra il museo delle cere con donne schiave della chirurgia plastica, tirate all'inverosimile, con labbra e zigomi gonfi come se avessero preso dei pugni e tette enormi attaccate al mento per quanto se le sono fatte rialzare. Sono inespressive e ridicole» commenta la mamma mentre nota che una distinta signora biondo platino, seduta al tavolo di fianco, tende l'orecchio per ascoltare la loro conversazione.

«Hai ragione. E pensare che a me fanno tanta tenerezza le nonnine com'era la mia, con le loro rughe e magari un filo di rossetto sulle labbrine sottili e lo smalto sulle unghie ben curate!» afferma Eleonora mentre, terminato il pranzo, si avvia verso il giardino dell'hotel.

La sua voce tradisce emozione.

«I nonni sono sempre stati uno dei capisaldi della nostra società, l'anello di congiunzione tra le varie generazioni, il ponte tra il passato e il futuro, a volte compagni di giochi, a volte complici, a volte mediatori tra padri e figli. Ora purtroppo ci sono nonne che vogliono sembrare bombe sexy anche a settant'anni e nonni che ricorrono al *Viagra* per ritrovare l'ardore della gioventù invece di dimostrare buonsenso accettando con dignità l'avanzare degli anni!» conclude Luciana ridendo.

«Certo che i bambini ricevono cattivi esempi da tutte le parti... ma parliamo d'altro. Credi che riuscirò a trovare un lavoro soddisfacente?» chiede Eleonora.

«Ti ho già detto di non angustiarti anche se, in effetti, la situazione non è rosea. Ai miei tempi, quando si terminavano gli studi, in pochi mesi si trovava un'occupazione adeguata, a tempo indeterminato. Adesso persino molti laureati con centodieci e lode, con tanto di master e di specializzazione, cioè i migliori, sono costretti ad abbandonare l'Italia per potersi realizzare. Ciò è gravissimo. Lo Stato dovrebbe fare di tutto per trattenerli perché rappresentano una ricchezza».

La signora bionda, che le ha seguite in giardino e si è seduta nel tavolo accanto al loro, non riesce a trattenersi dall'intervenire tradendo uno spiccato accento toscano.

«Scusate se m'intrometto ma l'ha proprio ragione. Il mi' figliolo è laureato e fa l'insegnante ma è precario da molti anni! Vorrebbe sposarsi ma senza certezze come può guardare al futuro e meno che mai fare dei bimbini?».

Il suo sguardo indignato passa da Luciana a Eleonora che ovviamente non hanno risposte rassicuranti da offrirle.

Lei prosegue sporgendosi verso di loro.

«Poi la vita l'è sempre più cara. Guarda cosa costa fare la spesa e a quanto sono andate le pigioni! Senza contare che, senza fare figli, la società invecchia e si impoverisce sempre di più, crollano i consumi e le industrie entrano in crisi perché si sa che noi anziani viviamo con l'essenziale, mangiamo poco, non cambiamo l'auto, comperiamo pochi abiti, non frequentiamo i luoghi di divertimento... e come se non bastasse avere la preoccupazione per i figlioli, ci fanno anche pesare il fatto di gravare sull'INPS e sul sistema sanitario. Oh che? Dobbiamo morire per fare piacere a quelli che ci comandano? Noi si è lavorato tutta la vita! I contributi li abbiamo versati e belli pesanti! Le tasse le abbiamo sempre pagate e anche quelle non scherzano! Non ci meritiamo di goderci la nostra pensione?».

L'espressione della signora è tale che a stento mamma e figlia riescono a trattenersi da scoppiare a ridere. Eppure il suo discorso è sensato e la voglia di sfogarsi giustificata.

Luciana non può esimersi da un commento.

«Il Governo fa ben poco sul fronte della politica per la famiglia nonostante ci sia qualche onorevole di rilievo come Pier Ferdinando Casini che insiste da anni su questo punto. Evidentemente non è considerata una priorità anche se è risaputo che è la base fondamentale su cui sviluppare una società sana e prospera. Per i giovani una famiglia unita e un lavoro che dia certezze sono tutto».

«L'è proprio vero!» esclama la signora battendosi la mano su una coscia ben tornita. «O sono disoccupati o sono precari, poi magari qualche ministro dice che sono viziati e che si fanno mantenere dai genitori anche a trent'anni... Il mi' figliolo l'è a posto, ma che deve fare?».

«Vedrà che presto lo assumeranno a tempo indeterminato» afferma Luciana per tranquillizzarla.

La signora sospira profondamente e si accomiata con espressione scettica. Eleonora estrae dalla borsa di vimini un romanzo che sta facendo discutere molto, scritto da un giovane scrittore di nome Roberto Saviano e s'immerge nella lettura mentre la mamma borbotta:

"La disoccupazione è davvero il problema dei problemi e il film *La ricerca della felicità* di Muccino, con Will Smith, tratta l'argomento in modo realistico e commovente."

A pomeriggio inoltrato la temperatura è salita ulteriormente, anche se un leggero venticello increspa le onde. Madre e figlia si assopiscono placidamente distese sui loro lettini.

«Sia qui che in hotel, ci sono molti single e pochissimi bambini» afferma Eleonora dopo un po', guardandosi attorno.

«La solitudine è sempre più diffusa e credo sia causa di un comprensibile egoismo. Se una persona è sola, spesso è concentrata solo su se stessa, le interessano poco il futuro, il prossimo, l'ambiente. Ma dove può andare una società che pensa solo al presente?» mormora la mamma dirigendosi verso l'acqua per rinfrescarsi.

Eleonora, che la segue a ruota, ribatte prontamente:

«È possibile che l'Umanità, inconsapevolmente, sia condizionata dalle armi terribili che ci sono? Pare che tutti pensino: perché fare sacrifici dal momento che se scoppiano una guerra o una centrale nucleare o se avviene una catastrofe naturale tutto va in fumo in un istante?».

«Questo è un alibi per non darsi da fare. Chernobyl o l'attentato alle Torri Gemelle non possono e non devono condizionare il nostro comportamento. Guerre e calamità ci sono sempre state da che mondo è mondo. Pensa all'eruzione del Vesuvio!».

«Sì, ma ora se ne ha più consapevolezza e le tragedie si vivono in diretta. Certe immagini sono davvero scioccanti! Per non considerare che le armi di una volta erano ridicole se paragonate a quelle attuali» ribatte Eleonora alla quale la mamma risponde caparbiamente:

«In ogni caso si deve essere costruttivi e ottimisti. In attesa del 2000, ad esempio, c'era chi era convinto che ci sarebbe stata la fine del mondo, eppure siamo qui e periodicamente c'è chi annuncia calamità apocalittiche o l'invasione degli extraterrestri. Per questo motivo dobbiamo lasciarci andare e diventare cinici e abulici? Credo piuttosto che sia il *mondo virtuale* a condizionarci negativamente, a isolarci e a fornire un'immagine distorta della realtà. Adesso i bambini trascorrono giornate a giocare con videogiochi violentissimi o a chattare con sconosciuti. Vivono in un mondo fasullo dove tutto c'è, ma non c'è, a cominciare dai sentimenti e dalla *lista degli amici* che per lo più sono solo *nomi* dietro ai quali possono nascondersi truffatori, spacciatori, pedofili... Si possono definire amici dei visi sconosciuti, di cui si conosce solo ciò che loro raccontano? La rete può essere pericolosissima, può inghiottire. Dov'è il contatto umano? Lo sguardo che ti aiuta a capire chi hai davanti? La stretta di mano che ti trasmette calore? Il tono di voce che ti racconta ben più delle parole? Senza contare che stando sempre davanti allo schermo non ci si rende più conto delle cose reali, stupende, che sono a nostra disposizione, gratuitamente!» commenta la mamma con lo sguardo rivolto verso l'orizzonte.

Eleonora, a quelle parole, osserva con particolare attenzione ciò che la circonda. Il cielo è limpidissimo e il mare, eccezionalmente blu, è lievemente increspato. Una schiuma bianca e leggera cavalca le onde basse. Vicino alla riva alcuni bagnanti nuotano o giocano con la palla mentre, più in là, qualche surfista tenta di prendere il vento. In lontananza sbuffi di fumo annunciano l'arrivo dei pescherecci che lentamente si avvicinano al porto seguiti da scie di gabbiani candidi. La mamma segue il suo sguardo ed entrambe restano a lungo in silenzio sedute su un pedalò, con le gambe lambite dall'acqua tiepida.

«Lo sciacquio del mare trasmette serenità. Fa compagnia» mormora a un tratto, prima di aggiungere: «Vado un po' all'ombra. Vieni anche tu?».

Eleonora la segue e poco dopo, seduta sul suo lettino, inizia a sfogliare una rivista di *gossip* sulla cui copertina un abbronzatissimo Carlo Conti sorride in modo accattivante dopo aver appena ottenuto l'ennesimo successo con l'ultima edizione della trasmissione *50 canzonissime*.

Da lontano, arrivano le note di *Io canto* di Laura Pausini, reduce dal trionfo del concerto a San Siro.

Gli argomenti e le immagini sono sempre più o meno gli stessi: una florida attricetta posa con l'industriale attempato e panciuto che indossa pantaloncini a fiori e calza infradito, un'altra visita il suo paese natale accolta come fosse un premio Nobel, gli ultimi vincitori di *Amici* tengono concerti qua e là frastornati per l'improvviso successo, gli ex partecipanti al *Grande Fratello* rilasciano noiose interviste, alcuni *tronisti* confessano che sì, era amore vero, ma è finito. Poi ci sono gli esperti che consigliano la dieta più adatta per il caldo estivo, gli esercizi per poter esibire gambe senza cellulite, le indicazioni su cosa mettere in valigia prima di partire per le vacanze e persino come comportarsi sotto le lenzuola con il proprio partner.

Eleonora accantona in fretta quel pozzo di scienza e s'immerge nella lettura del suo libro. Dopo un'oretta si rivolge alla mamma.

«Stasera cosa facciamo? Se noleggiassimo una bicicletta e facessimo una bella pedalata? Io non posso camminare a lungo perché ho i piedi pieni di vesciche!».

«Aggiudicato!» esclama Luciana che fatica non poco per starle dietro, stampandole a tradimento un bacione su una guancia.

«Mamma! Non sono più una bimba!» si lamenta lei allontanandosi di scatto e guardandosi attorno.

«Ricorda che non ci si deve mai vergognare di dimostrare affetto per i propri cari» ribatte Luciana senza scomporsi mentre si gira a pancia in giù per abbronzarsi in modo uniforme.

Poco dopo la ragazza riceve una telefonata e si allontana verso il bagnasciuga per conversare indisturbata. Dopo un tempo interminabile torna verso l'ombrellone.

«Era Erica. Mi ha chiesto quando andiamo *su*».

Su, ovviamente, è Sparvo.

Quando era piccola, Elli adorava soggiornarvi ma ora vi trascorre sempre meno tempo, anche se occupa ancora un posto speciale nel suo cuore. Il pensiero di Luciana corre là.

Rispetto ai primi anni Settanta non è molto cambiato anche se è stata costruita qualche nuova casa e ne sono state ristrutturate altre, riportando all'antico splendore i sassi grigi sottostanti. Quella che tutti chiamavano *l'osteria* di Brunino ora è il bar di Catia, che è stato rinnovato recentemente. Quello di Eva è chiuso da anni come pure la scuola e la vecchia bottega gestita per oltre mezzo secolo dalla famiglia di Adolfo, poi data in affitto per un breve periodo. Il vecchio lavatoio è stato demolito e ne è stato costruito uno nuovo, più piccolo, in unico blocco con la fontana, in estate adorna di gerani e petunie. Il ristorante, che aveva portato un'ondata di vita e di allegria, non trova la gestione giusta alternando periodi di brevi aperture e di lunghe chiusure.

Oltre le case della Rocca, è stato da poco costruito un giardino pubblico, con tanto di grande pista in cemento, nella quale i bambini trascorrono le giornate su pattini e biciclette. Ai lati numerose panchine accolgono i genitori. Da lì, guardando verso l'alto, sono ben visibili la chiesina, set di tanti racconti della nonna Cesira, e il cimitero, piccolo, curato con amore, ove sono seppelliti gli abitanti del paese in un intreccio di parentele e affinità. Vi riposano le stesse persone che hanno lavorato quei campi per decenni, che hanno fatto sacrifici per allevare i figli e costruirsi una casa, che hanno festeggiato insieme un anno dopo l'altro il giorno del Santo Patrono e quello di Ferragosto, che sono stati prima compagni di scuola poi d'interminabili partite a carte o a bocce. Alcuni di loro hanno bisticciato per un confine o per un'innamorata, hanno discusso di politica e di sport, hanno nutrito invidia per la fortuna del coetaneo. Ora, nel silenzio del camposanto, tutto è azzerato. Si respirano solo pace e disperazione per le lapidi più recenti.

Guardandosi attorno, ai più anziani non può sfuggire il fatto che sono sparite, divorate da trattori invadenti e da arbusti non debitamente potati, molte delle vecchie vie e mulattiere un tempo percorse dai carri trainati dai buoi e dagli abitanti delle case isolate. La maggior parte dei campi continua a essere coltivata grazie al lavoro dei pochissimi agricoltori che suppliscono con i moderni mezzi alla mancanza di braccia.

Purtroppo anche qui non si è sfuggiti alla massiccia e costante migrazione verso le città che ha caratterizzato tutta l'Italia negli ultimi decenni e i residenti sono sempre meno numerosi. La presenza di molti single aggrava il fenomeno del calo demografico. Di fatto il paese è ormai abitato da poche decine di persone e solamente in estate le case avite vengono riaperte da quelli che tutti chiamano *villeggianti*.

In agosto il copione è già scritto: tra sacro e profano si organizzano la processione per la serata di Santa Maria, la scampagnata al santuario di San Rocco e ci s'ingegna per divertirsi. C'è sempre chi organizza cene alle quali partecipano anche amici e conoscenti; all'uopo si allestiscono grandi tavoli nell'aia di Barbara e ci si abbuffa di crescentine, salumi e porchetta. Cucinano le ottime massaie del paese, vera garanzia di accuratezza, e si fa molto tardi perché, da sempre, Sparvo è un paese di nottambuli. Spesso le feste terminano ballando, esattamente come decenni prima quando si andava nella pista di Remo o nel garage di Brunino. Poi ci sono le abbuffate *private*, spesso memorabili, consumate nelle case e nei giardini degli amici più stretti. In quelle occasioni ci si rimpinza di salame, ciccioli, pancetta arrotolata ed altri attentati alla salute. Lì Adolfo primeggia assieme a Gianni, Rossano, Ilario, Franco ed altri dalla stazza robusta. E' scontato che per almeno un mese dopo il ritorno a casa, sarà in lite con la bilancia, vista come un'acerrima nemica ma è il prezzo da pagare per tanta soddisfazione.

Anche in inverno non si perde il gusto per la compagnia e la buona tavola e nelle baracche annesse al campo sportivo si cucinano polenta, cinghiale, salsiccia e funghi.

La vita è meno stressante, più a misura d'uomo che in città. Non che ci sia molto da fare ma in fondo cosa c'è di più bello che passeggiare immersi nel verde e nel silenzio, occuparsi di orti generosi, rilassarsi in giardini rigogliosi, trascorrere le serate al bar a conversare o a disputare una partita a carte?

Eppure Eleonora, come Luciana, ha la città nel suo DNA. Pur trascorrendo volentieri qualche giorno a Sparvo, poi avverte la necessità di tornare a Bologna, anche se la sua amatissima città è decisamente cambiata... in peggio, soprattutto a causa della delinquenza metropolitana.

«Mamma, non hai caldo?» chiede Eleonora.

Luciana si riscuote da quei pensieri.

«Sì, in effetti potremmo fare un bagno poi tornare in hotel. Cosa ne dici?» risponde prontamente.

Nel primo pomeriggio tutte le attività rallentano. La maggioranza dei villeggianti riposa nelle camere prima di ritornare in spiaggia. Il vialetto alberato, ai cui lati si susseguono i giardini degli alberghi, è piacevolmente ombreggiato, semideserto e silenzioso.

Luciana ed Eleonora, rinfrescate da una doccia tiepida cui ha fatto seguito un ottimo pasto, passeggiano affiancate. Entrambe indossano una gonna di jeans e un top bianco che evidenzia la loro abbronzatura intensa ed uniforme. Alcune ragazzine imitano la Bertè cantando in coro *sei bellissima, sei bellissima...* Sono allegre e spensierate, com'è giusto che sia alla loro età.

«È carino, vero?» chiede Eleonora riferendosi al bracciale che ha acquistato la sera precedente.

La mamma osserva le perle color turchese distanziate da cerchietti argentati.

«Sì e fa pendant con l'anello».

Lei ne prende atto soddisfatta. La bigiotteria è una delle sue passioni tanto che ha un numero esagerato di collane, anelli, bracciali, orecchini di tutti i colori e formati. Ama abbinarli al vestiario ed anche ora, infatti, calza un paio di sandali infradito con perline color turchese.

«Ancora domani, poi si tornerà a casa. Se vuoi, facciamo tappa a Mirabilandia» propone Luciana osservandola con orgoglio.

La ragazza è indecisa.

«Mi piacerebbe tornarci per provare le nuove attrazioni ma tu sicuramente non vorrai farle».

«In effetti mi attirano sempre meno perché sembrano prove di sopravvivenza; ci sono montagne russe da brivido, scivoli impressionanti, centrifughe velocissime...» si lamenta la mamma.

Eleonora ride di fronte alla sua espressione ma ammette:

«A volte anche a me gira la testa e viene la nausea!».

«In tutti i campi si cerca l'eccesso! Com'è possibile che stare male procuri ebbrezza? Adesso sono di moda anche gli sport estremi e ogni tanto qualcuno muore. Chi li pratica cosa vuole dimostrare?» mormora Luciana scuotendo il capo.

«Hai ragione ma è ben peggio il fatto che ogni giorno perdano la vita decine di persone in guerre e attentati!» commenta Eleonora entrando nel solito bar per il caffè.

L'aria condizionata funziona a manetta e provoca una spiacevole reazione sulla pelle accaldata.

Il giovanissimo barista ignora la mamma e fissa con insistenza la figlia mentre chiede:

«Due caffè ristretti, vero signorina?».

L'aroma è delizioso e il sapore non delude l'aspettativa. Sono due euro ben spesi e una florida cassiera li incassa volentieri offrendo un bel sorriso al posto dello scontrino fiscale. Le donne tornano in strada e Luciana riprende il discorso precedentemente interrotto.

«L'ONU aveva proclamato il periodo 2000/2009 *decennio internazionale per la Cultura della Pace e della Non Violenza* e guarda com'è iniziato! Con l'attentato alle Torri Gemelle di New York che ha causato circa tremila morti. Dico tremila! Da allora parte del mondo si è sentita sotto scacco, i Tg hanno riferito delle minacce di Al Qaeda e di innumerevoli attentati, dell'Iraq di Saddam Hussein con la Seconda Guerra del Golfo, degli scontri in Darfur, Cecenia, Israele, Libano e in moltissimi altri Paesi. Purtroppo quando si accende la miccia dell'odio e della violenza è difficile spegnerla. Diventa una reazione a catena. E pensare che quando ero una giovane studentessa sessantottina, ero convinta che nel nuovo millennio l'Umanità avrebbe debellato definitivamente le guerre. Quanto ero idealista e ingenua!».

Eleonora la osserva per qualche istante tentando di

immaginarla con i libri sotto il braccio discutere di politica poi commenta:

«Eppure, ogni tanto, la natura ci dà una lezione e ci fa capire quanto siamo fragili. Lo tsunami che ha colpito l'Oceano Indiano nel 2004 ha provocato oltre duecentomila morti e spazzato via interi paesi ed ogni anno ci sono disastrosi terremoti, eruzioni vulcaniche e terribili uragani. Anche Katrina ha provocato migliaia di morti e devastato New Orleans. Eppure l'*Umanità* continua ad essere poco saggia e molto egoista».

La mamma allarga le braccia in un gesto sconsolato mentre lei prosegue:

«Entro certi limiti è umano e comprensibile pensare a sé stessi. Non credi? È l'istinto di sopravvivenza che ci porta a farlo ma si è perduto il senso della misura!».

«È indispensabile che tutti tornino ad essere più responsabili, onesti e lungimiranti» commenta la mamma con un sospiro prima di riprendere: «I governi dei vari Paesi dovrebbero essere composti dalla crema della società e tutti insieme guidare il mondo facendo del rispetto per i diritti fondamentali dei popoli e per l'ambiente un'unica immensa bandiera. Spero che l'*Europa* persegua tali obiettivi! Non vorrei che ogni Stato membro mirasse solo a tutelare i propri interessi perché sarebbe una disfatta!».

Luciana osserva l'effetto delle sue parole sulla figlia che sta giocando con le perline del braccialetto, poi chiede:

«Non ti sembra che anche lì le scelte siano dettate solo dall'economia? Sostanzialmente si sono fatti pochi progressi rispetto a quando, anticamente, partivano eserciti per conquistare nuove terre in cerca di oro o bestiame o schiavi per i latifondisti. La differenza è che adesso le guerre sono fatte per lo sfruttamento di pozzi petroliferi e di altre risorse».

«Ora non importa neppure conquistare i territori perché gli Imperi non coincidono più con i confini geografici» rincara Eleonora. «Per dominare basta stipulare accordi commerciali o acquisire grossi pacchetti azionari delle più importanti multinazionali. In tal modo si pilotano i mercati, si causano benessere o crisi finanziarie e politiche, si creano o si sopprimono posti di lavoro qua e là, si provoca malcontento e disagio sociale fino ad arrivare, volendo, a innescare vere rivoluzioni».

«Ministri e manager dovrebbero aver capito che la politica del risultato immediato, che sia il voto degli elettori o che sia l'utile di bilancio, sta portando il mondo alla rovina!» sospira la mamma.

Eleonora l'ascolta con attenzione poi commenta:

«Secondo me bisogna ragionare in modo globale, investire su ricerca e fonti di energia rinnovabili, perseguire una politica di salvaguardia del territorio, costruire impianti di raccolta e depurazione delle acque, favorire la crescita di foreste rigogliose per contrastare l'inquinamento atmosferico e l'avanzare della desertificazione... e dovrà esserci un ritorno ad una agricoltura e ad un allevamento meno intensivi in modo da causare un minor impatto ambientale. Da quei settori verranno i nuovi posti di lavoro, non certo dalle industrie o dal terziario come è successo nel ventesimo secolo. I beni essenziali per la sopravvivenza come cibo e acqua, saranno sempre più preziosi e scateneranno le prossime guerre! Tu cosa ne pensi?».

I vialetti si stanno riempiendo di persone che, dopo la pennichella pomeridiana, si dirigono verso la spiaggia. La mamma saluta alcuni conoscenti prima di rispondere.

«Lo credo anch'io e se anche alcuni dei Paesi tradizionalmente ricchi dovessero piombare nella miseria a causa ad esempio di siccità e carestie la situazione diventerebbe davvero critica. Come reagirebbe chi, abituato a mangiare a sazietà e a beneficiare di tutti gli agi dovesse all'improvviso privarsene? L'Europa deve *fare politica* nel senso più lungimirante e saggio del termine; voglio sperare che non sia stata creata solo per bisticciare sulle quote latte o sui campi di accoglienza per i profughi o per creare altre costosissime poltrone! Per cominciare è necessario convincersi che non ci deve essere chi sfrutta e chi è sempre sfruttato, chi mangia a quattro palmenti e chi muore di fame, chi ha solo diritti e chi ha solo doveri, chi comanda e chi deve solo ubbidire...».

«Tutti dovremmo essere sullo stesso livello? Non ti sembra utopia?» chiede Eleonora.

«Non dico che tutte le persone dovrebbero avere esattamente le stesse cose, il ché sarebbe persino ingiusto nei confronti di chi si impegna di più, ma solo che ci dovrebbe essere meno disparità tra ricchi e poveri. È assurdo auspicare una ripartizione delle risorse tale da garantire a chi muore di stenti almeno la sopravvivenza? Non credo sia un obiettivo irraggiungibile. È ovvio che, per riuscirci, è indispensabile combattere sprechi, ladrocini, evasione fiscale... e, in un'ottica globale, si debbono eliminare le grandi piaghe sociali».

«Forse si sta già tentando di fare» ipotizza Eleonora.

«Credi? Hai l'impressione che si stia combattendo la vergogna del lavoro minorile? Lo spero perché nel mondo si stima che ci siano oltre centocinquanta milioni di bambini lavoratori che cuciono tappeti stando legati a un telaio, che grattano oro dalle pareti di cunicoli strettissimi e profondi, che vengono costretti a combattere, sono i cosiddetti bambini-soldato, o a chiedere l'elemosina o a prostituirsi. Sono tutti *Iqbal* sparsi per il mondo».

Eleonora, colpita dal tono accorato della mamma, mormora:

«Papa Giovanni Paolo II ha affrontato spesso tali argomenti ma *non c'è peggior sordo di chi non vuol sentire*. Speriamo che, a forza di insistere, ascoltino papa Benedetto XVI! Chissà se servirebbe mettere sui ponti di comando più donne? Ti sembra che la Merkel stia lavorando bene?».

«È presto per giudicare ma spero che non si limiti a tutelare gli interessi della Germania perché non si andrebbe da nessuna parte: ha un potere enorme ma deve usarlo al meglio».

«Per fortuna a fronte dei tanti Ponzio Pilato ci sono brave persone che dedicano la loro vita alla ricerca, alla solidarietà, al volontariato, alla giustizia!» esclama Eleonora con il sano ottimismo dei suoi ventiquattro anni.

«Purtroppo sono gocce nel mare dell'indifferenza! L'intera umanità deve fare un salto di qualità» insiste la mamma.

«Dovremmo pensare al pianeta come a un corpo umano. Per stare bene, si deve aver cura di tutte le sue parti» sentenzia la ragazza.

«Esattamente. Hai reso perfettamente l'idea! Si dovrebbe amare e rispettare ogni essere vivente e ogni luogo del pianeta e fare dell'etica e della solidarietà uno stile di vita».

«Basterebbe assomigliare alle formiche!».

«Che cosa vuoi dire?» chiede la mamma incuriosita.

«Parlo di *trofallassi*. Ho visto un documentario in cui si spiegava che, quando una formica è affamata, lo comunica mediante il movimento delle antenne alle sue compagne che le danno parte del cibo che hanno nello stomaco».

«È un esempio da seguire invece si parla tanto di globalizzazione e, contemporaneamente, si continua a ragionare in piccolo pensando solo al proprio orticello, come se i corsi d'acqua inquinati non spargessero i loro veleni in tutti i mari del mondo e le radiazioni non si propagassero scavalcando montagne e oceani» insiste Luciana.

«Detta così è chiaro che siamo degli stupidi, dei selvaggi. Dobbiamo rassegnarci?» chiede Elli osservandola con lieve apprensione.

«La speranza di un futuro migliore c'è. Voi giovani dovete crederci veramente e ricordare sempre che l'Umanità sembra una entità astratta ma, invece, è costituita dai vari popoli, i popoli dalle famiglie, le famiglie dai singoli individui... Ognuno di noi è l'Umanità. Se ognuno migliora, l'Umanità stessa migliora» afferma la mamma dandole un buffetto sulla guancia.

«La televisione potrebbe fare molto per sensibilizzare ed educare le persone» mormora Eleonora.

«Tutti i mezzi d'informazione ma anche le persone famose hanno un potere enorme e dovrebbero sfruttarlo al massimo. Idem per la scuola che credo sia inadeguata e non formi i ragazzi per farli diventare *cittadini del mondo*. Quanto si parla di ecologia? Quanto di educazione civica? Quanto di fame nel mondo? Quanto degli effetti deleteri sul corpo di alcool e droghe? Quanto di maltrattamenti a donne e bambini o di bullismo?» chiede la mamma.

«Non sufficientemente» ammette la ragazza prima di chiedere a sua volta:

«Tu vorresti che cambiassero tante cose ma, pensando solo a te stessa, che cosa desideri?».

«Cose semplici, che sono poi quelle veramente importanti. Una Società nettamente migliore è alla base di tutto ma, per ciò che riguarda la nostra famiglia, spero che tu goda di ottima salute e che riesci a realizzare i tuoi sogni, possibilmente accanto ad un uomo che ti ami e ti meriti, col quale avere dei bambini che, come tutti i nonni che si rispettino, mi divertirò a coccolare».

«Andiamo per gradi. Parli di nipoti ma prima devo trovare una perla rara di marito e, conoscendoti, vorresti per me un uomo perfetto!» la interrompe Eleonora scoppiando in una sonora risata.

«La perfezione non esiste. Spero solo che incontri un ragazzo simile a te: intelligente, equilibrato, laborioso e allegro. Tu non avere fretta e, con un po' di fortuna, incontrerai la persona giusta, quella che ti metterà al centro del suo universo».

«Tranquilla, io non mi accontenterò di niente di meno» afferma Eleonora con convinzione prima di insistere scherzosamente: «Oltre che ficcare il naso nei fatti miei, cosa che farai sicuramente, spero ti dedicherai ad altro!».

«Di sicuro non mi annoierò perché le cose da fare sono infinite; potrei viaggiare, dedicarmi un po' al volontariato, frequentare una palestra e persino scrivere un libro...».

«Un libro? Ma è difficile! E l'argomento?».

«Quello che conosco meglio: la mia vita e i miei ricordi, prima che il signor Alzheimer me li porti via. Non si sa mai: può arrivare in punta di piedi, prima che uno se lo aspetti».

Il tono della sua voce è frivolo ma Eleonora capisce che sta parlando seriamente ed avverte una stretta al cuore.

«Non metterti in testa brutti pensieri. Sei ancora giovane e in ottima salute!».

«Hai ragione, dopotutto siamo nel 2007 e potrei avere persino qualche decennio felice davanti a me. Perché porre limiti alla Provvidenza?» risponde la mamma stampandole l'ennesimo bacio sulla fronte.

INDICE